ハヤカワ文庫 NV
〈NV769〉

レジェンド・オブ・フォール
—果てしなき想い—

ジム・ハリスン
佐藤耕士訳

早川書房

3656

LEGENDS OF THE FALL

by

Jim Harrison

Translated by
Koji Sato

First published 1995 in Japan by
HAYAKAWA PUBLISHING, INC.
This book is published in Japan by
arrangement with
DELACORTE PRESS, an imprint of DELL PUBLISHING
a division of BANTAM DOUBLEDAY DELL PUBLISHING GROUP, INC.
New York, New York, U. S. A.
through THE ENGLISH AGENCY (JAPAN) LTD.

ガイとジャックに

目次

レジェンド・オブ・フォール

——果てしなき想い——

ある復讐

Revenge

復讐という名の料理は、冷たくして出すものだ。
（シチリアの古い諺）

1

もしあなたが降下しつつある鳥だとしても（そして実際に降下している鳥、ハゲワシがいた）その素っ裸の男の生死を見分けることはできなかっただろう。当人でさえどちらかわからなかったし、ハゲワシにしても、地面に降りたってからもためらいがちで、がーがー鳴きながら横向きに近づいてきては、そしらぬ顔で様子をうかがいながら、コヨーテが来るのを待ちわびるように涸れ谷の低木の藪に首を向けていた。ハゲワシが屍肉を分かちあうのは、みずからの意志というより、人間に知られるはるか以前からつづく行動様式に従っているからである。

ハゲワシは、ノガレスから百マイルほど離れたところにある、ナコサリ・デ・ガルシアという観光客がめったに訪れることのない小さな町のはずれで、トラックに轢かれたガラガラヘビを食べたばかりだった。いずれコヨーテたちも、夜間の狩りを終え、腹を空かせていようといまいと、ハゲワシの降下に興味を持ってやってくるにちがいない。朝の気温があがるにつれて降りたつハゲワシの数も増え、死に向かう男の周囲には、ちょっとした見物の輪ができることだろう。

夜明けがやがて午前のなかごろになり、灼熱が男の顔の血を乾かしてこびりつかせると、血は新鮮な銅のにおいを失った。男の命は、いまや風前の灯火だった。おもに灼熱と脱水症状が原因だったが、怪我のほうもひどいものだった。斜めにねじれあがった腕、胸に大きく広がる青あざ、陥没骨折した片方の頬骨は血腫で紫色の太陽のように腫れあがり、睾丸は蹴りつけられて膨れあがっていた。頭部の傷は、流れ出た血が砂と砂利石をどす黒く染め、男を二度と覚めることのない昏睡状態へ引きずりこもうとしていた。それでも男は呼吸していたし、熱い空気が折れた歯のあいだをひゅーひゅーとくぐり抜けて入り、その音がとくに大きかったりすると、ハゲワシたちを驚かせた。乳離れしたばかりの幼いコヨーテを連れた雌のコヨーテが、通りがかりにふと立ちどまり、幼いコヨーテたちに、この哀れなけだものはね、ふだんはとても危険なんだよ、ときつく教えた。そしてすぐにまた歩きだしながら、丸い岩の陰からじっと興味深そうにうかがっている大柄の老いた雄コヨーテに向かってちょこんと挨拶して、すたすたと行ってしまった。雄コヨーテのほうは、男の様子をじっとながめ、やがてうとうとしはじめたが、眠っているあいだもわれわれにはそれとわからない警戒態勢を保っていた。死にかけている男はひさびさにおもしろい見せ物ではあったが、雄コヨーテはイノシシを食べて満腹だったので、好奇心以上のものはいだいていなかった。男が死んだらただちにこの場を離れ、あとはハゲワシたちにまかせることだろう。それにしても長い見せ物だ。なにしろこの素っ裸の男が車から放りだされたのは、昨日の夜だったのだから。

夕方になって比較的涼しくなると、一人のメキシコ人農夫（メキシコの俗語ではペオネという）とその娘が道を歩いてきて、メスキートの薪を拾おうと藪のなかに入った。農夫は軽い薪の荷を背負って一歩一歩足を運び、娘のほうは、飛び跳ねるように片足飛びを交互に繰り返したり、スキップしたり駆けだしたりして、父親を待つのだった。娘は一人っ子なので、農夫はけっして娘に薪を拾わせようとはしなかった。それはサソリや猛毒を持つコラロ、すなわちサンゴヘビに、娘が咬まれてしまうのを恐れてのことだった。しかしサンゴヘビは、ガラガラヘビとちがって警告を発したりしないものの、性格はいたっておとなしく、攻撃的なところはない。追いつめられたり挑発されたりすると咬みつくが、咬みついたあともするすると逃げていき、丸太や石の下でじっと気を鎮めるのである。娘は聖書を手に持っていた。父親が長いこと用務員をやっているメノー派の伝道所で、台所の手伝いをしているからだった。

娘が歌を歌いはじめたせいで、ハゲワシたちは、まだ百ヤードもあるのにいっせいに飛びたった。どのみちハゲワシたちは、夜が深くなる前に山の安全な巣に帰ろうとしていたところだった。雄コヨーテは、藪の奥へわずかに後ずさった。しかし、聞き覚えのある親子の声を耳にして、七歳としての経験から、二人が自分にとって危険ではないことがわかった。二人のほうは、伝道所に行くところを幾度となくコヨーテに見られていたが、コヨーテの姿に気づいたことは一度もなかった。夕日のなかを飛びたつ大型の猛禽類を見て、父親は好奇心をそそられ、歩調を早めた。彼の抱いた好奇心はコヨーテの好奇心と似たりよったりで、いつか降りたつハゲワシの一団を追っているうちに、崖から転落したばかりの大型の鹿を発見したときのことが記憶にあったのだ。娘に離れたところで待つようにといいきかせ、慎重に道路わきの深く茂った藪のなかに入っていった。すると、呼吸音とかすかなひゅーという音が聞こえてきたので、柄に真珠のついた長いナイフをすかさず抜いた。音が聞こえてくるあたりまでそっと這うように進むと、ハゲワシの糞のにおいにまじって、かすかに血のにおいがした。それから男の姿を見つけ、音の主はこの男だったことがわかって、ひざまずいて脈をとった。医者でもある伝道所の牧師に同行してときどき徒歩で山に入ることがあったので、初歩的な救急手当は心得ていた。ふたたび立ちあがると、死にかけている男と同じようにひゅーと息を吐き、空を見あげた。農夫の体を流れる血のほとんどはインディオで、まっさきに頭に浮かんだのが、男を置き去りにしたまま立ち去り、メキシコ政府軍の人間とかかわりあいにならない、ということだった。しかし、医者である牧師が政府軍の人間と友だちであることもあって、農夫は〝よきサマリア人〟のたとえ話を思いだし、仕方なさそうに男を見おろした。助けてはやるが、どうせ手遅れだろうといわんばかりに。

　藪から出ると、半マイルほど下った谷にある伝道所まで娘を走らせた。そして自分は道路にしゃがみこみ、ナイフの刃で石ころを転がしはじめた。瀕死の重傷を負った人間を見たことで心臓は早鐘を打ったが、頭のなかでは冷静に、男を発見した経緯を報告する練習をしていた。農夫は、若いころは狩人だっただけでなくちょっとした山賊でもあったので、役人に話をするときはものごとを単純にしたほうがいいことを知っていたのだ。

伝道所では、医者兼牧師のディラーが、ポークロイン・ローストのザウアークラウトとポテト添えを前にして座っていた。VHFラジオは禁止されていたが、チワワにあるマリアッチ専門の放送局にあわせてあった。メノー派ではラジオは禁止されていたが、自分はいくらか大目に見てもらって当然という気がして、十年前にはじめてこの地に布教に来たときに、スペイン語の日常会話の習得を早めるためという名目で聴きはじめたのだった。大男で赤ら顔のディラーは、音楽にあわせてうなっては、台所の女たちをおもしろがらせるような男だった。教会は酒もタバコも禁じていたが、ディラーには教会が禁じていない悪徳がひとつあった。暴飲暴食である。合衆国での生活の唯一の名残りとして木曜の夜にかならず作らせるポークロイン・ローストを、ディラーはむさぼった。ふだんはメキシコ料理を好んで食べるのだが、その一帯でも有名になるほどの大食漢ぶりだった。布教熱心じゃないわけではむろんなかったが、ディラーは、自分のイエス・キリストがこの山だらけの貧しい国で受け入れられているのは、自分が医者であり、医療技術を持っているからだと理解していた。牧師として毎年一カ月の休暇があったが、もはや合衆国に戻ることはなかった。ノース・ダコタで三十日もじっと座りっぱなしで世界じゅうの異教徒のために祈るなど、退屈きわまりなかった。むしろメキシコの異教徒たちや過酷な自然の美しさ、長いこと虐げられてきた歴史的皮肉、キリスト教伝来以前の宿命観のほうを好んだ。ディラーは、医学的な奇跡を行なうたびに人々が彼のもとに届けてくる鳥肉、豚肉、仔豚肉、山羊肉、羊肉をこよなく愛した。そして同性愛者である風変わりな看護夫アントニオをも愛した。アントニオは、いつもなにかしら口実を作ってはノガレスやエルモシヨに車で遊びに出かけけていた。昨年、メノー派の重鎮が訪問してきたとき、ディラーは、「アントニオはちょっと変わっているのではありませんか」と訊かれた。ディラーはそしらぬ振りで、ええ、料理をやらせればそこらの料理人より腕はいいし、民謡もうまいんですよ、と褒めちぎってかわした。もっともアントニオが民謡を歌うときには、歌詞のなかの性がときどき入れかわることがあるのだが。

マウロの娘が駆けこんできて、怪我人が山の上にいることを伝えると、ディラーは残念そうにうなった。マウロの娘は、ディラーの医療器具一式が入った鞄をダッジのパワーワゴンに運んだ。この車は救急車の役目を果たし、後部にはカンバス地の幌がついていて簡易ベッドもあった。娘のあとからディラーがキャセロールを抱えてついてきた。この料理で一番好きなのは、底のほうの豚脂の沁みこんだザウアークラウトだったからだ。母屋のポーチでディラーはふと立ちどまり、夕方のにおいを深々と吸いこんだ。厩肥、甘いクローヴ、押しつぶされて腐りかけた花、熱く焼かれた岩と砂が少しずつ冷めていくにおい。日中の日ざかりであっても薄暗く陰気なこの谷を、ディラーは心から愛していた。

現場に到着すると、ディラーはマウロに懐中電灯を持たせ、両手の豚脂をズボンにこすりつけて拭いてから、怪我人のわきにかがみこみ、祈りを捧げて視診した。なんとか生きながらえるのではと思ったが、ここ二十四時間は予断を許さないだろう。それほどに脱水症状は激しかった。頭蓋骨は大丈夫そうだったが、せわしなく動く眼球から、男が強度の脳震盪を起こしていることがわかった。ディラーは鞄のなかからペンライトを取りだし、素っ裸の男の目にぐっとかがみこみ、視神経乳頭の浮腫と、深刻な脳震盪を確認した。そしてでっぷりした両手で手ぎわよく男の体を触診し、骨折箇所は肋骨と左腕のみとの診断を下した。それから男の体の下に両腕を差し入れ、抱えあげた。マウロが鞄を持ち、懐中電灯で前を照らした。

診療所に戻ると、ディラーはマウロの助けを借りて一晩じゅう治療にあたった。アントニオがいて手伝ってくれたらと思ったが、アントニオはいつもの見え透いた言い訳をして不在だった。ディラーは、患者について少なからず不可思議な印象にとらわれていた。懐中電灯で照らしていたときは、国境の南の麻薬抗争で袋叩きにあったあわれな犠牲者がまた一人出たのだろうと思っていた。たしかにそういう犠牲者たちは、よく効く鎮痛剤ジラウジッドを打って天国への道を楽にさせてやるような老いぼれ癌患者たちとはちがい、ディラーにとってはかなりおもしろい症例を与えてくれることがある。ところがこの素っ裸の男は、血を洗い流してみると純粋な白人であることがわかったし、きちんと床屋で手入れした髪、高価な金の詰め物をした歯、きれいに切り揃えられた爪、濃く日焼けしたところとしていないところのはっきりした肌、引き締まった体など、どこから見てもヤクの密売人には見えなかったのだ。

夜明け近くなって、男の脈拍がしっかりしてきて、静脈点滴の成果があらわれたことに、ディラーは口もとをほころばせた。複雑骨折した顎骨を慎重に診察し、患者の気持ちしだいではあるが、のちほど整形手術が必要となるだろうと思った。マウロは男のひぶくれした皮膚を酢で洗い流し、すっかりくたくたになりながらも膨れあがった睾丸に温湿布を当て、こういう仕事はアントニオが一番うまいと思うんですがね、と冗談を飛ばした。ディラーはさすがに取り澄ました顔をしていることができず、声をあげて笑った。医者が《ラ・パロマ》を歌いながら男の肋骨に包帯を巻き、この名曲の難所であるトリルの部分はマウロがかわりに歌った。マウロと医者は、診療所内で唯一の個室に男を運びこんでしまうと、ポーチに出た。マウロの娘が夜明けの光のなかでコーヒーをいれてくれた。ディラーはマウロにウィンクし、睡眠薬のデキサミルを一錠与え、自分もひとつ飲んだ。マウロは、どうしても眠れないときに二人で楽しむこのささやかな秘密ににんまりと笑った。もっとも、医者がベッドの下にしまいこんである瓶入りのメスカルのほうが、ほんとうはもっとありがたかった。酒を禁じた教会内で、かつて医者は公然とそのメスカルを飲んだことがあったのだ。ディラーも同じことを思いだしていた。あれは大人になってただの一度だけ味わった酒だった。はるか昔、伝道所に来た二年目に、メキシコでの生活にはもう耐えられないし、あなたのことも愛してないわ、と妻がヒステリックにわめいて彼のもとを永遠に去ったときのことだ。ディラーは中庭の土の上にへたりこみ、母屋のなかやポーチから手伝いの者たちが心配そうに見守るなか、一晩じゅうさめざめと泣き通した。その悲しい夜のさなかに、マウロがディラーに一リットルのメスカルを持ってきてくれ、ディラーはそれをむさぼるように飲んだのだった。翌日の暑い日中も、ディラーは土の上で眠りこけ、みんなが順番に影を作ってディラーの顔を日焼けから守ってくれ、蠅も追ってくれた。ディラーはそのときの痛みを思いだして、ふと笑みを洩らした。

朝一番の陽射しが、山頂の淡い黄褐色の部分を照らしだした。岩肌の奇妙にぼやけた茶色を見ていると、ディラーはいつも鹿のわき腹を思いだすのだが、今朝はその鹿のわき腹から鹿肉を思いだした。そして思った。ポークとザウアークラウトはどうもあわないから、もうあの料理はやめて完全にメキシコ料理だけにしよう。雄鳥(おんどり)が鳴くと、ディラーは今度はローストチキンを思い浮かべた。料理人が呼んだので、マウロと一緒に台所に入り、とうもろこしのトルティーヤと大きなボウルいっぱいのメヌードを食べた。メキシコ人と同じように、牛の胃袋(トライプ)を煮こんだこのシチューは健康回復にいいと信じていたが、この料理が好きじゃなかったら、そうは信じなかったことだろう。ディラーは味にはうるさいほうだった。そして、骨格ががっしりしていてかなり筋肉質であるとはいえ、体重が三百ポンドの大台にゆるやかに向かっていくにつれ、料理への執着がゆっくりと自分を殺しつつあることもよくわかっていた。デキサミルが耳のなかの血流をどくどくとひびかせた。すでにこの地方に骨を埋める覚悟をしたディラーは、死との戯(たわむ)れを楽しんだ。朝食のあと、巡回しながら短い愛と死の歌を口ずさんだ。そしてディラーは思った。あの患者が昏睡状態を脱したときの痛みに耐えるには、丈夫な胃が必要となるだろう、と。

その晩、地域の政府軍大佐であるエクトルが、怪我を負った男に関する報告書を作成するために立ち寄った。昼間、無線で報告を受けたとき、エクトルはついうれしくなって、助手にジープを用意させ、一泊旅行用の支度を命じたのだった。ディラーを訪問することは、すなわちすばらしい料理にありつけるということだし、一晩じっくりチェスでもやりながら、庭いじりや政治、食用の家畜の育て方について議論したりできるからだ。それに自分の健康についてくわしく話す機会だって持てる。というのも、五十代なかばになったエクトルは、健康がやたら気になりだし、なかでも性的能力の衰えに不安を感じていたからだ。大佐はディラーのあつい宗教心に敬意を払い、性的能力の医学的側面を遠まわしにそれとなく訊いてみた。ディラーにはこれが愉快で、酒とタバコを控え目にして体をうんと動かすことを勧め、最後はちょっとからかうつもりで、女（コンチータ）のことなんか忘れてもっと霊的な心配をしたほうがよろしくないですかな、とつけ加えた。ディラー自身もつい最近、めずらしく肉欲の脅威を感じたが、それは腿の奥のほうをサソリに刺されたある魅力的な山の少女の治療をしたときだった。そのときは一心不乱に神に祈ったが、あまり効果はなく、新妻とへとへとになるまで体をむさぼりあったノース・ダコタでの新婚時代を思いだすばかりだった。

エクトルとその助手は、うんざりするような仕事はさっさと片づけて早く夜を楽しもうと、到着すると真っ先に怪我を負った男を見にいった。ディラーは、傷がいくらか治ったらこちらから送りましょうといって、指紋の採取はさせなかった。しかもあとで送る指紋も、だれにも累（るい）がおよばないように自分の指紋にするつもりでいた。メノー派は信者同士ではけっして法的措置を取らず、この原則をディラーは自分の仕事にも当てはめていた。魂と肉体を重んじていたし、行政当局は自分の助けなどなくてもちゃんと仕事をこなせるくらいの技量を持っていると信じていたからだ。エクトルは、尋問のためにふたたび医者を訪問できるのをよろこんだが、そのときにもディラーは、もちろん患者しだいではあるが、記憶喪失を装（よそお）うよう勧め、事情聴取や厳しいメキシコの刑法典から逃（のが）れさせるつもりだった。助手はマウロのわずかな情報でおざなりの報告書を書きあげ、それから谷を下ったところにある田舎の安酒場へ顔を出しにいった。エクトルと医者は食卓につき、ご馳走にありついた。エクトルは、今日一日いかにもたっぷり仕事をしたような風を装っていたが、記憶にとどめておくつもりは毛頭なかった。

怪我を負った男を発見してから三日がたつと、ディラーは少し不安になってきた。男がわずかに肺炎の症状を呈していたのでペニシリン注射を施したのだが、病状はすぐには回復してくれず、男がアレルギー体質でないことをひたすら祈った。ディラーは、男をエルモシヨにある設備の整った病院にヘリコプターで送りたくはなかった。さらに二日が経過し、熱は引いたものの、昏睡状態はあいかわらずつづいた。さすがにディラーも、男があと二日昏睡から醒めなければ、無線でエクトルを呼ばざるをえないだろうと判断した。マウロたちと二人一組になって手当をすることが気に入っていたし、怪我を負った男への興味も大きかったので、なんとか男を引き留めておく口実がほしかった。明朝はいよいよエクトルに連絡しなければという夜、ディラーは、マウロがコヨーテの牙で作られたネックレスをベッドの柱にかけておいたのに気づいた。ネックレスは、家畜の餌係であるマウロの母親からのものにちがいなく、アントニオなどは、薬草医かつ巫子として名高いこの老婆を避けていた。ディラーは、この手の迷信の危険性を説いて聞かせることがよくあったが、いまは愛の一形態と受け取れる彼女の善意に、頬をゆるめた。明かりを消して病室をあとにしたとき、ディラーは気づかなかった。怪我を負った男が、あざのないほうの瞼のわずかな隙間を通して見ていたことに。

怪我を負った男のことを、それほどくわしく知る必要はない。男はいま、真っ暗な闇と、静かに回転する樫の木でできた天井扇を、薄目で見あげていた。名前はコクラン。ディーゼル発電機の低いうなり、部屋を飛ぶ一匹の蚊の音、そして離れた部屋にある医者のラジオからの音楽が、かすかに聞こえてくる。彼の体は青あざだらけだったが、ラジオの音楽が奏でる旋律も、さながら夜をあざだらけにするかのように、酷薄なほど悲しくロマンチックだった。しかし彼の涙は、ここ数日間の半覚醒の日々でとうに枯れてしまっていた。コクランは、死んだふりをする動物のように、わが身に降りかかる脅威を推しはかろうとしていた。そして直接的な脅威はもはやないとわかったいま、安心感より疑念がさきだった。自分がまるでどこかのひそかな暗闇のなかに漂っていて、外では世界が、自分のあずかり知らないルールに従ってまわっているかのような感じだった。

コクランは、復讐など微塵も思い浮かばないほど完膚なきまで叩きのめされていた。そして叩きのめされたことを、たったいまこの部屋から、自分が生まれたときまで遡って伸びている一本の長い糸のように見なしていた。彼の精神は、なにもかも忘れた記憶喪失者の平安な感覚というより、新たな特異性を獲得し、そのおかげで、耐えがたい現在まで連綿とつづくその糸に沿ってあらゆることを詳細にわたってたどることができるのだった。そのうちのどれひとつとして避けてとおることができないのは、傷を負った胸が包帯から逃れられないのと同じだった。痛みはひどく、眠れなかった。明日はこの苦痛から逃れるために、意識が回復したことを医者に伝えなければならない。コクランは自分の用心深さをなかばおもしろがった。その用心深さは、無意識のうちに湧きあがる、生きようとする意志のあらわれでもあった。自分がいかに人生のぬかるみを歩んできたかを後悔する気になどなれなかった。後悔することには飽き飽きしていたし、その夜残っていた唯一のエネルギーも、どうしてこういうことになったのかを突きとめたいという、せいぜい機械的な気力でしかなかった。

今夜はコクランの人生でもっとも長い夜となるだろう。そしてこの夜にくべられたエネルギーは、部屋の暗闇を吹きわたるつらくひんやりした澄んだ風に似ていた。まず医者が祈りをつぶやき、そしてその前に老婆がネックレスをベッドの柱にかけて彼の目の上に手を置き、つぎに踊りながらやってきた若者がひとめコクランを見ようとシーツを下げた。それから長い真っ黒な無がつづき、それが突然カメラのシャッター音によって中断され、朱い皮がだぶついたハゲワシの首が見えてきた。黄色い目をしたコヨーテの喉音が聞こえてくるとハゲワシは空へ飛びたち、コヨーテは彼をじっと見つめた。両者ともこのような単純な動作以上のことはせず、彼の呼吸は折れた歯のあいだからひゅーひゅーと口笛のような音をたてていた。その前は、彼はトランクルームのなかにいて、車の排気ガスのにおいを嗅ぎながらがたがた揺られ、血を流していた。喉の血だまりを吐きだそうとして苦痛にあえぎながら咳きこんでいると、おびただしい血が出てきた。やがて空中に放りだされ、藪のなかを転げ落ちながら胸を岩に打ちつけ、さらに転がりながら頭をべつの岩にぶつけたのだ。

それだけ大怪我を負った男のことを、くわしく知る必要はない。なぜなら、怪我のせいで彼の人生は激変してしまったのだから。それは改心とか洗礼の秘跡が、たとえありふれたことであっても人生を一変させ、クリスチャンを改宗させたり仏教徒に悟りを開かせたりするのと同じである。しかしわれわれは、一貫性を欠いた彼の苦しみはさておき、いわゆる単純な事実というものに目を向けるとしよう。ちなみに〝事実の単純化〟というのは、特異な汚水だめとなり果てた人生からわれわれが目を逸(そ)らしたいときに好んで使う概念である。

マウロと娘に道ばたで発見される前の朝は、夜に向かってまる一日かけて腐っていく死にかけた肉の塊にほかならなかったコクランだが、その前日の朝は、希有(けう)の愛に満たされて目覚めたのだった。彼はツーソン郊外のやや高価なアパートに住んでいた。このアパートの最大の魅力は、プライベートの小さな中庭に立つ一本のライムの木と、三面あるクレイ・テニスコートで、彼はその部屋をまた借りしていた。もとはといえば、あるニューヨーカーが所有するコンドミニアムなのだが、持ち主は持病の喘息(ぜんそく)がすっかりよくなり、東部のマネーゲームに復帰していったのだ。

コクランは恋をしていて、目覚めるとすぐに恋人に電話した。こういうことをするのは、青くさい若者かとんでもない愚か者か、あるいは二十年飛び越えて、三十代後半か四十代前半になって恋にとり憑かれてしまった人間にかぎられる。二人は、スペイン語と英語を自在に操りながら息せききって話した。そして、まもなく衆目(しゅうもく)のなかで会って公けの仕事をすませ、二人で国境を越え、メキシコのアーグア・プリエータの南にある、コクランがウズラ狩り用に借りていた小さなキャビンにしけこむ手はずを整えた。

いまさら心配することなどなにもない。シャワーを浴びながら、コクランはそう思った。どうせこの二年というもの、ずっと行き詰まり状態にあったのだから。四十一のコクランは、鏡の前でひげを剃りながら、以前のようにふと手を休め、自分の引き締まった体をながめて悦に入ることもなくなっていた。目にはいつも疲労の色が浮かび、睡眠薬の世話になっているのがありありとわかったからだ。

リビングルームに行き、タオルで体を拭(ふ)いたあと、鳥猟犬であるドールという名のイングリッシュ・セッターをスライドドアから出してやり、入念にヨガ風ストレッチをはじめた。途中休止してドビュッシーの《海》をステレオでかけ、娘が五年生のときのクラス写真から作った大きなポスターをながめて、顔をほころばせた。だがその微笑(ほほえ)みの裏側で、小さな電流にも似た孤独の痛みを感じていた。マドリッド郊外のトレホンに配属されていたころ、日曜のご馳走の買い物をするために、土曜日に娘と一緒によく市場へ行ったことを思いだしたのだ。母親ゆずりの金髪と、スペイン語で買い物をするのが好きだったおかげで、娘は市場の店主たちにずいぶん気に入られた。買い物のあとは二人でカフェに行き、彼は白ワインのハーフボトル、娘はオレンジジュースを頼むのだった。そのときも娘は、子どもらしくたどたどしいスペイン語でゆっくりと、「オレンジジュース(ユゴ・デ・ナランヤ・アル・ナチュラル)、ください」といった。年老いたスペイン人たちは、娘がタパスを食べるのを見るのが好きで、酢漬けのイカやタコもなにもかも平らげる娘の〝魂の深さ〟を褒(ほ)めそやすのだった。いまではその娘も、母親と一緒にサンディエゴで暮らしていた。

いろいろあったが（彼は酒に女にと遊びほうけ、じっとしていたためしがなかった）、なんといってもラオスでの任務が結婚を崩壊させるきっかけとなった。彼のファントムがラオス上空で七五ミリ砲を被弾し、彼は死亡したナビゲーターを残して緊急脱出、ラオス愛国戦線やベトコンを避け、親切な漁師たちの平底船で二カ月を過ごしたのだ。基本的には政治に無関心なので、あの戦争も、いまとなっては悪夢のなかにあらわれるだけだった。十九歳から三十九歳までの二十年間を海軍の戦闘機乗りとして務めたが、いまでは飛行機を正視することさえできなくなっていた。どこへ行くにも、カリフォルニアで飲んで騒いだときの勢いで買った、おんぼろマークⅣに乗って出かけるのだった。

ストレッチを終えたあと、彼はコーヒーを飲み、C6トレーバートのグラファイト製テニスラケット三本をじっくりながめた。前日に行なわれたクラブのトーナメントでは二位だった。自分の半分ほどの年齢の、アリゾナでプロとしてもっとも将来を嘱望されている若者に負けただけだった。この日のダブルスでは彼のチームが本命視されていた。ダブルスのほうが彼の脚には楽だった。前日の炎天下で行なわれた決勝試合は七－五、四－六、六－四という結果だったが、かろうじて第二セットを勝ち取ったときも、第三セットには脚がもたなくなるのは目に見えていた。ティベイは部下に、カードに一本の白いバラをテープでとめさせ、ドン・ペリニョン一ケースをマークⅣに積みこませた。コクランはそのバラの意味がわからなかったが、てっきりティベイの妻ミレアからのものだろうと思いこんでいた。

ティベイの本名は、バルダッサロ・メンデス。ほかの金持ちメキシコ人たちと同じように、ティベイも合衆国に別宅を持っていた。金持ちメキシコ人たちの社会はこぢんまりしたもので、パームビーチ、ダラス、フェニックス、サンアントニオなどでたがいにパーティを開いて交流していた。彼らは不動産に莫大(ばくだい)な投資をした。不動産なら離れたところからも安心して目を光らせていられるからだ。そして巨万の富とヨーロッパ的な魅力で、アメリカの上流階級にすんなり溶けこんでいくのだった。自宅で開くテニス試合では、ティベイは彼を助っ人選手として利用したし、コクランはコクランで、ときに荒々しいエネルギーを見せるこの男に一目(いちもく)置いていた。コクランはけっしてティベイから金を受け取ろうとはしなかったが、メキシコシティへの旅だけはありがたく受け、カミノ・リアル・ホテルの屋上で行なわれた試合では、二人でダブルスを組んでテキサス男たちのチームを討ち負かしたのだった。コクランはそれで三千ドルをポケットに入れることができた。ティベイがフォーケッツで二十人分の晩餐会を開くときの額も、だいたい似たようなものだった。

ミレア。コクランはガットの張り具合を確認し、ラケットを置いた。社会面の記事から切り抜いた写真を財布から取りだし、障害レース用のサラブレッドに凛(りん)としてまたがる彼女のほっそりした体を見つめた。そして思った。まさかこんなことになるとは。コクランはいままでいろんな愛の修羅場(しゅらば)をくぐり抜け、ついこのあいだまで、愛などはしょせん病(やま)いの一種、世界がいまより若くて賢いと思われた時代にはやったひとつの概念にすぎないというふうにしか思わなくなっていたはずだった。

コクランはフロアに横になって深呼吸し、頭のなかに巣くおうとする不安の種子を懸命に振り払った。かつて仲間のパイロットがはかない運命を悲観したりすると、コクランはいつも一笑に付したものだった。それじゃまるで胸骨の下にぽっかり空いた隙間にどんどん蝕まれているみたいじゃないか、と。しかしそんなふうに思っていられたのも、ラオスの任務であやうく命を落としかけ、方向の定まらない窒息感、自由落下の恐怖に襲われる日までだった。ドールがスライドドアを引っかいたのでなかに入れてやった。それから飲み水をかえてやって、カウチのねぐらに落ちついたドールをなでてやった。ドールはいつも華奢で女性的で、ときにははにかむことさえある犬だった。それがひとたび狩り場に出ると完全に冷酷な狩猟犬と化すことに、コクランはいつも驚きを禁じえなかった。

　だれもが自分の人生に、労せずして与えられる、ある種神秘的なものを望むものである。ミレアに出会う前は、コクランは、テキサス南部のコーパス・クリスティ出身でウェルズリー大学を卒業したばかりの若い女と、短いあいだつきあっていた。しかし、その神秘はすぐに罵りあいに変わり、コクランは、自分では気づかなかった退屈さに突き動かされて、女との関係を〝みずから望んだ〟のだということを思い知った。この二年はなんとか市民生活に慣れようとつとめてきたのだ。もっとも、海軍の生活にはとうとう慣れなかった。海軍が口やかましい母親ならば、自分は養子に来た孤児であり、母親である海軍は、仕事量に応じた分しかかわいがってはくれなかったからである。テキサスの女は、聡明で手足がすらりと伸びた美人だったが、若さゆえ、二人の関係にのめりこみすぎていた。彼女が足しげく通ってもらいたがっている家だとしたら、女よりわずかに年上だったミレアは、足しげく通われる家だった。コクランがティベイの家でテニスをするようになってから三カ月を過ぎたころ、ようやくミレアはコクランの存在に目を向けてくれた。ある日ティベイの邸宅で夕食を食べながらたらふくワインを飲んだあと、コクランがミレアの書斎に入って本をながめているところを目に留めたのだ。ほかの男たちが高額の賭け金でビリヤードに興じ、女たちが新しいジバンシイがどうだとかホルストンがどれだけつまらなくなったかといった話題で持ちきりのときだった。

はじめて入隊したときにキューバのガンタナモに配置され、後年スペインのトレホンに配属されたりしたことで、コクランは流暢（りゅうちょう）にスペイン語を操ることができた。頭の悪い人間にはなりたくなかった。インディアナで過ごした少年時代には、どうやって動くのか確かめようとフォードV8を分解したこともあるし、海軍に入ったのも、ジェットエンジンをいじれるからこそだった。一般市民がジェット戦闘機の操縦に要する頭脳を過小評価することには、いつも驚かされた。コクランのスペイン語の習得は、徹底的かつ体系的なものだった。中西部の農家には知りたがり屋の孤独な少年がうじゃうじゃいるが、コクランもその例に洩れず、ガンタナモに来てはじめて、人はどうして異なった言語を話すのだろうと不思議に思ったのがきっかけとなった。じつに単純な疑問ではあったが、だからといって惹（ひ）かれる気持ちがそがれるようなことはなかった。しかし、こういう素朴な田舎少年ほど空想のエネルギーを持つものであり、コクランは言語の人工性という考えに強く惹かれ、スペイン語をテストケースとして習得、太陰太陽暦に通じた天才白痴（イディオ・サヴァン）のごとく勉強し、小説や詩を通していっそう磨きをかけた。ベッドをともにする女たちや友人のなかには、そんなコクランにあえて疑問を差し挟むものはいなかった。なぜならコクランには生来の指導者的素質があるからであり、やろうと決めたことには、たとえビリヤードだろうがシュノーケリングだろうがテニスだろうが、なんにでも秀でたからだ——つまりそれは、おべんちゃらを独り占めにし、羨ましがられながらほかのみんなよりますます水ぎわだっていく生得の能力を持つということだった。

そんなコクランに、いまこの美しい生き物が近づいてきたのだ。コクランの手には、彼が親しんだロルカの選集が一冊あった。バルセロナで出版され、半透明の用紙に印刷された革装の本だった。過去三カ月にわたって少しも彼女に注目されていなかったコクランは、大いに戸惑いを覚えた。この戸惑いのせいで、〝行動を起こす〟どころか内向的な緊張に迷いこんでしまい、ミレアを見たとき、自分がいつもの気さくな優雅さと場の支配力を失っているのを感じざるをえなかった。彼女を見つめているだけで、心臓が停まる思いがした。前日にしても、コクランがプールで泳いでいるとき、ミレアが昼寝をするというと、ティベイは理解しかねるというように肩をすくめたが、昼寝に行く前にミレアがクラブサンドイッチをひとくち口に運ぶのを見ただけで、コクランはたちまち喉の乾きを感じるほどだった。コクランは、自分がティベイの友人の一人なものだから、単なるティベイの取りまきの一人としかミレアに思われてないのではないかと感じ、なんとかそういう印象を払拭しようと、遠まわしにさりげなく、あらゆる努力をしてきた。しかし、ミレアが書棚の前にいるコクランに近づいてきたこのときこそ、彼にとって二人っきりで話すことのできるはじめての瞬間だった。ミレアは、コクランの手にある本を指先でなぞりながら、逆さまになった題を読んだ。そしてそっと微笑み、ロルカの詩をスペイン語で口ずさんだ。「林檎の夢を眠りたい／墓地の喧噪を／はるかに離れたところで……」コクランは、それほど美しい声をかつて聞いたことがなかった。思わず純真な学生のようにぽっと頬を染め、天井をじっと見つめながら同じ詩人のべつの詩を口ずさみ返した。「おまえの下っ腹は根っこの戦場だ／おまえの唇はぼやけた夜明けだ／花壇のなま温かいバラの下には／死体がうめき、順番を待つ」

ミレアに一瞬まじまじと見つめられると、コクランのこめかみは狂ったようにうずいた。ミレアが頬をぽっと染めて顔をそむけたので、コクランは、場の緊張をほぐすためになにかばかばかしいことでもいおうかと思ったが、肝心の言葉が見つからなかった。ミレアが遠くのものでも見つめるかのように心持ち顎をあげた。ミレアのその喉もとを見つめながら、クローバーかオレンジのような香りがそこから立ちのぼってきたような気がした。思わず本を床に落としてしまうと、ミレアは笑って立ち去っていった。ゴブレットにブランデーをなみなみと注いで一気に干すと、ブランデーは喉もとにこみあげ、涙がにじんできた。

その夜コクランは、家に帰って睡眠薬や酒を飲んでも、寝返りを繰り返すばかりで眠れなかった。夜明けと同時にドールを車に乗せて砂漠に連れだし、ウズラでも追わせようとしたが、あいにくまだ八月でウズラ狩りは解禁になっておらず、コクランが銃を持たなかったため、ドールにはちっともやる気がなかった。かわりにメスキートの藪にひそんでいた小さなフクロウを目標に定め、それをからかうように周囲をくるくる走りまわるだけだった。コクランは長旅にでも出ようと思った。自分がこれほどまでにのめりこんでしまう女と出会ったのは、じつに十八のとき以来だった。ミレアを見ていると、パリの美術館で見たモジリアーニの絵に描かれた女たちの姿が鮮明によみがえってきた。そのうちの一枚を見ながら、この絵のなかの女ならおれは愛せる、といった。いまにして思えばばかげた話だった。低木のユッカとメスキートが織りなす目の前の景色をぼんやりながめていると、ドールがくんくん鼻を鳴らしながら前足で足もとにじゃれついてきた。

車で戻る道中、頭が割れるように痛み、テープデッキのテープを六回も取りかえた。ジミー・バフェットの《ザ・パイレーツ・ターンズ・フォーティ》を聴きながら、自己嫌悪に駆られた。めずらしくドールをフロントシートに呼んで頭をなでてやりながら、自分はやはりウェイトレスやスチュワーデスたちのもとに戻るのが妥当なのだ、という考えに落ちついた。どうせ金持ち女たちは、ずっと嫌悪の対象だったのだ。数カ月前にコーパス・クリスティの女と泳ぎにいったとき、彼女はティファニーの腕時計をうっかりはずし忘れてだめにしてしまったが、そのときもコクランは、ふとインディアナで過ごした少年時代を思いだし、その腕時計があれば、当時の彼の家族全員なら一年は食いつなぐことができただろうに、と思った。当時コクランの家族は、小さな農場と、自動車およびトラクターの修理店を所有していた。生活に窮すると、父親は中古のバッテリーを三羽の鶏と交換し、日曜のご馳走にしたものだった。そんな生いたちを持つ自分が、メキシコの億万長者の妻に切なく恋い焦がれるなど、身の程知らずもいいところだった。いや、億万長者どころじゃないかもしれない。なにしろティベイは、小さい飛行場用にリアジェットとパイパーのツイン・コマンチを所有しているのだ。家に着いたらヴォネッタに電話しよう、コクランはそう思った。ヴォネッタは彼と同い年のステーキハウスのウェイトレスで、セックスが抜群にうまく、二度の離婚歴を持つ。何度か狩りや釣りの旅に連れていったことがあるが、メスキートの炭火でウズラを焼くのが上手な女だった。もちろん、うんざりするほど陳腐なジョークばかり口にするし、アパートの壁を黒いベルベットでおおって、そこに憤怒の目をした牡牛の絵とかタヒチの夕日の絵を飾ったりするという趣味の悪さだった。ある朝目覚めたときなどは、ヴォネッタが車寄せで彼の車を洗っているのを見て、情けなさのあまり腹をたてたほどだった。

家に帰って睡眠薬を二錠飲み、熱いシャワーを浴びると、すんなり寝つくことができた。電話には枕をかぶせておいた。眠りに落ちながら、父親から届いた短い手紙を思いだして微笑んだ。少し前に、あるテニストーナメントの優勝トロフィーを抱えている写真を娘に送ったのだ。元妻はコクランの一番上の兄と再婚しており、その兄はサンディエゴのはずれで家族の経営するマグロ漁船に乗り、父親と一緒に漁師をしていた。コクラン家は、コクランが十代のはじめのときにインディアナを離れた。コクランにはいまだにそのことが残念でならなかったが、カリフォルニアに移ってからは、父の事業は順風満帆だった。手紙のなかにはこう書いてあった。

〝写真を見たぞ。すごいじゃないか。ショートパンツ姿で走りまわるのに飽きたらいつでも来いよ。船におまえの居場所を用意して待ってるから。じゃあな。父より〟

しかし、午後のなかごろにドアにノックの音がして目覚めたとき、悪夢はふたたびはじまった。ミレアが使いの者に、書斎の本を丁寧に包装した箱に入れて持たせたのだ。すべて革装で、余白には彼女の書きこみが随所に見られた。本はバローハの小説数冊、カミロ・J・セラの『パスクワル・ドゥアルテの家族』、ファウスティノ・ゴンサレス・アレールの『ニナ・ウアンカ』、そしてマチャード、ギリェン、オクタヴィオ・パス、ネルーダ、ニカノール・パラらの詩集などだった。短い手紙も添えられていた。〝わたしの大好きな本よ。あなたも気に入ってくれるといいわ。ミレア〟そして追伸にはこうあった。〝「分別の光(ラ・ルス・デル・エンテンディミエント)が／わたしを(メ・アセ)とても慎み深くさせる(セル・ムイ・コメディード)」〟

コクランはコーヒーを三杯たてつづけに飲み、さらにブランデーを一杯飲んだ。そして追伸に引用された詩句の原典を探してみた。おそらくロルカあたりにちがいない。そしてようやく『不実な妻(ラ・カサダ・インフィエル)』のなかに発見した。もう一杯ブランデーを注いでから電話をかけたが、あいにく召使いは、セニョール・メンデスはいまメリダに出かけてます、と答えるだけだった。ではミレアを電話口に、などとはとてもいえなかった。そしてリビングルームをうろうろしながら、ふらつく頭で自分のばかさ加減(かげん)を罵った。くそ、これでもうティベイを訪ねるふりをして立ち寄ることができなくなったじゃないか。ティベイの召使いたちは、ボディガードでもあるらしかった。召使い特有の無機的な雰囲気は、連中にはなかったからだ。コクランは、このときはじめてミレアの裸体を想像することを自分に許した。そして罵(のの)りとブランデーグラスをカウチの上の壁に叩きつけた。ドールがヒステリックに吠えたてたので、なだめるためにハンバーグのパテを与えた。もう一度ティベイの家に電話をかけ、もしかしたら今度はミレアが直接電話を取ってくれるのではと期待したが、出たのはやはり先ほどの、まるでじっと電話を見張っているかのような召使いだった。銃の棚からショットガンを取りだし、スキート射撃にでも行こうと思ったが、あまり気乗りはしなかったし、集中できないのもわかっていたので、もとに戻した。そして、砂漠で長い夜の散歩でもすれば気分も鎮まるだろうと、ハイキングブーツにはきかえた。

車に乗ろうとしたそのとき、となりの駐車スペースに車が滑りこんできた。なんとミレアだった。呆気に取られるあまり、お邪魔だったかしら、といわれたときも、とっさに言葉が出てこなかった。彼女は両手で髪を整え、首のまわりのスカーフをちょっと直すと、茫然としているコクランを見てくすくすっと笑った。コクランは彼女の手を取り、おどけるようにさも恭しく口づけした。ミレアもコクランの手にキスを返し、つぎに歯をたて、いたずらっぽく笑った。「ずっと考えてたの。あなたと二人っきりになれたらって」

二人はその晩ずっと愛しあったが、九時になると、疑われるとまずいからそろそろ帰るわ、とミレアがいった。コクランが、でもティベイはメリダに出かけてるんだろ、というと、ミレアは答えた。わたしには夫の代わりが何人もいるの、それも、わたしをちょっとでも傷つけた人間は生かしちゃおかないような連中がね。そしてさらにつけ加えた。あなたに手紙を書きたいの。部屋を出てちょうだい。あすの朝まで読んじゃだめよ。コクランがバスルームの鏡に自分のにやけた顔を映して待っているうちに、ミレアはこっそり帰っていった。玄関ドアが閉まる音を聞きつけて、コクランはバスルームを飛びだしたが、玄関から出ると、すでにミレアは白のBMWに乗りこむところだった。そのまま手を振り、猛スピードで走り去った。ドールが玄関でコクランを出迎えてくれた。女がコクランのもとに訪ねてくると、おそらく嫉妬するのだろう、女がいるあいだじゅう、ドールはきまって寝ているか寝たふりをするかのどちらかだった。コクランは手紙を破いて開封した。なかには、さよならなんてだいきらい、とあり、〝愛してる〟が七回書いてあった。コクランは、ガスレンジの前でばかみたいに歌を歌いながら特大ステーキを焼いたが、食べたのは半分だけで、あとはドールにやった。その晩は数カ月ぶりにぐっすり眠った。まるで、魂のなかに長いこといすわっていた親不知の鈍痛から、ようやく解放されたかのようだった。

それがほんの三週間前の出来事だった。テニスバッグに荷物を詰めているコクランの胸にじわじわと恐怖が襲ってきたが、その恐怖にはまんざら心当たりがないこともなかった。ある晩ミレアは、コーヒーを裸の胸にこぼしてしまうと、しくしく泣きはじめたのだ。コクランがすぐに軟膏を取りにいくと、ミレアはいった。火傷なんかしてないわ。ただ、どこにもわたしの居場所がなくて、それがとても悲しいだけ。熱いコーヒーが彼女の白い胸に作ったピンクの丸い模様に、コクランがキスしようとすると、ミレアは狂ったように、わたしに触れないで、と叫んだ。コクランがその場に立ちつくし、ミレアがベッドに起きあがってコクランをじっとにらむ状態が三十分ほどつづいた。コクランはこれほど深い美しさをたたえた裸身を知らなかったので、とうとうひざまずいて彼女の膝頭にキスした。ミレアはコクランをそっと抱き寄せてくれた。コクランは息せききったようにミレアに語りかけた。じっくり考えたんだ。わたしの貯金を持って二人でセビリヤに逃げよう。わたしがこの世で一番好きな街だ、あそこならだれにも見つかりやしない。しかしミレアの答えはこうだった。二度とそんなことをいいだしたら、あなたとはもう会わないわ。その晩帰るとき、ミレアの態度は妙によそよそしかった。

車のところでキスしているあいだ、コクランもミレアも、〝召使い〟の一人が百ヤード離れた椰子(やし)の木に寄りかかって見つめているなどとは、知るよしもなかった。

二人の秘め事に対してはじめて実質的な警告がなされ、二人の関係に変化をもたらしたのは、コクランがダブルスのパートナーに、酒を交(か)わしながらうれしそうに情事を打ち明けたときだった。このパートナーは、コクランがなんでも打ち明けられるツーソンで唯一の親友で、メキシコ航空のパイロットだった。ばかな、きさま気でも狂ったか。ティベイはどうしてティベイと呼ばれてると思ってるんだ。コクランは、わからない、と答え、友人の反応にショックを受けた。パートナーは教えてくれた。「ティベイってのはな、ティブロンだよティブロン、つまりスペイン語で鮫(さめ)ってことさ。明日にでもこの町を出て、二度と舞い戻ってくるな。もし出ていかなかったら、その淫乱(いんらん)女に魂どころか命まで奪われるはめになるぞ。砂漠の土に埋められてもいいのか」コクランは友人のグラスに酒を注いだが、友人は、二人のグラスに酒があふれそうなことなど見向きもせずに先をつづけた。ちょっとしたコネがあるから、偽造パスポートを手に入れてやってもいい。金が必要なら用だててやろうじゃないか。

なんとも忌(い)まわしく恐ろしい夜だったが、翌朝目覚めてしまうと、なんということもないように思えた。けれどもふとした拍子にミレアにそのことを洩らすと、彼女はけらけら笑いながら答えた。そんなこと本気にしないで。あの人が殺すとすれば、あなたじゃなくてまずこのわたしよ。ミレアはそれっきりこの話に触れようとはしなかった。それがほんの数日前のことだった。このトーナメントが終わればティベイはカラカスに出かけてしまうので、コクランは、ミレアと二人っきりでまるまる三日間過ごす計画でいた。ミレアは、国連外交官と結婚した姉をニューヨークに訪ねるという口実を用意していた。お抱え運転手がトーナメントのあとミレアを空港まで送ってくれ、コクランがそこでミレアを拾い、二人でアーグア・プリエータのとなりにある国境の町ダグラスへ行き、翌朝キャビンに到着するという手筈だった。

テニスの試合以外はすべて順調にいった。午後に行なわれた試合は、火ぶくれを起こしそうなほど熱く、無慈悲にも長引いた。観衆のなかにミレアの姿が見えず、第一セットをパートナーの絶妙なプレーで勝ち取ったものの、第二セットは六-二で落としてしまい、第三セットものっけからひどい出足だった。パートナーにはにらまれるし、脚は鉛のように重かった。サーブの最中にいきなり立ちあがった観客席の女には、思わず八つ当たりしたほどだった。ようやくミレアがやってきて、恥ずかしそうにウィンクを投げかけてきたので、コクランは自分がいかに幸せな男であるかを思いだし、第三セットは電撃的な快進撃を遂げて終了した。シャワーを浴びていると、ティベイの運転手がロッカールームにやってきて、さもうれしそうにコクランに封筒を手渡し、セニョール・ティベイからのプレゼントです、といった。タオルで体を拭いてから封筒を開くと、パリ経由マドリッド行きのファーストクラスの片道航空券、百ドル紙幣で数千ドル、そして手紙が入っていた。手紙には、きみが勝つのは何日も前からわかっていた、とあった。コクランは航空券を繰り返し確かめたが、帰りの航空券が入ってないのはおそらくなにかの手ちがいだろうと思った。このことはミレアにはいわないことにした。せっかくの週末をわざわざだいなしにすることもない。そう思って、胃の腑の底にいすわる不快感をなだめようとした。

　空港へ向かう途中、コクランは、ドールとバッグを拾いに自宅アパートに寄った。断続的に押し寄せる胸騒ぎを追い払おうと、ワインをグラスに注いでぐいっとあおった。それから昔のことを思いだして笑いだした。ベトナムやラオスやカンボジアの上空で、マッハ二で回転や旋回を繰り返しながら敵のロケット弾を避ける最中、ときどきズボンに小便を洩らしたことがあった。エグリンのはずれの湾の上空で電気系統に火災が発生し、またたく間にファントムのコクピットが炎に包まれたため、緊急脱出したこともあった。夜間の母艦着陸では何度かニアミスも経験した。親友の一人は、東南アジア上空での百回にもおよぶ飛行任務を生き延びてきたにもかかわらず、キーウェスト近くのボカチカで命を落としている。コクランは、ふつうの市民生活などまったく安穏なものだとしか思っていなかったが、この新たな危険が、あらゆる哺乳類に流れるアドレナリンの噴出とともに、苛だちと興奮を交互に引き起こしたのだった。

　空港に近くなると、ツーソンの空はラッシュアワーの排気ガスのせいで膨れあがり、淡い黄白色に薄汚れて見えた。テープデッキのなかでテープが絡まったので引っぱり出すと、助手席はスパゲッティをぶちまけたようになった。エアコンをきかせているにもかかわらず、車内にはオゾンの悪臭が漂い、コクランはミレアとの山越えの旅を待ちわびた。ダグラスでホテルに泊まるのはやめにした。アーグア・プリエータにいいレストランがあるからそこで食事にしよう。そうすればコロニア・マレラス近くにある小さなキャビンには、夕暮れまでに到着できる。おそらくダグラスにはティベイの友人もいるはずだ。ダグラスで休まずに車を走らせるのはたしかに疲れるが、ホテルで情事の現場を押さえられるよりは、はるかにましというものだ。メキシコ航空のパイロットである友人によれば、ティベイは合法違法を問わずあらゆる形態の金儲けに関わっており、広大な国境沿いのヘロイン密輸にまで手を染めているという話だった。この旅を終えて月曜日に帰宅したら、海軍諜報部にいる古い友人に電話をいれ、ワシントンを通してティベイのことを調べてもらおう。しかし、それでどうこうするというわけじゃなかった。コクランはティベイが気に入っていたし、この三カ月のあいだに二人の間柄は、ただの知りあいから友情に近いところまで発展していたのだ。だからこそ、ここ三週間のミレアとの逢瀬を思うとコクランの胸は痛んだが、恋い焦がれる気持ちを抑えることはできなかったし、ましてや久しぶりのすばらしい恋を手放す気になどなれなかった。愛する人に一篇の詩を送ったらその人に笑われるだろうかと逡巡する感受性豊かな少年さながらに、すっかり恋の虜になっていたのである。実際にコクランはミレアに詩を読み聞かせているし、彼女の女性らしいロマンチシズムの受容力がコクランのそれに近づいたときには、二人は愛の恍惚に包まれた。それはまさに、五感をおおう薄膜がきれいにはがれ、ふたたび新鮮な感覚があらわになる瞬間だった。このふたつの魂と肉体がふとしたきっかけで結ばれる瞬間は、恋するものたちの年齢に関係なく小学生から定年退職者にまで見られるが、やがて恐怖と不幸をもたらすことがおうおうにしてある。というのも、それまで当人も知らなかったようなエネルギーが大量に解放されるからだ。コクランはそれと似たようなことを、長いこと感じたことがなかった。マドリッドのテレビ女優から最近のテキサス娘まで何度か女とつきあったことはあるが、そこまで深いものを与えてくれる関係ではなかった。妻との結婚生活も、異性との温かい友情をまたひとつ育んだにすぎなかった。グアム基地で看護婦をやっていた妻はインディアナ出身の農場主の娘であり、彼女と結婚したのはほとんどノスタルジアのなせる技といってよかったからだ。

ブラニフ空港の玄関で、コクランはポーターの手に十ドルを滑りこませ、車を見ていてくれるよう頼むと、まっすぐにVIPラウンジに向かった。ミレアは息を呑むほどの装いに身を包み、すました顔で飲み物をすすっていた。コクランがロシアのウォッカ、ストリーチナヤのマティーニを頼むと、ミレアはいった。念には念を入れて、姉への衣類の贈り物を詰めたバッグはニューヨーク行きの荷物預かりカウンターに預けといたわ。とはいえ、二人は自分たちが思っているよりもはるかに人目につきやすかった。コクランはまんべんなく日焼けして引き締まった体をしていたし、目のまわりをじっくり見さえしなければ、四十一という実際の年齢より五歳は若く見えた。ラフな服装をしてはいるが、手首には高価なロレックスの腕時計もあった。ミレアのほうは、どこにいても人目を惹かずにおかない存在だった。とくに周囲がローマ、ロンドン、パリなどの洗練された人々である場合はなおさらだった。ミレアはグアテマラとバルセロナ出身の両親のもと、メキシコシティで生まれ、ローザンヌとパリで教育を受けた。少女時代は（いまは二十七歳である）冷淡で中性的で上品であることに費やされ、その仮面の下で、情熱的で聡明な若い女の魂を燃やしていた。背丈はコクランとさほどちがわない約五フィート八インチ、周囲を落ちつかなくさせるほどの気品が漂っているから、ブラニフ空港のラウンジでも、座ってタバコに火をつけ、雑誌をながめる、ただそれだけのことで多くの視線が釘づけになった。いまも仔牛皮のブリーフケースを持ったずんぐりむっくりの年配の男が、〈フォーブス〉のページ越しにちらちらと盗み見していた。じつはメキシコシティから来たティベイの腹心だったのだが、ミレアには知るよしもなかった。二人が空港をあとにすると、男はさりげなく尾行を開始、CB無線でどこかと連絡をとると、最初のフリーウェイの出口ランプで降りていった。

車のなかではミレアは少女に戻ったように陽気にはしゃぎ、絡まったテープをもとどおりに巻き直したり、コクランが好きなグアダラハラの民謡を歌って聞かせたりした。町はずれに出ると、ミレアは後部座席のバッグを取って、堅苦しいバレンシアガのスーツを脱ぎ、軽いサマードレスに着がえることにした。コクランはいった。たまらないな、時速七十マイルできみがとなりに下着姿で座ってるってのに、指をくわえて見てなくちゃならないなんて。するとミレアはこう答えた。ダーリン、だれががまんしてちょうだいなんて頼んだ？　そこでコクランは二本の轍（わだち）しかない砂漠の道をはずれて車を駐め、二人でボンネットにもたれかかり、遅い午後のセックスを楽しんだ。四百ヤードほど離れた小高い丘から、一人の男がツァイス・アイコンの双眼鏡でその様子をじっと見つめていた。ピックアップに寄りかかった男は、高々とあがったミレアの両脚がコクランの体に巻きつくように降ろされたとき、深々とため息をついた。男はシートのクーラーボックスからトレス・エキス・ビールを一缶取りだした。双眼鏡の向こうに繰り広げられる光景を揺らす熱い陽炎のように、体が熱くなったからだ。

双眼鏡の男は思った。もしティブロンがこの場にいたら、シート下にあるライフルを取りだして、鹿やシロイワヤギでも撃つように二人を撃ち殺してしまうにちがいない。そんなことを考えながら、男は二人がセックスを終え、女の開いた口もとが笑っているのをじっと見つめていたが、笑い声はほとんど届いてはこない。女がくるくると円を描きながら踊りはじめ、男が地面にくずおれてなにごとか叫ぶと、双眼鏡の男は罵りの言葉をつぶやいた。そして双眼鏡をふと降ろして思った。あの白人の趣味は悪くない。なぜなら、女はこの世のものとは思えぬほどの美女だからだ。双眼鏡の男は、ティブロンがドゥランゴの母親を訪ねて一週間滞在したとき、たった一度、それも遠くからしかこの女をおがんだことがなかった。

車に戻ると、ミレアがいった。汗はかくわ濡れ髪はこめかみに貼りつくわで、なんだか売春婦になった気分。でも最高よ。それに車で旅行するのってなんてすてきなのかしら。何年もずっと飛行機しか乗ったことがなかったんですもの。コクランは、四分の一マイルほど後方からついてくるピックアップのことが無性に気になりだしていた。二人が車を駐める前にもそのピックアップを見かけたような気がしたからだ。しかし、ピックアップがベンソンで道を折れたので、心配するのはやめにした。やがてトゥームストーンを通過するとき、ミレアは、町の名前が墓石だなんてひどい、と思って目を堅くつぶった。コクランのほうは、十歳のころ墓石を建てたことを思いだした。彼の愛馬が鉄条網にがんじがらめに絡まってしまい、もはや父親が銃で楽にしてやるしかなかったのだ。コクランは大きな墓石にペンキでこう記した――〈スージー　一九四三年誕生　四六年死亡　持ち主J・コクランがこよなく愛しその死を嘆き悲しむ　すばらしきモルガン種の雌馬　ここに眠る〉。言葉の一部は、消息欄に追悼の言葉を載せる郡庁所在地の新聞から借用したものだった。

二人は七時にはダグラスに着き、食料品など必要なものを買い揃えてから、国境を越えてアーグア・プリエータに入った。そこでコクランはミレアに馬具製造業者の作ったハンドバッグを買ってやり、二人でシュリンプ・スープとロースト・カブリートを食べた。このカブリート、すなわち若い山羊の脚部の肉は、オイルとガーリックと新鮮なタイムの葉で味つけしてあった。メキシコが大好きなコクランは、ティベイの故郷であるシエラマドレのドゥランゴのことをミレアに訊いてみた。ミレアは、ドゥランゴはね、とんでもなく卑俗で、放牧業と鉱山が中心の町なの、でもどの観光ガイドブックにも載ってないところがとっても好き、といった。ティベイはそこに牧場を持っていて、コクランも、数カ月後にそこで開かれる射撃大会に招待されていた。ミレアはつづけた。雰囲気的にはモンタナとか、あるいはスペインのカタロニアとか、カスティリャみたいな感じかしら。牧場にはウズラや野生の七面鳥がたくさんいて、わたしの馬も何頭かいるの。クレイ・テニスコートも作って、いやっていうほどテニスをつきあわされたわ。メキシコシティからわざわざテニスプロを連れてきて、部下の何人かを特訓したこともあるのよ。

日もとっぷりと暮れようとするころ、二本の轍（わだち）がくっきりついた山道を慎重に登っていった。キャビンはすぐそこだった。二度ほど車を止め、涸（か）れ谷からの鉄砲水で流されてきた石をどけた。コクランは、この地域の精密な地形図を手に入れたいと思ったが、残念ながらそんなものはなかった。いつもの徹底主義で、すでにコクランは、数回この地を訪れただけのアメリカ人よりもメキシコやメキシコ人のことをよく知っていた。ウォーマックの『サパタとメキシコ革命』をはじめ、入手可能な現代メキシコ史関係の本はだいたい読んでいた。コクランのなかにはいまだにプロの戦士のようなところがあり、日本のサムライよろしく心眼（しんがん）を常に見開き、自分がどこにいるか、またなぜそこにいるのかをできるかぎり理解し熟知することを、みずからの本能的な掟としていた。同様に本能的だったのが、傍観者にはとどまらないことであり、自分の直感的エネルギーが他人にねじ曲げられるのには我慢ならなかった。このことは、兵役期間中、上官たちに嫌われる原因であり、ほかのみんなからは自然と英雄視される理由でもあった。一般市民に戻った二年間の空虚な生活でも、コクランは何にでも有能さを発揮した。ここメキシコでも、ほんの数回訪れただけで小さな山村の居酒屋（カンティーナ）の人々に顔を覚えてもらい、温かく迎えられた。地元の人たちは、コクランのカスティリャ風の発音をからかい、おもしろおかしくまねしてみせるのだった。

キャビンに到着すると、ミレアがたちまち気に入ってくれたことがわかった。ドールは狩り場のにおいを嗅いで狂ったように興奮したが、日ごろからサソリやガラガラヘビを警戒するよう訓練してあるので慎重だった。車から荷物を降ろし、暮れ残る薄明かりのなかで小さな暖炉に火を入れた。コクランがダブルの寝袋をベッドの上に広げているあいだ、ミレアはじっと暖炉の炎を見つめ、トタン屋根を叩く通り雨の音に耳を澄ませた。乾いた木のにおいは香水にも等しかった。ミレアはコクランに、フォームラバーのクッションと寝袋を暖炉のところまで持ってくるよう頼んだ。コクランは灯油ランプの明かりを落とし、明日の朝は山に行って、小さな川が岩に囲まれてちょうど澄んだ緑の池を作っているところへミレアを案内してやろうと思った。そして二人は、ゆっくりと愛を交わした。暖炉の炎が作る陰影が、ミレアの裸身を舐(な)めるように蠢(うごめ)き、コクランはその美しさに驚嘆せずにいられなかった。二人は穏やかな陶酔感に酔いしれ、やがて部屋の空気が少し暑苦しくなってくると、コクランは大きな薪を暖炉から取り除いた。ミレアはしばらくうたたねし、コクランは飲み物をもう一杯作った。そして、こんなにも満たされ、生きている実感と完全な開放感を感じたのはいつだったか思いだそうとした。

　ここでわれわれは、この場を離れて二人を休ませてやらなければならない。しかし、ほんのつかの間だけだ。われわれは、丸太のマントルピースに載った石の眼を持つハゲワシになってみよう。なぜならわれわれがこれから見るものに対しては、無感覚の石の眼を持つのが一番いいからだ。部屋がしだいに冷えつつあるので、恋人たちは温(ぬく)もりを求めてそれぞれに体を丸め、つぎにたがいに寄り添った。まだ眠ったままだ。ランプの明かりが暗くなり、暖炉の炎も勢いが弱まって、影になっているところは寒くなった。外ではしだいに風が強さを増し、庇(ひさし)の下で、泣きながら弔(とむら)い歌を歌う黒魔術師さながらにひゅーひゅーと鳴いている。ドールはドアのところでそわそわし、低くうなったりくんくん鳴いたりしているが、やがてドアがばっと開け放たれると、狂ったように吠えたてた。ショットガンの炸裂とともに部屋が青白い炎で満たされ、瞬時に犬の命は奪われた。三人の男がキャビンに乱入、一人はグロテスクなほどの大男だ。彼らは恋人たちに飛びかかり、コクランは肺の空気を叩きだされて思わずうめき、スペイン語でわめくその大男に後ろから腕で喉を締めあげられる。ミレアは気を失っているが、先ほど双眼鏡で二人を見ていた男にしっかり腕をつかまれて、上体を起こされている。ティベイが奥に立ち、灯油ランプの明かりを明るくした。そしてテーブルにあったピッチャーの水を恋人たちにぶちまけて意識を戻させた。ティベイの目はいつになくかっと見開かれ、口もとも大きく開いているが、言葉は出てこない。大男はコクランをしっかりと押さえつけ、ティベイがポケットから剃刀(かみそり)を取りだして手ぎわよくミレアの唇を切り裂くのを見届けさせた。反抗的な売春婦に対する報復として昔からポン引きたちがよく使うやり口だ。いったん切り裂かれた唇は、縫いあわせても完全にもとには戻らない。とくに処置が遅くなった場合はなおさらで、彼女の場合、そうなることは目に見えている。ティベイがうなずく。つぎはコクランの番だ。大男がコクランを暖炉に寄りかからせ、リーチの長い強烈なパンチでひたすらぶちのめす。ミレアはふたたび気を失うが、ティベイはミレアの片方の耳をつかみ、反対の手でその瞼をむりやり開かせた。コクランは、意識を失う間ぎわに、ミレアの片方の耳がミレアの側頭部を離れてティベイの手にあるのを見たような気がした。ティベイはコクランの股間をブーツで蹴りあげ、それから両手を洗った。小柄なほうの男がミレアに注射を打ち、二人はリムジンのトランクに放りこまれて山道を下った。ティベイはリムジンに座って深呼吸し、だれにともなく大声でいう。やつらトランクのなかでもやりまくってるだろうよ。大男と小柄なほうの男は、キャビンのなかに灯油をまくので忙しい。二人はコクランの車をバックで玄関に近づけた。小柄なほうの男がキャビンにマッチを放り、道を歩いてくる二人の姿が燃えさかるキャビンを背にシルエットとなる。ドゥランゴまでの道のりは長い。彼らがでこぼこの山道を走らせるあいだ、ティベイはゆったりとくつろいでスコッチをらっぱ飲みした。ティベイの目には、リアミラーにかすかに映った車の爆発が見える。三十マイルほど道を走り、幹線道路までまだ遠いところで彼らは車を止め、藪のなかにコクランを棄(す)てたのである。

2

その変化は、自分の惑星とかすかに似ているべつの惑星にいる夢を見て、眩暈のような状態で目覚めてみると、自分がほんとうにそのべつの惑星にいるとわかったような感じに似ていた。その奇妙さは、いつまでも残る既視感にも等しく、いままで現実だと思っていたものが自分から一瞬一瞬遠ざかって小さくなり、しまいにはときおり静止画が脳裏に浮かんでくるだけとなった。その静止画は、娘だったり、インディアナの農場の前の道だったり、鳥猟犬だったりした。病室で過ごした一カ月のあいだ、彼は体系的に記憶を掘り起こして掘りつくし、やがて部屋を出られるころになると、もはや世界を、以前自分がいた世界と同じだとは見なさなくなっていた。いくつか似かよった点はあっても、その見方を改めさせるにはいたらなかった。夜になって静止画が脳裏に浮かんできても、もはやなんの愛着も感じず、静止画はそそくさと消えていった。はじめのうちは、激しい脳震盪が自分の脳細胞に損傷を与えてしまったかとも思ったが、医学的な説明にはじきに興味を失った。ある計りしれない痛みが彼のなかには存在し、彼はその痛みをしっかりと胸にしまいこんで、これからも守り通して生きていくつもりだった。その痛みが像を結ぶと、眼球表面のうっすらと靄がかかったような赤い血を通して、あらためて見えてきた。宙を舞う犬。そして鼓膜にいまだに焼きついている甲高い狂気の叫び声。まるでレコードプレーヤーのターンテーブルにレコードを載せたように、はっきりと聞きとれた。あとは自分の腕がぼきっと折れたこと、頬骨が陥没し、顎や肋骨が骨折したことをおぼろげに覚えているだけだった。だが怪我などどうでもよかった。あくまで気がかりなのは、もう一人の人間の声、歌ったり囁いたりする様子が不気味にしか再生できない声のほうだった。

あの長い夜が明けた朝、ディラーに意識が完全に回復したことを伝えると、ディラーは、あれこれ詮索したりせずに、真っ先に鎮痛剤のデメロールを投与してくれ、知らせておきたい人がいるかどうかだけたずねてきた。それからこうつけ足した。もう危険な状態は脱したよ。腕と肋骨の固定はうまくいったが、顔面の一方がひどい損傷を受けている。家はどこだか知らないが、とにかく戻ったら整形手術を受けたほうがいい。ディラーは壁から小さな鏡を取り、腫れが引いたことを見せてくれたが、怪我のせいで片目の眼球がわずかに下がり気味で、それを補うためには目を細めなければならなかった。さらにディラーはつけ足した。政府軍の大佐が数日後に来るが、なんにも話す必要はない。ひどい脳震盪のせいでなにも覚えてないといっておけば、法的にはいいわけがたつはずだから。

のちほど若い男がひげを剃りにきてくれたが、コクランはそれを断った。若者はアントニオと名乗り、つづいて苛だちを覚えるほど慣れた手つきで、コクランの体を濡れた布で拭きはじめた。アントニオはいった。もしタバコやなにかがほしけりゃ、合衆国からお金が届くまで、ぼくが立てかえて買ってきてやってもいいよ。そしてひとしきり笑うと、くるりと身をひるがえしてドアに向かい、こういった。あんたみたいに風変わりな裸の患者ははじめてだよ。まるで藪のなかから生まれたとたん叩きのめされて身ぐるみはがされたって感じだったんだもの。コクランは、いかれた若者だが、なかなかおもしろいやつだと思った。だがつぎの瞬間、困惑した。自分がタバコを喫うかどうか思いだせなかったからだ。「思いだせないんだ。自分がタバコを喫うのかどうか」とコクランはいった。

「なら喫わないほうがいいよ。口のなかが臭くなるから。ぼくは酒は好きだけど、仕事中はやらない。あんたに酒を持ってきてやれないこともないけど、いちおうここじゃご法度でね」そういうと、アントニオはウィンクして出ていった。

アントニオがいなくなると、コクランはベッドから這いだし、そっと足を引きずって窓辺に向かった。胸はずきずきと痛み、左の腕のギブスが体の平衡感覚を狂わせた。窓辺のところで眩暈がしたので、しっかりと窓枠をつかみ、裸足の足を見つめて眼の焦点をあわせた。母屋の向こうに広がる光景が気に入った。一面緑の世界だった。広大な菜園が灌漑用の小さな溝のあいだにこんもりと盛りあがって列をなし、その向こうには厩舎と囲い地がいくつかあり、なかに大型のペルシュロン種の馬一頭、三頭の悲しげな顔つきのクォーターホース、数頭の羊がいて、ほかに豚と乳しぼり用の山羊の囲い地も見えた。すると、目の前の低木の陰から老婆がすっとあらわれ、一フィートも離れていない窓越しに、彼をじっと見つめた。彼も老婆もまったくの無表情だったが、やがて老婆はにっこり笑い、彼も微笑み返すと、どこかに消えていった。

ベッドに戻ると空腹を覚え、右腕の大きな注射針のあとをながめた。点滴で栄養補給されていたらしい。針で穴を開けられて空洞化したイースターエッグにでもなったような気分だった。それからまたぐっすり眠ったが、自分が車のわきの砂にへたりこんで笑いながら、口からおぞましい血を流す裸の美女を見あげているところで、はっと夢から醒めた。ひとしきり叫び声をあげて両目を開くと、薄明かりの部屋のなかだった。すっかり眠りから目が覚めていた。ディラー、マウロ、アントニオが駆けつけてきた。ディラーは食べ物を頬張ったまま、手に鞄を持っていた。

コクランの口から出てきたのはこういう言葉だった。「お騒がせしてすみません。ただの夢です」ディラーが皮下注射器を手に近づいてきたので、コクランはいった。「なにか食べる物をください」アントニオが出ていき、ディラーはにっこり笑った。礼儀をわきまえた男だ、とディラーは感心し、食事に戻っていった。色あせた緑の作業服姿で口ひげと瞼をだらりとたらしたマウロは、コクランをじっと見つめた。

「おらがあんたを見つけたんだ。てっきり死んでると思ったんだが」マウロはちょっと間をおいてつづけた。「敵に捕まらねえといいな。仕返ししてやるんなら、うまくいくことを祈ってる」

トレーを持ったアントニオが、出ていくマウロと戸口のところで入れかわるようにして入ってきた。トレーにはボウルに入ったスープ、コップに入った山羊のミルク、そしてとうもろこしのトルティーヤが載っていた。

「食事はあまり体に障らないようなものからはじめなくちゃね。あんたはかなり頭のいい人みたいだからわかると思うけど、マウロみたいなインディオのたわごとなんか気にしちゃだめだよ。ときどき思うんだ。マウロとあの娘は幽霊なんじゃないかって。二人とも人はいいけどね。お金が入ったら、発見してもらったお礼として二人に何ドルかやったほうがいいかもしれない。ぼくは医学に生涯を捧げた、ただの哀れな孤独な若者にすぎないし、ぼくのいうことにあんたが耳を傾ける必要もないんだけど、でももしぼくのラジオを借りたいとか、手紙を代筆してほしいとか――ぼくの英語は完璧だからね――本を読んでほしいとかってことがあったら、遠慮しないで声かけてよ。ぼく、いつかロサンゼルスに行きたいと思ってるんだ。あんたはどこの出身?」

「インディアナ。インディアナ出身だ」

アントニオは一瞬がっかりしたが、それから自信たっぷりな口調でいった。「評判は聞いてるよ。ジョージアに近くて、争いごとだらけのとこだろ。ロサンゼルスならもっと楽しく暮らせるのに。さあ、食事をすませたらまた眠るんだよ。明日から歩きはじめないとね。せっかくの立派な体もだいなしになっちゃうよ」

コクランの背中の枕を直すと、アントニオは出ていった。コクランは少し食事を口に運んだが、やがてスープをひっくり返したまま、深い眠りに落ちた。マウロの娘がトレーを下げにやってきて、スープがこぼれたところをきれいに拭き、ベッドのシーツを取りかえた。コクランは、思春期のころのミレアを見たような気がして目を覚まし、恐れおののいた。

コクランは二週間のあいだポーチに座り、道ゆく人の足もとに八月の茶色い砂埃が舞う様子をじっとながめていた。顎ひげはかなり伸び、その月の終わりに、ディラーが鑿と槌でかれの腕のギブスをはずすと、腕はすっかり蒼白くなっていた。湿気が高くなると、肋骨はあいかわらず軋むように痛んだ。彼は人々に対してつねに折り目ただしく、極端に他人行儀なほどだった。政府軍の大佐がやってきて、旅行者証を彼に発行していった。彼の虚ろな沈黙を前にしては、ほかに対処するすべがなかったのだ。やがてコクランは娘に、ふだんなら週に一度は書いていた短い手紙を書いた。それからある日、ディラーのパワーワゴンのタイミング・ギアの調子が狂っていることを説明し、直してあげましょうと申し出て、マウロの助けを借りて修理した。ディラーも礼節をわきまえた距離を保ちながら、食前の祈りのなかにコクランを加えた。二人は、メキシコ史や、おたがいに訪れたことのあるコスメル島などの当たり障りのない話をした。ディラーは平素とかわらず、なにも知らずにいる現状を好んだ。他人の苦難の経歴など、いまさら詮索する気も起こらないほどたくさん耳にしてきたからだ。こうしてコクランはしだいに重宝がられ、粗末なセメントブロック造りの聖堂で行なわれるミサにも参列するようになった。なかでもとりわけ、すばらしい知性と、私的な事柄以外は博識ぶりを披露してくれるところが気に入られた。

九月に入ると、コクランは畑仕事に精を出すようになった。厩舎から馬糞を掻きだし、ペルシュロン種のがっしりした背にまたがって谷をあちこち移動した。ほとんど乗り馴らされていないマウロの馬よりはるかに乗りやすかった。数年前、ディラーの故郷の町からの無意味な贈り物として伝道所にペルシュロンがやってきたとき、マウロはこの馬を乗馬用に馴らすことに決めた。ここにはペルシュロンを働かせるような挽馬具もなければ畑もなかったからだ。しかしマウロがまたがると、この馬は命じた方向に歩いていくだけであり、いまでは巨体のディラーがトラックの入れないような山奥に行かなければならないときに使うだけだった。マウロは、政府軍の大佐が来たときに早期去勢牛一頭、二匹の羊、一匹の仔山羊を屠るのをじつに器用に手伝ってくれたコクランのことがたいそう気に入ったが、このとき大佐は、コクランの友人であるという紳士を一人連れてきていた。

コクランを見て安心のあまり笑いだしたこの紳士は、メキシコ航空のパイロットだった。コクランは丁寧に応対したが、もしかするとこの友人は、頭のなかにできつつある計画を中止させる腹かもしれないと警戒していた。計画は、走りまわったり山を登ったりしながら練ったものだった。コクランが走っているのを見ると、みんなはおもしろがった。九月はまだ暑い盛りだったからだ。けれども、病室にメスカルをこっそり差し入れさせる、癌で余命いくばくもない老人だけは、コクランにこういった。あんたは走ればクーガーになるかもしれん。犠牲者のままで終わらなければ、すばらしい人生が待ってるだろう。わしも若いころはマデロの信奉者だったが、その後サパタに忠誠心を鞍がえしてな。敵を撃ち殺すのは、後ろめたいどころか快感だったわい。

コクランとメキシコ航空の友人は、ダイニングルームに座り、緊張したまま無言でコーヒーを飲んでいた。アントニオが重要な来客をその目で確かめようと、そっと覗いていた。友人は、コクランのほうから話してくれるのをじっと待つつもりだったが、結局は自分から切りだした。

「最近テニスはごぶさたらしいな」まずは軽口を叩いてにっこり笑ったものの、コクランの不可解そうな顔つきにあって戸惑った。それで話の矛先を変えてみた。「彼女、死んだのかい？」

「いや、たしかなところはわからない。突きとめたいんだ」

「そんなことしたら命がないぞ。医者の話じゃ虫の息だったそうじゃないか。なにを企んでいるかだいたい察しがつくが、悪いことはいわない。ツーソンに戻ったほうがいい」

「しばらくは、そのつもりはない」

パイロットはため息をつき、きまり悪そうに部屋のなかを見まわした。彼自身もロマンチックなところがあるので、コクランの命がけの苦悩がわからなくはなかった。ティベイがミレアにむごい仕打ちをした以上、復讐は避けられない問題にちがいなかった。

「しょうがない。とことんやるがいいさ。だがいくつか忠告を聞いてくれ。おまえの農夫ぶりも板についていて、まるでヒッピーのペオネって感じだが、そのままでいるんだ。そのほうが目だたなくてすむ。それと、いくらか金を持ってきたから黙って受け取ってくれ。目的のために必要となったら遠慮なく使ってかまわない」

このときアントニオがコーヒーのおかわりを持ってきたので、二人の会話は中断され、二人とも口をつぐんだ。アントニオが出ていくと、パイロットはふたたびつづけた。おれの兄貴がメキシコシティの役人でね。信用できる。おまえを見つけたのもその筋からだ。この伝道所にはこれ以上いすわらないほうがいい。ティベイの気が変わっておまえを探しはじめたりしたら、たちまち見つかってしまうのがおちだからな。パイロットは、金の入った封筒に自分の住所や電話番号、そして兄の名前と電話番号を書き留めた。そしてズボンの片方の裾を引っ張りあげてブーツを半分ほど脱ぐと、ハーフ・ホルスターに入った小型のベレッタ・二二口径があらわれた。彼はそれをコクランに手渡した。

「これは前みたいにだれかが異常接近してきたときのためだ。無事に生きながらえたら、顔を整形しろよ」パイロットが立ちあがると、二人はたがいをしっかりと腕のなかに抱きしめた。

コクランはジープまで彼を見送ったが、胸が締めつけられる思いで、言葉もなかった。

その日の午後、コクランはふたつの封筒をこしらえた。ディラーとマウロに渡すもので、それぞれに五百ドル相当のペソが入っていた。そして千ドルは自分の手もとに置き、その大半はふくらはぎのピストルの後ろにしまいこんだ。ディラーは感きわまり、古くさい鞄に古着の農夫服、スペイン語の聖書と鎮痛剤の瓶などを入れたものを用意してくれた。そして、そのみすぼらしい服が、実際には伝道所で死んだ人間たちの残したものであることを詫びた。そのことで冗談をいい交わしたあと、ディラーはふと、きみがいなくなるとここも寂しくなるが、これからも祈ってるよ、といった。これからどうするのかと詮索することはなかった。そして、患者の回復と旅だちと、自身の飽くなき食欲を祝して、入念なご馳走を作るよう大呼して命じた。

コクランとマウロは、食事の前にポーチに座り、夜の帳が山に滑り降りるのをじっと見つめていた。マウロに金を受け取らせるのは至難の業だった。マウロにとってはあまりに莫大な額だったからだ。マウロはコクランに、これは幸運のナイフで、切れ味は剃刀なみに鋭い、ぶちのめしたあんたを道ばたに放りだして見殺しにしようとしたやつらの金玉を切り取ってやるのに、これ以上のものはない、そういって柄に真珠のついたナイフをくれた。コクランはマウロに、もしだれかがわたしを捜しに来たら、メキシコシティのある紳士あてに電話で伝えてほしい、と頼んだ。マウロは一緒にいきたがり、それは無理だと説得するのにしばらく時間がかかった。

食事のときにマウロとその老母、マウロの娘の三人と並んで座ると、新たな人生に向けて旅だつのだという感傷がコクランの胸に押し寄せてきた。もはや以前の生活は一光年も離れたところにあるように思え、自分の娘のこと以外は、できそこないの雑誌記事のように退屈で気の抜けたものでしかなかった。コクランはなにごとも慎重にことを運び、娘への手紙にも発信先の住所は書かなかった。ご馳走に舌鼓を打ち、十数人の人々とともに、スペイン語でおしゃべりに興じたり、ディラーが許可したラジオの音楽にあわせてときおり歌ったりした。コクランとマウロは、テーブルの下でメスカルをグラスに注いで飲んだ。コクランにはじつに二カ月ぶりの酒だった。ディラーが一人ずつ歌を歌うよう命じ、マウロの母親が、だれも知らない言語でみんなが思わず眠くなってしまうようなインディオの聖詠歌を歌ったときは、気まずい沈黙が流れた。そのあとは、アントニオのおどけた下品な歌で盛りあがった。つぎに老いた癌患者が、春を迎える歌を力強い声で朗々と歌いはじめたが、老人が六カ月先の春を迎えられないことは、テーブルにいるだれもが知っていた。老人は力みすぎて気を失いかけたが、マウロがグラスに入ったメスカルをこっそり飲ませてやると、みるみる元気になった。マウロは歌おうとはせず、かわりにどこかで教わった《星条旗》のかえ歌を朗唱したが、これがとてもおかしかった。順番がまわってくると、コクランは立ちあがり、ミレアが美しい声で歌ってくれたグアダラハラの民謡を歌った。しかし、半分まで歌ったところでこみあげる思いに耐えきれず、涙があふれだし、部屋を飛びだしてしまった。

メスカルのもたらす独特の酔いにひたりながら、夜明けとともに捜しはじめるつもりでいる最愛の女（ひと）の状態を正確には知らずにいたのは、コクランにとってさいわいだった。国境の南の男たちが持つ苛烈（かれつ）な復讐衝動は、残忍さでならすシチリア人でさえ思わず息苦しくなるほどのものだからだ。

ティベイ・バルダッサロ・メンデスは、クリアカンの極貧（ごくひん）にあえぐ両親のもとに生まれた。母親の体の半分にはメスカレロ・アパッチの血が流れていたが、この部族が謙遜（けんそん）と穏便（おんびん）さで知られたことはついぞなかった。十四になるころにはすでに大人なみの立派な体格、頭の回転の速さ、そして信じられないほどの尊大さを誇る、マサトランのポン引きだった。やがてしだいにポン引きの世界から遠のき、クリアカンで行なわれる麻薬密売の大半を束（たば）ねるようになった。いまでは後見人として麻薬密売の周辺に関わるだけだが、かつてはこの麻薬密売を機軸としてメキシコシティの不動産、ヴェネズエラ、リオ、メリダなどのリゾートホテル、世界じゅうの各種有価証券などを手に入れたのだった。二人いる息子のうち、一人は医者で、もう一人は弁護士だった。ティベイのはじめの二度の結婚相手は地元の女たちで、のしあがってくるにつれ、棄てられていった。ミレアは、ティベイが何年ものあいだものにしようと躍起になってきた非の打ちどころのない理想の女であり、またティベイにとってとりつくしまのなかったメキシコ社交界への足がかりでもあった。そして、社会的になんら汚点のないミレアと一緒になることで、ティベイの汚れた巨万の富は一夜にして洗われた。世界でも例のないことだった。

友人になったとばかり思っていたコクランの裏切りによって、ティベイは精神的に大きな深手を負った。愚かなコクランとミレアがばれていないと信じきっていた最初の数回の密会を、ティベイは許してやりさえした。感情につかさどられる女たちの気まぐれは知らなくもなかったし、むしろ理解しているつもりだった。それにコクランは、どこから見てもじつに魅力的な男だった。コクランの友人であるメキシコ航空のパイロットにもそれとなく警告してやったし、シャンペン一ケースに一輪の白いバラを添えたり、パリ行きの金と片道航空券をくれてやったりもした。このうえどれだけあの愚か者に警告しなければならないというのか？　ミレアの電話に取りつけた盗聴器から聞こえてくる会話は度しがたいもので、ティベイはすっかり恥をかかされてしまった。ミレアがニューヨークの姉に電話しているテープを聞くにおよんでは、もはや絶望的だった。ミレアはこういっていた。一緒にセビリヤに逃げようっていってくれる人がいるの。こんなすばらしい恋にはもう二度とめぐり会えないわ。わたし、駆け落ちするかもしれない。精神的に完膚なきまで叩きのめされたティベイは、全身全霊を傾けて恋人気取りの二人を尾行し、キャビンを急襲したのだった。しかし、ほんとうのところ、それは本意ではなかった。自分の棲む裏の世界で、妻を寝取られた男の汚名を着せられてしまうからだ。噂はかならずやクリアカンやメキシコシティに伝わり、ついで北のツーソンにまでおよぶことだろう。そう考えると、ティベイの怒りの炎はますます燃えさかり、ポン引きだったころに女たちに対して持っていた嫌悪感が募るばかりだった。と同時に、自分が急速に老けこむのを感じ、ミレアを失ったいま、自分に残されたものはなにもない、という思いが頭から離れなかったが、それはだれにも悟られないようにした。妻を寝取られた男のゴシップが避けがたいものなら、いっそゴシップの力を萎えさせる教訓をミレアに叩きこんでやろう。ティベイはミレアが発つ前の夜、ミレアと最後の愛を交わした。それから自分の寝室に行き、そっと泣いた。ただの密輸業者だったころが急に懐かしくなった。あのころは毎日女を抱いて酒をくらい、マリファナやケシの栽培農園を偵察にやってくる政府の飛行機を、待ってましたとばかり撃ち落としていればそれでよかったのだから。知性と威厳と悪名の誉れをほしいままにする暗殺集団エル・コシロコに依頼する手もあったが、妻を寝取られたことに対しては、みずからの手で復讐するしかなかった。渇く間もなく酒を飲みつづけたが、そうでもしなければ怒りを増幅することができなかった。じつのところ、こんなことにはもう飽き飽きしていて、いっそパリのプラザ・アテネ・ホテルにでも行って、たらふく食べて飲んでなにもかも忘れてしまいたいとさえ思っていた。しかしそれでは自分の誇りを棄てることになり、金以外のいっさいを失うはめになってしまう。

リムジンが残虐行為の現場であるキャビンをあとにしたとき、ティベイは後悔と恐怖に似た感情を押し殺そうとつとめ、やがて四時間がたってドゥランゴまであと半分というところに来たときには、頭のなかは収拾がつかなくなりかけていた。まもなく運転手に車を止めさせ、夜が明けたばかりのかすかな薄明かりのなかで、ミレアが鎮静剤で眠っているのを確かめ、血塗れの顔を平手で打った。芝居がかった効果を狙う意味もあって——そうすれば、車のなかの部下たちが復讐のすさまじさをさらに脚色してくれると思ったからだ——ティベイはひたすらわめき、怒鳴りちらした。「くそ、せっかくおまえと子どもを作ろうと思ってたのに、この尻軽の淫売、恥知らずの性悪女め、上等じゃないか、そんなに男とファックしたけりゃな、死ぬまで毎日五十回ずつファックさせてやる」

そして実際、そのとおりになった。復讐をやらせたらティベイの右に出るものはいないからだ。まず三日のあいだ、ミレアはアンフェタミンを投与され、床に数匹のガラガラヘビが這いまわる真っ白い部屋で、丈の高いスツールに座らされた。いよいよ床に滑り落ちそうになると、今度は二週間ヘロイン漬けにされ、理容師の手で安っぽい髪型に変えられてドゥランゴじゅうでもっとも野卑な淫売宿に連れていかれ、ドゥランゴじゅうでもっとも貧しいカウボーイや炭坑夫や下層民たちのなぐさみものにされた。ミレアの唇とちぎり取られた片耳は獣医によって縫いあわされ、このころにはすでに治りかけていたが、そのずさんな縫合跡は、それさえなければ非の打ちどころのないほど美しい顔だちであるだけに、見るものの哀れを誘った。にもかかわらずミレアは、この淫売宿で一番人気の娼婦となった。男たちはだれもが経緯を知っていて、実際に女が不貞を働いたという事実と、その不貞の相手が自分であるような空想を自分のなかで重ねあわせて楽しんだからであり、薄汚れたシーツに映えるミレアの華奢（きゃしゃ）な青白い肢体（したい）が、彼らの肉欲をかつてないほどそそったからだった。しかし、その月の終わりが近づくころ、売春宿の女主人が、強欲さから過（あやま）ちを犯した。ヘロインの量をしぶったためにミレアが意識を取りもどし、自分を手荒く扱っている男のポケットからナイフを抜き取り、男の首に突きたてたのだ。男は大牧場の牧童頭で、事件は一大スキャンダルに発展した。ティベイは不憫（ふびん）に思い、ミレアの身柄を女子修道会が運営している末期的精神病患者用の精神病院に移した。莫大（ばくだい）な寄付がなされ、おまけに、彼女がそこにかくまわれているかぎり、毎年それだけの寄付を約束するという条件つきだった。このあいだにティベイは、ドゥランゴ北のテペワネス近くに所有している小さな牧場に引きこもった。そして胸の奥深くで喪（も）に服したが、表面的には躁状態となって農夫（ペオネ）女たちの処女を片っ端から狂ったように散らしまくった。やがてはそれも失意にとって変わり、しかもそれがあまりに根深かったため、ティベイは、みずから淫売宿と修道院に出向いてこういいたいほどだった。期間こそ短かったもののたしかに自分のものだった幸せを、この手に返してくれ、と。

マウロは夜明け前に目覚め、服を着ると、山腹を下りて伝道所までの一マイルの距離を走った。大金をくれた恩人でもある謎めいた友人を、エルモシヨまで車で送っていくことになっていたのだ。その友人の名は、メキシコ政府軍以外はだれも知らなかった。エルモシヨからはバスか飛行機ということになるが、友人がどちらに乗るかはマウロも知らなかった。羊小屋に付属した部屋に着くと、友人はすでに身支度を整え、まるで恍惚状態にあるかのようにベッドの縁に茫然と座っていた。マウロは椅子に座って腕を組み、思案した。そして友人の使命の重大性を悟り、一緒に行って守ってやりたいと思った。はたで見ていると、まるで白日夢にどっぷりつかっているかのようで、人を殺すなどという厳しい現実にはとても対処できなさそうに思えたからだ。ふとドアが開きはじめると、友人が贈り物のナイフをすばやく身構えて閃光のごとく立ちあがった。だがドアのところにいたのは、二人にコーヒーとパンを持ってきてくれたマウロの母親だった。友人は老婆を招き入れ、足音がだれのものかわからなかったもので、と非礼を詫びた。マウロはそれを聞いてうれしくなった。足音を覚えている男が白日夢になどつかっているはずがないからだ。

古いパワーワゴンを駆ってエルモショまで行くのは、半日がかりだった。本通りに着くと、コクランは二カ月ぶりに車の往来を目の当たりにしてショックを受けた。インディアナ・ナンバーをつけた車が猛スピードで走り抜けるのを見たときは、思わず飛びあがったほどだった。パワーワゴンのエンジン音があまりにけたたましすぎてマウロと言葉を交わすこともままならず、そのあいだぼんやりと考えていた。マウロを敵にはまわしたくない。マウロは、食らいつくまでは絶対に吠えないマラミュートそのものだ。眠っているようでいながらいつでも喉笛に食らいつく態勢ができている。マウロの持つ一途なひたむきさが、文明に骨抜きにされた人間には失われていることを、コクランは見抜いていた。少なくともいままでそんな男と出会ったことはなかったし、ほかに同じような人間がいるとも考えられなかった。ある日曜日、ペルシュロンに乗ってマウロの日干し煉瓦造りの小さな家を訪れたとき、コクランはマウロという男がようやくわかりはじめた気がした。ドレッサーの上には亡き妻を奉った小さな祭壇があり、漂白されたクーガーの頭蓋骨とコヨーテの頭蓋骨のあいだに敷いたクーガーの毛皮の上に、銀の十字架と一緒にけばけばしい色あいの結婚記念写真が置いてあったのだ。その下には、娘が毎日新しい花を供える花瓶があった。もっとも娘は、母親のことをほとんど覚えていなかった。花瓶には、ディラーからもらったものの使っていないスペイン語の聖書が敷いてあった。マウロは字が読めなかった。

パワーワゴンに乗っているあいだ、コクランは、いよいよ行動に移るに際して、自分の判断力に一点の曇りもないことをあらためて確認した。目的はただひとつであり、いくつか思うところもないわけではなかったが、その数自体はとても少なく、使命をさまたげるにはいたらなかった。その使命とは、ティベイを殺し、もしミレアが生きていれば、この手に取りもどすこと。雑念が入りこむ余地はなかったため、奇妙だが、世界はふたたび生き生きと見えはじめていた。頭のなかにあるのは、あとにした谷の美しさと、それとは対照的な、これから入っていこうとする現代世界のどろどろした醜悪さだけだった。

エルモシヨの郊外に来たとき、コクランはマウロにいった。バス乗り場に行く前になにか腹に入れておきたいんだ。ただし、わざわざ身元をばらすような危険は冒したくないから、街なかはよそう。マウロが抱いていた友人に対する不安は、これでますます払拭されることになった。

エルモシヨに入る手前で、二人は道路沿いに居酒屋(カンティーナ)を見つけた。ここには南に向かうバスの停車場を兼ねた駐車場があり、たまたま駐車場のとなりの畑に、いうことをきかないクォーターホースの種馬をなんとか歩かせようとしているテキサス男がいたので、二人はこの男を手伝ってやることにした。男が腕ききの牧童であることはすぐわかったが、病気のせいですっかり衰弱しているらしく、激しく咳きこんだかと思うとその場にばったりのびてしまった。マウロが男を助け起こし、コクランが馬をなだめてトレーラーに押しこんでやった。男はよろめきながらスペイン語で罵りはじめ、自分のピックアップにもたれかかった。

「畜生め、おれさまをなめやがって。あんたらいっとくがな、この体さえなんてことなけりゃ、あんな種馬なんざさっさと放りこんじまって、けっ飛ばしてやるんだ。まったく、あいつの両目の真んなかを銃でぶち抜いてやりてえところだが、あいにく売り主から預かった値の張る馬だ、買い主に届けるまではきずものにゃできねえからな。あん畜生にクスリでも打って、おとなしくて上等な種馬だと思わせてやるんだ。売っ払っちまえば、国境をまたいだとたんおれをひでえ目にあわせてきたこんな国とも、とっととおさらばさ」

それからテキサス男はマウロとコクランに手を差しだしてきて、三人で、種馬の運搬にともなう諸問題について世間話をはじめた。奇妙なことにコクランは、マウロがこの男を正直者だと見なしているのがわかった。コクランが完璧な英語を話すと、男は急にいぶかるような顔つきになった。

「おいあんた、てっきり農夫(カンペシーノ)だとばかり思ってたぜ。ペオネってやつだ。あんたもこの国でひどい目にあったくちかい？　ま、とりあえずなにか食おうや。おれのおごりだ。酒も飲んでくれ」

三人で居酒屋に入った。マウロはビールを飲むと、そろそろ伝道所に帰らなければといった。泊まってきゃいいじゃねえかとテキサス男はいってくれたが、マウロは、一晩でも伝道所に救急車がないのはまずいんでさあ、と答えた。コクランはおもてまで送り、マウロと二人になったところでさよならをいうと――やかましい居酒屋の店内にはうんざりだった――マウロはふと照れくさそうな顔をした。そして小さな包みをコクランに手渡した。

「おふくろがこれをつけろってよ。敵討ち（かたきうち）の助けになるからって。あんたが頭のいい人間だってのはわかってるが、こいつがシャツの下にあったって、べつにじゃまにはなんねえだろ」

コクランは包みを開いた。コヨーテの牙のネックレスだった。迷信など信じてはいなかったが、心遣いがうれしかった。

「よろこんで首にかけると伝えてくれ。きっと役にたつだろう」

居酒屋に戻ると、テキサス男はビールをチェーサーにしてテキーラを飲んでいた。料理が来たが、男はほんのちょっとつまんだだけだった。男はアリゾナで受け取った種馬をいまからトレオンに届けるところだと話した。金持ち繁殖業者間の取引をまとめてその馬を送り届けることで、あがりの十パーセントがもらえるのだ。

「ほんというとな、あんた（バルド）、こんな商売うんざりなんだ。ヴァン・ホーンの近くに小さな牧場を持ってるんだが、女房のやつ、出てっちまってよ。頭にきて飼ってた上等な雌馬を片っ端から売っぱらって酒と女に注ぎこんじまったってわけさ。いつかうちに寄ってくれ。冷蔵庫んなかにはいつだって鹿肉が二頭分入ってるし、たまにはいい女も遊びに来るんだぜ。あんたはそんなひげ生やしてるが、まさかヤク中じゃねぇだろうな？」

「いいや。じつは国税庁から追われてる身でね」コクランはこのでまかせが気に入った。「あいつらとんでもねえ連中だぜ。一セントも払うなよ。おれは現金で仕事してるから、向こうはこっちが生きてることも知らねえだろうな。万一連中があんたんとこの庭に入ってきたら、撃ち殺してやんな」男は休止して深々と酒を飲んだ。「あきらめて牢獄へでも行ったら、いかれた野郎どもにやられるのがおちだ。絶対に生きて捕まるんじゃねえぜ。ところでどこへ行くんだい？」

「ドゥランゴのほうだ……」

「おいおい、なんでそいつを先にいわなかったんだ。おれも近くまで行かなくちゃいけねえんだ。乗っけてやるぜ。あんなしょんべんくさいバスになんざ乗りたかねえだろ」

テキサス男が酒を追加したので、ていよく運転手役をやらされるはめになりつつあるのがわかったが、コクランはべつにそれでもかまわなかった。容貌からすると男は五十代はじめと見受けられたが、はっきりはわからなかった。ただ、苦労してきたことだけはたしかなようだ。コンチョ族のベルトをしてトニー・ラマのパイソン皮ブーツをはいているあたり、尊大さが服を着ているようなものだった。男はウィンクしてデニム地の上着の襟をひょいと返し、・四四口径を見せびらかした。

「あの馬を失敬しようとするやつがいたら、こいつで金玉ぶっとばしてやるのさ。百ヤード先、いやもっと先を走る牡鹿のちんぽこだって撃ち落とせるぜ」

　コクランは食事をきれいに平らげたが、ビールは二杯だけにとどめ、さきほどのマウロとの別れの酒を思いだして、こみあげる感傷の波をじっくりとかみしめていた。そのとき、入り口から太く轟(とどろ)くような声が聞こえてきたのでふと目をやると、とたんにコクランの心臓は早鐘を打ち、体はぶるぶると震え、冷や汗がどっと吹きだしてきた。あの夜キャビンを襲った大男だった。めかしこんで、二人のむさ苦しい子分を連れている。その大男の目が居酒屋の店内をぐるりと見渡すのをコクランはじっと見つめていたが、男が気づいた様子はなかった。

「どうした、幽霊でも見たような顔して？」テキサス男はコクランを見つめ、奥の男性用トイレに歩いていく大男に目を移した。子分たちは、テーブルに座ってウェイトレスをからかいはじめた。

「でけえ野郎だぜ、まったく」

「車のエンジンをかけといてくれ。すぐに行く」コクランの声が押し殺したように平坦だったので、テキサス男は真顔でこくりとうなずき、立ちあがってテーブルに百ペソ紙幣を放った。

「待ってるぜ。気をつけな」

　コクランは目を伏せたまま、酔っぱらった農夫(ペオネ)よろしくわずかに傾(かし)いで歩き、すばやく男性用トイレに滑りこんだ。戸口のところでマウロのナイフを手のなかにぐっと握りしめ、息を吐いた。大男は鏡の前に立って櫛で髪をといている最中で、人目につかない貧乏農夫を装ったコクランのほうなど見向きもしなかった。コクランがばしゃばしゃと乱暴に顔を洗うと、男に水がかかった。男はかっときて振り向き、ばかな農夫（ペオネ）を懲（こ）らしめてやろうと腕を振りあげた。その瞬間コクランは、まるでその一撃を甘んじて受けようとするかのように懐（ふところ）に飛びこみ、両手でがっちり握りしめたナイフを上に向け、渾身（こんしん）の力をこめて突きあげた。まずは男の睾丸に突きたて、そのまま胸板へ向けてナイフをぐいぐい引きあげ、刃先を倒して男の首をぐるりとまわり、頸骨まで切り裂いてやった。大男がぐらりとなったところでトイレの個室のドアを蹴り開け、男をなかに押しこんだ。大男は便器にどっかと倒れこんだ。コクランは鏡をながめて返り血が目だたないことを確かめ、にやりと笑って慌てずにゆっくりと店をあとにした。

テキサス男は車と馬のトレーラーを店の前に持ってきていた。コクランがディラーのくれた鞄をぶらさげておずおずと出てきたのを見て、にっこり笑った。「勝者はいつも大歓迎だぜ」コクランが車に乗りこむと、男はそういった。

「まだまだほんの序の口だよ」コクランがシートにもたれかかってテープを探していると、車はハイウェイに入った。テキサス男はいった。クリアカンには暗くならねえうちに着きてえんだが、シウダー・オブレゴンには世界一の売春宿があるんだ。もしかしたら、この体に残った最後の一発をかましていくかもしれねえ。

午（ひる）をしばらくすぎたころ、コクランが運転を代わり、テキサス男は昼食もとらず三時間眠りこけた。ロス・モーチスで給油に立ち寄ると、男は激しく咳きこんで目を覚まし、息を吸うのに四苦八苦（しくはっく）するありさまだった。男は薬のケースをぱっと開けて六錠の錠剤を振りだし、クーラーボックスから取りだしたビールで喉に流しこんだ。それから長いこと両手で頭を抱えているので、さすがにコクランも、ハイウェイに戻ったときは不安がよぎった。追手のことは不思議と心配していなかった。地元の警察はさっきの殺しを麻薬抗争の果ての報復として片づけるだろうし、種馬を運搬するテキサス・ナンバーのピックアップが疑われるようなことはまずないからだ。男はシートにぐったりもたれかかって、深く息を吸いこもうとしていた。そして苦笑いした。

「おいおい、シウダー・オブレゴンを過ぎちまったじゃねえか。せっかくちょいと寄って遊んでやろうと思ってたのによ。こいつが最後の一発かもしれねえんだぞ。老い先短けえかもしれねってのに」男はひとしきり愚痴をこぼすと、デッキに入ったウィリー・ネルソンのテープに耳を傾けた。「何年か前にサン・アントニオでこいつの歌を聞きにいったことがあるが、いかれたヒッピーみたいな恰好してても、歌はうまかった」

「具合はどうだい」

「どうもこうも、あんたに具合の悪い所のリストを見せてやりてえくれえだぜ。だが他人にはそんなもの退屈でしかねえもんだ。復員軍人病院でいわれたよ。こう見えても正真正銘の退役軍人なんだ。あんたがどうして生きてるのかさっぱりわからない、だとさ。おれはいってやったよ。長いこといろんな病気を背負いこんできたから死なねえのさ、死ぬときはこの世からぱっと消えてやらあってな。あいつらはおれに献体をすすめやがったが、とんでもねえ、おれはヴァン・ホーンのおふくろのとなりに埋めてもらうんだっていってやったよ」

二人はその晩、マサトランのはずれにある海岸沿いのホテルに泊まった。やや割高なホテルで、テキサス男は、ここはうんと南だからそんな豆摘み農夫の服なんかいらねえさ、といってコクランに服を貸してくれた。部屋に入ると、男は大きなグラスにテキーラを注いで一気に飲み干した。よし、これで女を抱く準備ができたぜ。向こうに費用を請求するときゃ、もう五百ドルはずんでもらわなくちゃな。なんてったって、〝女と酒と入れ墨、それに薬〟の代金がかかってんだから。

夕食のあと、コクランも淫売宿に誘われたが、馬に水と餌をやって少し歩かせてやるよ、といって断った。

「察するところ、今日は大変な一日だったんじゃねえのか。女を抱いたら少しは気が楽になるぜ」

「ありがたいがけっこうだ。今日はいやなやつを一人地獄に送ってやったんだ。せっかくの快感をだいなしにしたくないんでね。ベッドに寝ころんで、どんなにいい気分がしたか、じっくり噛みしめるつもりだよ」

テキサス男はうなずき、葉巻に火をつけた。世のなかの酸いも甘いもかみ分けた男だった。

「あんたにはあんたの言い分があるってわけだ。かくいうおれもな、何年か前に女房と寝やがった野郎の片足を吹っ飛ばしてやったことがある。おかげで一年くらいこんだが、そいつのからっぽの靴を思ってにやにやしたもんさ」

テキサス男は、ウェイターに手配してもらってタクシーを呼んだ。コクランは部屋に戻って、じっと鏡を見つめた。まるで自分じゃないような気がした。マウロからもらったナイフを流しで洗ってこびりついた血を落とし、それからコヨーテの牙のネックレスを指先でもてあそんだ。口笛であの民謡を口ずさむと、ある一小節が震えながら脳裏を駆けめぐった。まだ復讐の滑りだしにすぎないのはわかっていたが、途中で命を落とすようなことになってもちっともかまわないという気持ちになっていた。ある意味で彼は、宙に浮かんでいるというだけで死の脅威から逃れられないパイロットたちと同じだった。死を想像する力があまりに勝ちすぎるのだ。そしておもてに出て馬を歩かせながら、コクランは苦々しく思った。あの男も、自分が死の淵をあぶなっかしくふらついているのを知っている、だからこそ生き急いでいるのだ、と。

夜が明けるとすぐに目覚め、男が戻ってないのを見て胸騒ぎがした。ピックアップをのぞくと、そこにすっかり土気色の顔をした男の姿を発見した。シャツの前が、吐血や吐瀉物で汚れていた。傷の有無を確かめ、ないとわかると脈を計った。不規則だった。馬をしばらく歩かせながら、どうしたらいいか考えた。ピックアップに戻ると、男は薄目を開けてコクランを見つめ、かすかな声で、ビールをくれといった。コクランは、クーラーボックスの生温かい水のなかからビールを取りだし、男が薬を飲み下すのを見守った。

「医者に診てもらったほうがいい」

テキサス男はこくりとうなずくと、眠りに落ちた。コクランは、ドゥランゴやトレオンに向かう国道四十号線を見つけて車を駐め、コーヒーを飲みながらじっくり考えた。自分のなかの賢明な部分が、男を見捨てて自分のことだけ考えろというのはわかっていた。しかし、そんなことができるほどの冷酷さは持ちあわせていなかったし、どのみち男の命はあと一日もつかどうかだろうと腹をくくった。ピックアップに戻ると、男の目は開いていた。

「あんたの考えてることたあわかるぜ。〝このおいぼれめはおれの手のなかで死ぬんだろうか？いったいこいつをどうしよう、それにこの馬も〟、図星だろ？　まあ心配しねえで、この馬を無事送り届けるのを手伝ってくれ、あんたの悪いようにはさせねえ。きのうの夜、女にいったんだ。いい思いさせてくれよ、これがおれの人生最後の一発かもしれねえんだからってな。そしたらよ、あの女、ほんとにいい思いさせてくれたぜ」男は消え入るような声でぼそぼそと話した。コクランは思わず恥じいって窓の外に視線をやり、ドゥランゴまでのくねくねした山道を、運転に集中して走らせた。男はふたたび深い眠りに落ちた。

ドゥランゴで昼食をとると、男はいくらか元気を取りもどし、二人はトレオン目指してふたたび車を走らせた。エアコンが故障し、悪夢のような暑さだった。男が馬の商売をうわごとのようにしゃべっているあいだ、コクランの頭のなかにはドゥランゴのことがあった。コクランは思った。観光客の多い地域をひとたび抜け出ると、メキシコはとたんに理解しがたい国になる。封建的でさえあり、人目につかずにその地に潜入するのがむずかしくなってしまう。身分を隠すものがなんとしてもほしい。馬取引の仲介業者ではだめだ。できれば避けたいと思っていたが、どうやらメキシコ航空の友人が教えてくれたメキシコシティの役人のコネを使わなければならないようだ。うまく頭を使って、途中で殺されたりすることなくミレアを探しださなければならない。トレオンまであと半分というところで、男が腕をぎゅっとつかんだので、コクランは飛びあがるほど驚いた。

「あのばかでかい野郎に顔を叩きつぶされたのか？　ほかには？」男は顔を真っ赤にしながら、両手を握る動作を繰り返していた。「いや、答えなくていい。じつをいうとな、おれはもうだめだと思う。だがさいわいなことに、ここは景色のいい田舎だ。汚ねえ場所なんかじゃこんりんざい死にたくなかったからな。ほんとはモンタナのビッグ・ティンバーで死ぬのが夢だったんだが。おれの体はどっかの岩の下にでも埋めてくれ。ハゲワシなんかにゃ食われたくないからな」

それからしばらく行くと、まばゆいばかりの大農園(アシエンダ)に着いた。門が二重に設けられて護衛が数人立っており、強制収容所なみの有刺鉄線が張りめぐらされていた。なかには格調高い庭園、プール、クレイ・テニスコート、跳躍用の馬場、贅沢な屋敷と厩舎があった。二人でシェリーを飲みながら、領主(パローネ)の帰りを待った。やがてテキサス男は葉巻の箱に入った金を受け取り、金額を確かめずに蓋を閉めた。

「帰る途中でこの金を奪われるということなど、よもやないでしょうな」テキサス男は驚くほど形式張ったスペイン語でそういった。

領主は笑いだし、オックスフォードじこみの英語で答えた。「ご心配はごもっとも」領主はテキサス男に名刺を手渡した。「もし妙な輩(やから)がいたら、この名前を繰り返してくれたまえ。だれでもくそをちびりながら脱兎(だっと)のごとく逃げていくだろう」

二人は厩舎のとなりのゲストハウスに案内され、食事とスコッチ一瓶のもてなしを受けた。

夜になると、テキサス男は意識があやしくなって母親に向かって話しはじめ、うろうろ歩きまわりながら笑ったり泣いたり飲んだりを繰り返した。午前三時をすぎてまもなく、男は息を引き取った。コクランは、死後硬直がピックアップの座席にあうように、男の亡骸を座った状態に固定した。夜明けの光が射しはじめると同時に男をピックアップに運び、ステットソン帽を目深にかぶせた。護衛に手を振って二重の門を抜け、数マイルほどいったところで、男の望みどおり岩の下に埋めてやった。三頭の雌牛がほんの一瞬、興味深げな視線を送ってきた。それからコクランは、ときおり仮眠を取りながらまっすぐメキシコシティに向かった。途中ドゥランゴを通るときにミレアが歌ってくれた歌を口笛で吹くと、力が湧いてきた。今度は簡単にやられたりしないぞ。たっぷり思い知らせてやる。奪い去られた魂を、取りもどさずにおくものか。コクランは二十四時間でメキシコシティに着き、ピックアップとトレーラーは空港駐車場に乗り棄てた。トレーラーのなかで男の持っていた一番いい服に着がえ、葉巻の箱を小わきに抱えてタクシーを拾い、カミノ・リアル・ホテルに向かった。

ミレアが囚われの身となった女子修道院は、ドゥランゴから七マイルあまりのところにあり、十八世紀のさる貴族が田舎に建てた広壮な別宅の敷地内にあった。いまではやや朽ちかけているものの、遠くからの眺めはじつにみごとで、まるでノルマンディにでもいるような気分にさせてくれる建物だった。売春宿での一カ月にわたるヤク漬けから抜けるための治療も終え、いまやミレアは、自分の部屋を出てほかの患者と一緒に中庭を散歩することを許されていた。この患者たちはおおむね行儀がよく、多少の自由が許されているものたちだった。しかしミレアは、かすかに口ひげの生えている不細工で意地悪な修道女にたえず近くで見張られていた。修道院にとって金になる囚人には、脱走するチャンスはなかった。とりわけ修道院長は、ミレアのことをこころよく思っていなかった。高貴な家柄に生まれて立派な教育を受けた女が、いったいどうすれば麻薬中毒などになって薄汚い淫売宿の卑(いや)しい売春婦に身を落とし、どこかのポン引きに手ひどく顔を傷つけられるようなはめになるのか、理解しがたかったのだ。セニョール・メンデスの運転手によって届けられた手紙には、この哀れな女の魂を救ってほしいという嘆願が、じつに悲痛なまでに綴(つづ)られていた。しかし修道院長は、いくらか金に意地きたないところがあるものの基本的には親切だったので、一カ月後には、ミレアがメキシコシティから本を数冊注文するのを許してやった。もちろん注文の手紙をくわしく調べたうえでのことだった。院内の少女たちは、幼児や分裂病質者と大差なかったが、ほかの収容者たちから母親のような世話をたっぷり受けていた。しかし、誰からも相手にされず、無言の暗闇におきざりにされている自閉症の少女が三人いた。三人ともだれの言葉にも反応しなかったからである。ミレアはその三人を特別に世話することに決め、その問題に関する本を求めたのだった。何日もその少女たちと日あたりのよい中庭にじっと座りつづけ、服を着るのを手伝ってやり、食事を食べさせ、子守歌を歌って寝かしつけ、反応と思えるものをわずかなりとも引きだそうと、あらんかぎりの知恵を絞(しぼ)った。ミレアは唇の傷をしきりにこすった。傷はすでに治り、こわばった細い紐のような組織に変化していた。ミレアが受けた精神的外傷(トラウマ)は大きく、思いだすことといえば、だいたいが少女時代にコスメル島で過ごした夏の日々だった。あのころミレアは姉と一日じゅう泳ぎ、花を摘み、貝殻を拾い集めた。家に客がいないときは、父親に連れられて釣り専用の大きな船に乗り、メキシコ湾へ出た。父親は何年も前に亡くなっていた。生きていればかならずやミレアを助けに来てくれたことだろう。船の遊び仲間が十三になったばかりの姉の体を弄(もてあそ)んだとわかったとき、父親はこの男を連れてバショウカジキ釣りの長旅に出て、まんまと溺死させてやったことがあるからだ。しかしミレアは、恋人が助けに来てくれるなどとは思わないようにしていた。もっとも、彼が死んだとも考えたくなかった。そして思った。いつかここから出て、彼にどれほどひどい仕打ちをしてしまったか見定めよう。そしてもしも彼がこの傷をいやがらなかったら、ふたたび恋人同士になろう。かなわぬ夢かもしれないけれど。彼女は自分の夢想にいつのまにかのめりこんでしまうことが多く、はっと我に返るたびに、自分が生きていることにいまさらながら驚き、両手をあわせて、我が目を疑うかのように部屋のなかや中庭をながめまわすのだった。恐怖がとりわけ膨(ふく)れあがるときにはひそかに脱出の方法を探し、それがないとわかると、今度は泣く場所を探した。そこで心ゆくまで泣くと、三人のもとに戻っていった。見ているとも聞いているともつかない目で彼女を見つめる、盲目で耳の聞こえない仔犬のような、あの少女たちのもとへ。

テペワネスのはずれにある自分の牧場に戻り、バルダッサロ・ティベイは物思いにふけって秋を過ごした。朝食専用の部屋からはシエラマドレの連山(コルディレラ)が見えたが、山々を見ていても、自分より気高かった父親のいやな思い出がよみがえるばかりだった。父親は、メキシコ革命の英雄エミリアーノ・サパタの兄エウフェミオ・サパタの親友であり、革命当時は大尉だった。怪我の後遺症と、馬と酒と喧嘩に明け暮れたのがもとで、父親はティベイが十歳のときに亡くなった。クリアカンに暮らす老人たちのあいだではいまだに語り草となっているが、ティベイ自身に対しては、莫大な富を築いたにもかかわらず、父親にわずかなりとも匹敵するような尊敬が向けられることはついぞなかった。ティベイは抜け目ない男だったが、同時に理想家的な側面も持ちあわせており、若いころは途方もない反乱の指導者たることを夢見た。裕福になりはしたが、ティベイは同時に、だれもがばかげた理想主義の極みに達する十九の年に思い描く、そういう夢の犠牲者でもあった。ちなみに十九というのは、歩兵としても完璧な年齢である。ひとことも不平を洩らさず、愛国心に胸を焦がしながら死んでいけるからだ。そして、下宿屋で未来の詩人の魂がもっとも気高く飛翔し、みずから神とあがめるものの攻撃を甘んじて受けることのできる年齢である。また若い女が、純粋に愛のために結婚できる最後の年でもある。夢は魂を執拗に追いかけるものだ。四十になったいま、ティベイは十九のころの夢に追いつめられた気がしていた。夜もよく眠れず、注意散漫になり、やつれてきた。牧童頭とヘリコプターで出かけ、羊にちょっかいを出すコヨーテを四十頭近く撃ち殺した。とはいえ、羊に損害を与えているのは、老いぼれコヨーテただ一頭らしいのは知りすぎるほど知っていた。以前ミレアが、コヨーテを撃たないという約束をティベイにせまり、それに関する本を見せてくれたことがある。ティベイは興味深くそれを読んだ。そしてミレアのいうとおり、約束した。ミレアの腕のなかでは、赤ん坊になれた。ミレアこそ、いまの自分から逃れるこの世で唯一の手段だった。十九歳のころの自分に戻してくれるのは、ミレアしかいなかった。それがいまは、悪夢のなかにも目覚めている瞬間にも、ティベイは手のなかに感じるのだった。剃刀（かみそり）の先端がミレアの唇を切り裂き、歯にぶつかったときのこつんという音を。

カミノ・リアル・ホテルでは、あいにくスイート以外にございませんがといわれ、コクランは、身なりにふさわしいきざなテキサス訛で了承し、サインした。ティベイと組んでダブルスで勝ったときの祝宴を思いだし、すぐにもロビーから飛びだしたい気分だった。部屋に入って料理とワインを一瓶注文した。疲労は骨髄に達し、神経はすり減る一方だった。手短かにシャワーを浴び、種馬を売った金が詰まっている葉巻の箱を取りだした。べつに確たる理由はないが、食事をしながら金を数えることにしよう。そしていつの日か、ヴァン・ホーンにいるはずのあのテキサス男の遺産相続人を探しだし、馬の繁殖業者にも金を払ってやろう。そうは思ってみたものの、実行に移すかどうかは自分でも疑わしかった。コクランは、メキシコ航空の友人の兄に電話した。相手の男は、メキシコシティへようこそと温かい歓迎の言葉を述べてから、こう告げた。電話で話すのはまずい。部屋から出ないでくれ。明日午前中にこちらから出向いて、できるかぎりの援助を提供しよう。コクランはテキサス男の・四四口径を枕の下に忍ばせ、ぐっすり眠った。

夜が明けると、コーヒーを頼んでバルコニーに座り、ぼんやりと物思いに耽（ふけ）りながら庭園を見おろしていた。やがて一人の庭師があらわれたところで部屋のなかに戻り、復讐と生き残りの計画を練った。もっとも、そのふたつの本能が一緒になったら、無事に逃げ切れる保証はほとんどなかった。

メキシコ航空の友人の兄がやってくると、コクランは、はじめのうちこそ淡いグレーのピンストライプスーツに包まれたその慇懃(いんぎん)な態度、手ぎわよく塗りこめられた政治家面(づら)が気に入らなかった。やがて男は緊張しはじめ、ルームサービスで飲み物を頼み、できるだけカスティリャ方言で話してくれるよう頼んできた。落ちつくと、男は話しはじめた。ティベイのことでわたしが手伝えるのは、偽(にせ)の身分を提供することと、信用できる唯一の人間を紹介することだけだ。その人物はドゥランゴに住んでいるわたしの生涯の友人であり、信義を重んじる男だ。ドゥランゴでは映画作りが盛んで、たいていはアメリカとメキシコのウエスタン物なんだが、きみは不動産と映画ビジネスの両方に興味を持つバルセロナの織物工場のオーナーという身分で、自由に動きまわれるだろう。男はブリーフケースを開き、それを裏づける紹介状をコクランに手渡した。お金も渡そうとしたが、コクランは、もう十分あるからといって断った。さらに、弟から預かったといって・三八口径のポリス・スペシャルも渡してくれた。コクランは笑いだし、いまだって拳銃は余ってるほどなんだ、といった。男は深刻な顔つきになってティベイに関するホルダーを差しだしたが、だいたい知ってるからといって、やはり受け取らなかった。

「ご存じのとおり、セニョール・メンデスはいわゆる洗濯(ローンダード)された状態にある。つまり、権力ときれいな金の両方を持ってるということだ。ほんとうに殺されてしまうぞ。わが愛する弟もきみのことを心配している。だがしかし、こんなばかげたスーツを着ていても、みじめな仕打ちに耐えて生きるより死んだほうがましだということくらいはわかるつもりだ。ドゥランゴの友人も女の居所を必死に探してくれている。残念ながらまだつかめてないが」

　この言葉でコクランは男のことが気に入り、自分のことは心配いらないといおうとした矢先に、男は飲み物を一息に飲み干して、視線をそらしながらこういった。伝道所のマウロという男から伝言があった。きみをエルモショに送っていった直後に、ばかでかい男が一人と二人の子分が伝道所にやってきて、血眼になってきみを探したらしい。

「そいつなら、まるまる太った豚みたいに腹を裂いて臓物を引きずり出してやった」コクランはまがまがしい薄笑いを浮かべながらいった。

　男は安心したようにうなずいた。そして、覚えたらわたしの電話番号は棄ててほしい、わたしには兄弟も大切だが、女房子どもだっているし、希望に満ちた未来もあるんでね、といいおいて帰っていった。

　その日の午後は、バルセロナから来た裕福なビジネスマンに見えるように服を仕たてさせることにした。葉巻の箱から数千ドルを取りだし、箱はテレビのなかに隠した。数着のスーツと身のまわり品を買い、きれいに散髪してもらってひげも整えてもらい、爪の手入れをさせた。それから翌日早朝のドゥランゴ行きの飛行機便を予約した。善良な外国人らしく装うため、意味のない不定冠詞が消える英語も練習した。そして娘に、頭のなかで何度も反芻した長い手紙を書いた。じきに家に帰るよ、最近ちょっと悲しいことがあってね、鳥猟犬のドールが車にはねられたんだ。夕方早い時間に、コクランは新しい高価な鞄に荷物を詰めこんだ。軽く食事をし、真っ暗ななかでベッドに裸で横たわり、ラジオから流れるバッハのコンチェルトに耳を傾けた。

横になったまままんじりともせず、ある晩アパートでミレアと、些細な口論をしたことを思いだしていた。あの殺しに満ちた小説『パスクワル・ドゥアルテの家族』のなかで、だれがだれを殺したかというばかげた文学的な問題を話していたときのことだった。コクランがしきりにしゃべっていると、なんとなく冷ややかな雰囲気になってきた。コクランが熱弁をふるっていたのは、ホルモンというのはいわば脳味噌を一物でかきまわすものだ、というようなことだった。コクランの話しぶりは巧みだったが、ミレアは、言葉は心を伝えるものよ、人の度肝を抜くための道具じゃないわ、といって容赦なくコクランの見当ちがいを突いた。コクランは恥ずかしくなって枕を顔にのせ、ちくしょう、つい口が滑ってしまった、許してくれ、と叫んだ。ミレアが笑う声が聞こえ、枕を被っていたためになにも見えなかったが、やがてミレアが口で彼のものを愛撫してくれるのがわかった。枕を少し目の上にずらすと、ミレアの膝が見えた。そしてある種の目覚め、つまり、自分はいままで女の膝なんてまじまじと見たことがなかったというはっきりした感覚が長くつづいた。さらに目を上にずらすと、ミレアの秘所がまる見えとなった。一瞬コクランは、自分の理解を越えたミレアをはじめて見るような気がした。コクランは、くるりと弧を描く彼女の爪先から、彼の下腹部に垂れかかった彼女の艶やかな黒髪へと視線を這わせ、その光景の新鮮さを繰り返し味わった。彼のミレアへの愛は、完全となると同時に、恐ろしく、耐えがたいほどのものとなった。終わってからミレアにそのことを話すと、彼女はすっかり理解してくれたようだった。そのとき、自分の外の世界の現実がはじめてわかったような、軽い気分になった。奇妙なことにそれで気分が落ちつき、すんなり眠ることができた。もはや眠れるかどうかなど気にならなかったからだった。そのときの体験をのちほど文章で再構成しようと試みたが、すぐに諦めた。人生がとりわけ汚い鏡だとするなら、この鏡をきれいにできるのが、言葉では尽くせない愛なのであり、これによって人生が耐えうるものになるばかりか、生きたいという思い、エネルギー、運不運に左右されることのない喜びをともなう期待、そういうもので満ちあふれてくるのだ。

コクランは、午前中は出発の時間まで心静かに眠り、その心の静けさを保ったままビーチクラフトをチャーターし、朝食をすませ、タクシーに乗って空港に向かった。すっきりと晴れ渡った朝で、前夜のわずかな雨と北風が、ふだんは汚らしいメキシコシティの空気を澄んだきれいなものにしていた。アスファルトの上に立ち、いまは失われてしまった宗教の発祥の地である南の山々に目をやった。パイロットは応対の丁寧な男で、飛行機は眼下の田園風景を見おろしながら、爽快な向かい風を突いて飛んだ。

一行はセラヤからアグアスカリエンテス、ケマダ遺跡やフレスニーヨを抜けてサカテカス州境上空を飛び、やがてドゥランゴ州にさしかかって同名の州都に入った。グアダラハラで途中着陸した飛行機より、数分早く着いた。空港でコクランを待ち受けていたのは、アマドルという男だった。

3

アマドルの外見に、コクランは一瞬だが戸惑いをおぼえた。とにかくメキシコでは、なにがなんでも人目につきたくないと思っていたからだ。二人がスペイン語で儀礼的な挨拶を交わしていると、ふいに女の叫び声が聞こえてきたので、警戒しながらそちらを振り返った。コクランには、女がアメリカの女優兼モデルであることがわかった。

「わたしのかわいい猫ちゃんはいったいどこなのよ（ドンデ・エスタ・マイ・ファッキング・ガト・ヴィーヴォ）？」女が何度も繰り返しそう叫ぶあいだ、荷物係の男が不安げにスーツケースをつぎつぎと調べていた。「あんたたち、わたしの猫ちゃんを食べたんでしょ」荷物カウンターのほかの乗客たちはびっくりして遠巻きにながめ、やがてにやにや笑いだした。コクランがそばにいってなだめようと声をかけたが、女は聞く耳を持たなかった。そうこうするうち、もう一台の荷物運搬ワゴンが到着し、ようやく猫が見つかった。女は小さなケージを開け、涙声でいった。「わたしのかわいいプーキー、あいつらに食べさせたりなんかさせないからね」女はコクランを見あげて微笑（ほほえ）みかけたが、コクランはアマドルにぐいっと腕をつかまれ、その場をあとにした。

車のなかでアマドルは、英語でコクランを諭（さと）した。アメリカ南部独特の引きずるような訛があるのは以前ダラスの警察にいたことがあるからだと説明し、こうつづけた。せっかく念入りに身元隠しをお膳だてしてやったのに、公衆の面前で軽々しく口をきくとはいったいどういうつもりだ。「この町に入ったからにはな、もうゲームじゃないんだぜ」

コクランがきまり悪そうに謝ると、アマドルは笑いだした。「気をつけてくれよ。二人して撃ち殺されるなんてぞっとしないからな」それっきり口をつぐんでしまったので、コクランはアマドルを見つめながら悪い知らせを予感したが、あえてたずねたくはなかった。シートの横のフロアには、銃床が傷だらけですり減り、先端が切り落とされた不格好なショットガンが置いてあった。ダッシュボードには聖クリストフォロスの絵があり、その聖人のパステル調の視線がじっと銃に注がれているかのようだ。どぎついピンク色をした唇が祝福する形に開いている。アマドルは中背だががっしりした体格で、首と腕はかなり太かった。一頭の雌牛がのろのろと道を横断するところに出くわし、アマドルはスピードを落とした。

「あんたが探してる女のことだが、じつは一カ月のあいだヤク漬けにされて淫売宿に放りこまれてたんだ。いまはセニョール・メンデスが女をべつの場所へ移したが、どうにも居所がわからない。残念だが、まだ見つからないんだ」

コクランの全身に、冷や汗がどっと吹きだした。緑の肥沃な谷とその向こうの茶色い山々に目をやった。呼吸するのも忘れ、車が宙に浮くような眩暈を感じた。

「いっとくがな、ちょっとでも気を抜いたら犬っころみたいに撃ち殺されちまうぜ。ま、どのみちそうなるんだろうが」

エル・プレジデンテ・ホテルのスイートに入ると、アマドルは料理と酒を頼んだ。そしてコクランに話した。家を見つけてあるんだ。ホテルは人目がありすぎてふさわしくないからな。このあたりじゃティブロンで通ってるセニョール・メンデスは、山のなかの自分の牧場にいるが、ドゥランゴにいる部下は十人と下らないだろう。数日後に家が使える状態になったら引っ越すんだ。それまであんたは、映画と不動産の投資家という触れこみで政治家たちに会ってくれ。二人で食事をしながらくつろぐあいだ、アマドルは、メキシコ航空のパイロットとメキシコシティにいるその兄の話をしてくれ、二人が子どものころ、アマドルの母親が二人に子守女として仕えていたことを教えてくれた。それからアマドルはふと口をつぐみ、顔も無表情になった。

「ほんとうというとな、あんたが探してる女は、男とやってる最中に相手を刺したんだ。男は絞め殺してやるといきまいてる。だから女は二重の危険にさらされてるわけだ。おそらくティブロンが、だれにも手出しできないところに女をかくまったとは思うんだが、かいもく見当がつかない。わかってるのは、あんたがおれなしで動きまわっちゃいけないってことだけだ」

当面の計画を打ちあわせたあと、アマドルは、情報を引きだす賄賂用の多額の金をコクランから受け取り、夕方早いうちにホテルをあとにした。コクランはベッドに横になり、押し寄せる吐き気の波に苛まれ、ベッドが軋むほど身震いしていた。拳をぎゅっと握りしめ、脚は痙攣していたが、それはすでに泣くのを通り越して怒りに燃えていたからだった。そして自分の愚かさを呪った。数カ月かかって自分はここまで元気になったが、世界も自分と一緒に回復しているかもしれない、もしかしたらミレアだって、そこそこに元気な姿で見つかるかもしれない、そしてティベイをなんとか説得して諦めさせ、悲劇的だが結末は晴れやかな映画のように、ミレアと手に手を取って幸せに旅だてるかもしれない。心のどこかでそう信じていたのだった。しかし、いま心にあるのは殺意と絶望だけだった。ふくらはぎに装着した小さなピストルに手をやって確かめ、立ちあがると・四四口径の入ったショルダー・ホルスターを装着した。スーツの上着を着て、鏡の前で確認してみた。数カ月しかたってないというのに、何歳も老けて見えた。テキーラをグラスに注いでバルコニーに出て座り、甘くほろ苦い液体をすすりながら、九月下旬の満月の光をさえぎって、飛ぶように流れていく雲の影をじっとながめた。断片的な影がホテルの中庭を舐めるように過ぎていく。このホテルは瀟洒な造りに変えられてはいるが、以前は牢獄として使用されていたものだった。月が真っ白に輝き、中庭の奥の壁を照らしだした。その壁にはかつて囚人たちが一列に並ばされ、記憶にとどめる価値もないほど単純きわまりない理由で撃ち殺されたにちがいない。コクランは、満月と同じ方角にある遠い山のなかのティベイのことを考え、つぎに、ミレアもこの月を見ているだろうか、と思った。実際には、三人ともそれぞれの胸にそれぞれの苦悩を抱いて月を見ていたのだった。そして三人ともが、地上の苦悩とは無縁の高みに漂う月を、羨ましく思っていた。コクランは、ツーソンのある暑い夏の夜を思いだした。あのとき二人は、明かりを消してエアマットレスをバルコニーの外に引きずりだし、満月の月明かりの下で愛しあった。満月も、絡みついた二人の体も、熱く静かに燃え、ミレアの汗ばんだ首すじが月明かりを受けててらてらと光っていた。二人の下の遠く離れたところでは、人々が芝生に毛布を敷いて、ワインを飲みながらラジオのクラシック音楽に耳を傾けていた。

コクランはいてもたってもいられなくなり、階段を下りてホテルのロビーにあるバーに行った。女優兼モデルの女が、プレスしたジーンズにインディオの宝石類をじゃらじゃらさせ、見るからに滑稽な身なりをした二人のプロデューサー・タイプの男と一緒に座っていた。コクランは女に気づかないふりをしたが、女はすっくと立ちあがり、猫を抱いて近づいてきた。女は猫を取りもどすのを手伝ってもらった礼をいった。コクランは十数人の目をぐるりと見渡し、おじぎをしてスペイン語で丁寧な言葉を返し、そそくさとバーをあとにした。女は一瞬呆気にとられて立ちつくし、ちょこんと肩をすくめた。コクランは酒を飲みながら、雑誌に写真が載っているのをよく見かけるその女のことを考えた。直接会った感じでは、生硬そうな古典的顔だちが妖艶ではあったが、同時に角張ってごつごつした感じにも見えた。それにコカイン常習者特有のうるんだ目と、怒り狂った女バーテンの持つ低いハスキーな声をしていた。

眠れぬうちに夜を明かすと、アマドルが、ドゥランゴの州知事と映画委員会の委員長に引き合わせるため、コクランを迎えに来た。州庁舎の建物は、十八世紀のさる公爵が所有していた大きな宮殿だった。コクランは立ちどまり、ディエゴ・リヴェラによるみごとな壁画の複製に見入った。農民たちの苦渋をわりあい率直に表現した色彩豊かな壁画だ。ホールで出迎えてくれた映画委員会の委員長は、アマドルを見ると落ちつかないらしく、そのことがコクランにはうれしかった。味方につけるなら悪が一番であることを知っているからだ。アマドルがホールで待っているあいだ、コクランは、映画委員会の男や州知事とともにコーヒーを飲みながら歓談したが、州知事がバルセロナの思い出話をしつこくしてくるのには閉口してしまった。

コクランとアマドルは、用意されたリムジンで、ジョン・ウェインが所有する土地に作られた、現在撮影中の映画セットに案内されることになった。ウェイン自身も何本もの西部劇を撮った場所だった。出発する寸前に映画委員会の男が電話に呼ばれたとき、コクランはアマドルに、あの男はきみの前だとどうしてあんなに落ちつかないんだい、とたずねた。アマドルは運転手に、外に立っているようにと命じ、笑いながら話してくれた。あの映画委員会の男はふつうの紳士さ、だがアメリカ人所有の大牧場や大鉱山の警備をいくつも任されてるこのアマドルさまは、やり方がちょいとばかり荒っぽくなることで知られてるんだ。

　あきれるほど厳重に警備された映画セットに到着すると、撮影班が大規模なことに気づいた。スクリーンに映る俳優以外にそんなに多くの人間が要るとは、思いもよらなかった。道中コクランは、谷を昇りながら気分が紛れる気がした。とうもろこし畑が豊かで青々としており、目を細めて山を視界から追いだしさえすれば、まるでインディアナにいるような錯覚にひたれたからだ。そして、いまにも壊れそうなフォードのトラクターでとうもろこしの刈り入れをしたときの退屈さを思いだした。農作業は兄のほうがはるかにうまかったが、兄はサンディエゴ行きをよろこび、かくしてインディアナの農民たちは、優秀な海軍兵士と腕のいい漁師になったわけだ。コクランが幼いころ、父親と叔父たちはミシガンまで何度か釣り旅行に出かけては、ひどい二日酔いで戻ってきたものだが、クーラーボックスのなかはいつもブルーギル、バス、ニジマスでいっぱいだった。引っ越す前の最後の釣り旅行には、コクランも連れていってもらった。このときはA&Pの安売りビールを飲ませてもらったし、ポーカーもやらせてもらったが、コクランは、みずからの地位の低さをわきまえ、夜遅くまでせっせと魚の臓物取りに精を出したのだった。

運転手が、サンゴヘビ(コラ)です、といったとき、コクランは車を停めるよう命じた。アマドルはこのヘビを殺したがったが、コクランは反対し、ヘビが道をはずれて枯れ草のなかに入り、岩の下にとぐろを巻くまで見届けた。スペインのトレホンに駐在していたとき、コクランはC－5A輸送機に乗ってナイロビまで飛んだことがあった。滞在時間が二十四時間しかなかったので、空からの眺め以外のアフリカといえば、遅くまで博打(ばくち)に興じ、そのあと、女が美しいことで名高いエチオピアのガラ族出身の女と寝た程度の印象しかなかった。しかし、翌朝も半端な数時間をつぶさなければならなかったので、タクシーを拾ってナイロビ・ヘビ博物館まで足を伸ばし、観光客にまじってガラスの檻に入ったヘビをゆっくりながめた。一番気に入ったのは、コブラ科の大型毒ヘビである緑のマンバだった。緑色のアンテナを思わせる透きとおるような細長い胴体が、突然すばやく動くときは、思わずガラスの檻から飛びのいてしまうほどだった。コクランは、その脅威の美とでもいうものを思いだしていた。それに匹敵する美しさを持つものは、ほかにグリズリー、ガラガラヘビ、シュモクザメ、そしておそらくみずからが操縦した黒いファントム――あの全身悪意に満ちた黒い死の道具――くらいのものだろう。

ゲートにいた二人の警備員は、コクランたちを手振りでなかに入れてくれた。警備員たちは暑い埃のなかで前かがみになり、蟻地獄に落としたサソリをじっと見つめていた。柵の向こう側では、耳を後ろに倒して警戒している母馬のそばで、仔馬が左右に跳ねまわっていた。あいかわらず陽炎が立つほどの暑さだった。コクランは振り向いて、通りがかりの車が巻きあげた茶色の土埃が頭上に漂うさまをじっと見つめた。こういうばかばかしくも芝居がかった仕草が、殺しへの嗜好を盛りたてるのだった。

コクランは、たまたまハリウッドから来て数日間滞在しているという映画プロデューサーに紹介された。やけに背が低い男で、フランス製のデニムスーツを着て長い安葉巻を喫っている。男はコクランに、意味のない業界の符丁で気安く話しかけてきた。金のにおいを嗅ぎつけ、暑い峡谷に棲むいかれたシロイタチよろしくカモを逃がすまいとしているのだ。映画監督は控えめで粋な着こなしのイギリス人で、たどたどしいながらもスペイン語を操るので、コクランは彼にばかり質問し、プロデューサーは仲間はずれにしてやった。やがてあの女優兼モデルが連れてこられた。まだ濡れている体に薄手の白いコットンローブをはおり、頭にはタオルを巻いていた。コクランはおじぎをして彼女の手にキスし、ローブの奥の、濡れた肌色のパンティに包まれた恥丘にちらりと目をやった。彼女が通訳を呼ぶようにいうと、監督がその役を買ってでた。

「この人たちったら、川を泳ぐシーンをぶっつづけで七テイクも撮るのよ。みっともないったらないわ。でもこれが仕事だからしかたないけど」監督が通訳するあいだ、彼女は髪を整えた。

「みっともないどころか、食べられそうなくらいです」

彼女はその言葉を通訳してもらうと、ハスキーな声で笑った。「食べるときにはぜひご一緒させてと伝えて」

数百ヤード離れた大きなハコヤナギの木の下には、照明関係の道具を入れておくトレーラーのとなりに一台のピックアップが駐まっていた。ピックアップのなかでは、一人の男がその光景を双眼鏡でじっと見ていた。男はついさっきまで、女優が川を泳いでいるところを双眼鏡越しにながめて楽しんでいたのだが、ふと不思議に思った。アマドルのやつ、女と歩いてるあのもったいぶった野郎とこんなところでなにしてやがる。男はその紳士に双眼鏡の焦点をあわせてじっと見つめ、やがてはっと息を呑んだ。なんと、砂漠の真んなかで女と乳繰(ちちく)りあっていたあの男、死んだ仲間と一緒にキャビンでぶちのめしてやった、ティベイの女房の間男(まおとこ)ではないか。男は深々とため息をつき、すっかり動転しながらも、ただちにティベイに報告しなければとピックアップを発進させた。

そのころティベイは、はるか山中にあるテペワネスにほど近い牧場の家の書斎で、机に向かっていた。ウズラ狩りから帰ったばかりでびっしょり汗をかいており、メキシコシティからきた狩り仲間たちは、ダイニングルームで昼食をとっているところだった。仕事を片づけしだい、ティベイは、仲間のもとに行って昼食にありつくつもりでいた。その仕事とは、ミレアが刺した牧童頭の命乞いを聞くことだった。ティベイは・三五七口径のトリガーガードにペンを通し、吸取紙の上でくるくるまわしていた。

「きさまのことは子どもの時分からよく知ってる。そのきさまの与太口が、女房を絞め殺してやるといってるわけだ。刺されたからってな。まあ無理もない。だがな、だれの女房かってことを忘れてもらっちゃこまる。いっそひと思いに殺してやったっていいんだ……」ティベイはそこで言葉を区切り、ピストルで狙いすまして引き金を引いた。撃鉄が、空の薬室をかちんと叩いた。男は悲鳴をあげ、ひざまずいた。「だが命だけは助けてやる。そのかわり明日までにメリダに発て。そして二度と戻ってくるな。この男を訪ねれば仕事にありつけるはずだ」ティベイは紙切れに名前を書きつけ、なにかいいかけた男を片手をあげて黙らせた。「このピストルは贈り物だ。せいぜい与太口を慎むことを忘れないためのな」男は股間に失禁の黒々した丸い染みをつけたまま、あたふたと逃げ去った。ティベイは昼食を食べている友人たちに笑顔で合流した。「今年の秋の牛はとくにできがいいらしいぞ」

ミレアは、修道院でわりあい平穏なときを過ごしていたが、やがて衰弱していった。自閉症の子どもたちはあいかわらず反応してはくれなかった。少女たちの世界に分け入ってごくわずかな反応だけでも引きだしたいと思ったが、空まわりするだけだった。ベンチでミレアのとなりに座り、獣のようにうめき声をあげる三人の少女たちを見ていると、少女たちにとって自分は、動物が写真を見るときのようにしか見えてないのではないだろうか、しょせん自分は少女たちの記憶や感覚の琴線に触れることのない影にすぎないのでは、と思わずにいられなかった。

ミレアはろくに食事をとらなくなり、痛々しいほどやつれて顔色も悪くなっていった。修道院長は大事な金づるとしてのミレアの衰弱ぶりにやきもきしたが、前世紀に〝嘆き暮らす〟と呼びならわされていた状態にミレアがあることなど思いも寄らなかった。ミレアは、行き場のない愛と、愛を失った痛切な空虚とが引き起こしたみずからの自閉的な殻に閉じこもり、不眠の夜を過ごしながら、しだいに生きる希望を失っていった。重度の神経症になる一歩手前の人間や、薬を減らされ、いわれない恐怖に苛まれる癌病棟の末期患者のように、夜は不思議なくらい意識が冴えわたった。そのせいで、十歳のときに見た花咲く木、孤独に過ごした午後、原っぱに落ちているのをなにげなく拾ったモクレンの花のにおいまでもが、鮮やかな感覚とともによみがえってくるのだった。

ティベイがベッドで寝酒をやりながら一週間遅れの〈ウォール・ストリート・ジャーナル〉を読んでいると、部下の一人が庭に車を乗りつける音が聞こえてきた。遅い時間の来客は悪い知らせを意味する。ティベイはうんざりした気分で新聞を投げ捨てた。

部下は、ティベイのブル・マスチフに伴われて寝室に入ってきた。マスチフはつい一週間前に若い農夫の片手を食いちぎったばかりだった。けっして事故ではなく、ティベイが食用に飼っていたマガモをその農夫が一羽ちょろまかそうとしたせいだった。少し前なら、ティベイはそれを正当な報いと見なしたことだろう。しかしこのときティベイは、犬を殺すことをまる一日考えつづけた。結局その考えは棄て、その晩、アラブ種のなかでも誉れ高い雌馬にまたがって、農夫のあばら屋に足を運んだ。農夫の妻がハーブティをいれるあいだ、ティベイは怯えきった男の二人の子どもを膝にのせ、男の子には高価なジャックナイフ、女の子には自分の首にかけていた小さな金の十字架をやった。そして男には、これからはテペワネスの銀行に毎月月はじめに行って百ドル受け取ってくるようにといった。翌日には数人の男が農夫の家にやってきて、牧童たちが住んでいる一角にある、はるかにましな家に家族を引っ越させた。馬の飼育が得意なその農夫は、仔馬の世話を任された。ティベイは、自分の妻の罪がなんであれ、自分が妻にしたことに対して遠まわしに罪の償いをはじめたのだった。

ベッドのわきに立った男は、自分がティベイの妻の腕をつかんで身動きできないようにした夜のことを、女が床にくずおれたときに自分の両手が女の血に塗れていた夜のことを、よく覚えていた。男はあれから繰り返しあの淫売宿を訪れ、女にひそかな性的拷問を味わわせてやったのだが、そのことをティブロンが知らないのは幸いだった。女はヘロインで意識が朦朧としているにもかかわらず、男が来ると怯えたものだった。

男はティベイにできるだけ簡潔に報告したが、ティブロンの反応のなさに驚いた。そして、おそらくこの白人が〝エレファント〟を殺ったのでしょうと、つけ加えた。大男の仲間のことをそう呼んでいたのだ。

「だろうな。やつを注意深く監視しろ。女が見つかる心配はないが、こっちに接近してくるようだったら、始末してやるまでだ」

部下が帰ると、ティベイはもう一杯寝酒を注ぎ、コクランと二人でテニスやスキート射撃をしてすばらしい時間を過ごしたころの思い出に浸った。コクランの指導のもとで、あと少しで絶妙なバックハンドを習得するところだった。本来なら自分を裏切った男を殺すことを考えていて当然のはずなのに、シルクのローブを着て突っ立ったままばかみたいにテニスのことを考えている自分に、ティベイは我ながら呆れてしまった。もちろんコクランが合衆国に帰ろうとしないなら、始末しなければならないだろう。いや、どのみち殺すのは避けられないかもしれない。そしてミレアに毒を盛り、過去を清算して新たな人生をはじめるという手もある。しかしティベイは、それも同じようにばかげた考えだと思った。あまりに血の深くに賽が投げられた以上、こびりついた忌まわしい記憶がどこまでも追いかけてくるのは目に見えていた。とりあえずしばらくは、かつての友人が愛する女の不毛な捜索で心を蝕まれるにまかせておけばいい。

アマドルはドゥランゴの南の郊外に、コクランのための優雅で広々した別荘を一時的に借りていた。庭にはプールやすばらしい彫刻があり、部屋には煉瓦造りのしゃれたアーチ型の天井、さらに随所に暖炉が配置されていた。立派な設備を誇る台所では、アマドルの妹が食事を作ってくれた。アマドルは、親戚を一人護衛用に雇うことにした。山に暮らす背の高い瘦せ形の男で、コクランが安心して眠ったり町をうろついたりできるようにするためだった。

しかし、ドッグデイズと呼ばれる蒸し暑い季節がはじまると、コクランは張りつめた神経の暴発を抑えるので必死だった。日中は濃密な暑さがつづき、風の絶えた夜には、パティオにじっと座ってカルタブランカを飲みながら、雲を背景に飛んでいく虫たちをじっとながめるしかなかった。雲の下では、まるで飛びながら眠るかのように、ハゲワシたちが物憂(ものう)げに旋回していた。ドゥランゴの雲は、この世で一番の美しさを誇る雲だった。アマドルが、科学者連中が雲を研究しにはるばるドゥランゴまでやってくるんだぜ、と教えてくれ、コクランは素直(すなお)にそれを信じた。そうして雲を見つめているうちに、やがて雲は夢のなかに入りこみ、まるで猛スピードで飛ぶジェット戦闘機から見たときのように、加速し、回転し、勢いよく飛びすさっていくのだった。

アマドルは、あきらかに女の捜索が行き詰まっているにもかかわらずそれを認めたがらなかったが、コクランがそんな状況を理解してくれているのはわかっていた。アマドルは、ティブロンとは十年のあいだただの顔見知りにすぎなかったが、ティブロンのことを、最上級の機知と趣味を持ちあわせた犯罪の天才と見なしていた。ティブロンの富に感心するようなことはなかったが――というのも、アマドルが財産を守ってやっている金持ちアメリカ人たちは、揃いも揃って能なしばかりだったからだ――大きな取引をまとめるティブロンの途方もない才能には多少の羨望(せんぼう)を禁じえず、ティベイの汚辱(おじょく)に満ちた過去を云々(うんぬん)する気になどなれないほどだった。アマドルにしてみれば、ミレア探しが難航していることに、そもそもティブロンの才能の片鱗(へんりん)がうかがえるのだった。染(し)みひとつ残さず昇天したといってもいいほど、女は地上からあとかたもなく消えた。完全なる抹消、消去だった。信頼できる情報筋からも、女の所在に関するかすかな噂も聞こえてこなければ、断片的な手がかりすら届かなかった。廃坑になった鉱山の底なし縦坑に棄てられたとか、あるいは山の湖の底に岩と一緒に袋詰めになって転がっていると聞いたとしても、アマドルは驚かなかっただろう。ある日の夜遅く、二人でしこたま飲んだいきおいでアマドルがコクランにそのことを話すと、コクランはただ無表情にうなずいただけだった。

ドゥランゴ滞在のコクランの偽装も、もはや口実が尽きようとしていた。売りに出されている牧場という牧場はすべて訪問したし、映画委員会の面々からは、ドゥランゴ地域の利点について想像できるありとあらゆる宣伝文句を聞いた。昔映画に使われ、ほんとうに老朽化してしまったセットさえことごとく訪問してまわったが、どれもこれも、せいぜい昔の映画を彷彿とさせ、その映画と一緒に過去が特殊なトンネルを通って浮かびあがってくるというような特殊効果に使うくらいがせきのやまといった程度のものだった。そういうセットのひとつで映画関係者たちによって行なわれたばかげたカクテルパーティに、あるときアマドルと二人して出かけた。贅沢なビュッフェ形式のテーブルとマリアッチのバンドが用意され、酒は飲み放題というパーティで、農民たちは遠巻きにして興味深そうにながめていた。女優兼モデルは、コクランがわざとつれない素振りをしているのだと決めつけ、腹をたてた。パーティが終わってアマドルと帰る道中、コクランは口調に焦燥をにじませ、いますぐテペワネスに行って、あんたのピックアップに置いてあるショットガンでティベイを不意打ちしてやろう、といいだした。さぞかし見物にちがいない、あいつが頭の半分を粉々に吹き飛ばされて後ろにすっ飛ぶさまをながめるのは。

「そんなことしたら、女の行方は永遠にわからなくなるぜ」とアマドルはたしなめた。

「わかってる。想像してみただけだ。照準眼鏡(スコープ)でやつを捉(とら)えたって、撃とうとは思わない。目的はただひとつ、彼女を取り返すこと。それだけだ」

「女がもし死んでなきゃな」

「今後その可能性はいっさい口にしないでくれ」

「すまない」それからアマドルは、ビュッフェのテーブルに手つかずのまま残った仔豚のまる焼きを抱えて、柵の向こうの老人にやった話をして、にやりと笑った。あのじいさん、きっと今夜は幸せな消化不良の夜を迎えるぜ。

数日後、コクランがドゥランゴにいすわりつづけていることがみんなの噂になりはじめているとアマドルは告げた。二人はプールのわきでコーヒーを飲みながら、さらなる計画を練りあげることにした。賄賂用の最後の金は、はるばるマサトランまで行って見つけた淫売宿の元女主人の懐(ふところ)に消えていき、すでに空振りに終わっていた。この元女主人のでっちあげ話のときは、意気揚々とサカテカスまで足を伸ばして薄汚い淫売宿を訪ねたのだった。このときの旅がきれぎれに脳裏に浮かんできた。自分たちはなかば滑稽な悪夢、スラムの横町に忽然(こつぜん)とあらわれた華麗な衣装に身を包む恐怖の使いでしかなかったのだ。

その淫売宿を見つけたとき、コクランは自分を抑えきれなかった。アマドルが女主人と二人のポン引きを薄明かりのついた廊下に釘づけにするあいだ、もはや怒りで頭のなかが真っ白になっていたコクランは、六つの部屋のドアを片っ端から蹴破ったものだから、部屋のなかの連中に向けた銃は、単なる銃以上の恐怖を与えた。コクランは目を真っ赤に腫らし、逆上の極みにあった。最後のドアにたどりつくと、どういうわけかミレアがそこにいるにちがいないと信じ、放心状態の太った男の下で俯せていた売春婦を見つけたときは、すぐさま男を引き剝がして部屋の隅に追いやった。みじろぎひとつしない売春婦の顔をおもてにすると、そこにあったのは、四十代らしきインディオの女の生気のない顔だった。コクランは振り絞るように絶叫し、部屋を飛びだした。そしてアマドルに制止されるまでポン引きたちを殴りつづけた。このころにはアマドルも、自分たちがまんまと一杯食わされたことに気づいていて、帰り道は怒りで口もきけず、深酒に身を任せた。アマドルにしてはめずらしいことだった。コクランはダッシュボードに足をのせ、足と足首をマッサージしながら、一人苦悶に浸った。そこには、つかの間ながらも骨髄に染みる敗北感があった。そしてこのときコクランは、アマドルのもとをこっそり離れ、単身テペワネスに赴き、ティベイを撃ち殺してやろうとひそかに決意したのだった。（同じ夜ティベイは、農夫の娘にミレアのドレスを着せてみたりしたが、じきに嫌気がさして娘を屋敷から追いだした。酒に酔ううち、募る後悔で眠れなくなり、欠けはじめた月明かりの下で屋敷内をうろつきまわり、やがて馬用の毛布にくるまって鳥猟犬たちの小屋で寝たのだった）。アマドルは、土壇場の悪あがきにしかならないのは目に見えていたが、ティブロンの一番の手下、いまは亡きエレファントの後釜になった男を捕まえる腹づもりでいた。コクランにはないラテン系独特の執念深さが、アマドルにはあった。怨念を何年も心の隅にしまいこみ、その重荷を解き放つべき時が来るのをひたすら待つのだ。しかし、そのためにもいまは、時間稼ぎが必要だった。

「あの美人女優を食事に招待しようぜ。そしたら町のみんなも、また金持ちのスペイン野郎が下半身のストレスを解消しようとしてると思ってくれるさ」アマドルは自分の考えに満足した。

コクランは細長い巻雲を見あげた。鯨のなかにいる気分を彷彿とさせる雲だった。アマドルの案には賛成だったが、不思議と性的衝動は感じなかった。あの大男を切り裂いてやった直後は、テキサス男のピックアップを運転して三十分もすると、道ばたの木陰にたたずむ少女を見かけただけで猛然と肉欲を覚え、気恥ずかしかったほどだった。ダナンにいたころは、飛行任務から帰ると、湯気をたてる全身の汗を流すあいだ、売春婦に食事の用意をさせておき、体を拭くとすぐに女たちの体を楽しんだものだった。あのころは、めくるめくロマンチックな幻想の助けなど借りなくとも沸きたつ性欲にはことかかなかったが、三十を過ぎてからはそれも落ちつき、翌朝の朝食のテーブルで目を見て話したいと思えないような女とは寝ないという誓いをたてた。そしてミレアに会ってからは、性に対してもっと洗練された考え方をするようになった。いつのまにか、性器のぶつかりあいをはるかに越えた次元に飛びこんだのだ。女の体のどこを攻めればいいか、どこは攻めてもうまくいかないかといった、いわば性態学的に積み重ねてきた入念な地図に基づく技巧的努力をいまさらつくす気になれないほど、ミレアへの愛でいっぱいだった。いまは平凡な生活からはるかにかけ離れた運命にこの身を捧げただけに、なおのこと自分の人生をばかげたことには費やしたくなかった。

それにコクランは、老いに対して漠たる不安を抱いていた。紛れもなくミレアとの出会いは、ほかからはとうてい得られないような充足感を人生にもたらしてくれる、最初にして最後の、唯一無二のものだった。ミレアがいなければ、なにもかも無意味だった。しかし逆に、ミレアさえいてくれるなら、砂漠で鳥猟犬を散歩させたり、二人分の食事の材料を選んだりといったありふれたたわいないことでも、たとえようもない魅力に包まれてくるのだ。ある晩ミレアが、マラガ・シーフード・シチューを作るために六種類もの魚貝類を持ってきたことがあったが、気をきかせてドールのために一ポンドの新鮮な挽き肉を用意してくれたので、ドールは女性に対するいつもの無関心さなど忘れてすっかりミレアになついてしまった。そんなことを思いだしながら、コクランは午後じゅう座って雲をながめ、太陽が肌を焼くにまかせていた。アマドルの母親がつぎつぎと持ってきてくれた冷たい飲み物や軽食は、蝿の食欲に委ねた。

アマドルは、軽い足どりで女優兼モデルを食事に招待しに出かけ、途中花屋に立ち寄って一ダースのバラを買い求め、つぎにヤクの売人から、女優の薬ケースにもきっとあるにちがいない極上マリファナと、きき具合のあやしげなコカインを買い求めた。時間を稼ぐためには、ぜひともこの食事をお膳だてする必要があった。友人のコクランからは、葉巻の箱を見せられ、手はじめに五千ドルを贈り物としてもらっていた。これを機に、子どものころからろくに味わったことのない心の平和を与えてくれる、山の麓の自分の小さな牧場を、なんとか拡張したかったのだ。

映画セットでは、女優は当初尊大な態度でバラを受け取ったが、すぐに気持ちを和らげ、すすんで協力的になってくれた。じつのところ彼女は、ここ数週間、目の前にちらほらあらわれ、業界のほかの男たちとはまったく異質な雰囲気を漂わせるコクランに惹かれていたのだ。そして指定された時間に行くことを約束し、その日の残りの撮影のあいだ、乗り心地の悪いクォーターホースの背にまたがりながら、なにを着ようか、どう振るまおうかと思案した。

花束をプレゼントしたあと、アマドルはぐるりとまわりを見渡した。すると、視線があるピックアップに一瞬とまった。ほとんど無意識のうちに気づいたのだが、最近あまりによく見かける車だった。さらに少し近づき、ばかげた映画作りに興味を示すふりをして横目でちらりと見た。それからサングラスをかけ、食料車の後部から水の入ったコップを取りだしながら、目だけをそのピックアップに向けた。そして、ティブロンの一番の腹心がテイルゲートに寄りかかり、山をながめるふりをしているのを見てとった。

その晩女優兼モデルは食事にやってきて、不自然な状況下で滞在した。彼女が連れてきた猫は、アマドルの母親以外のみんなに気に入られた。アマドルは、玄関ポーチの陰に背の高い甥を見張りに立たせ、そっと立ち去った。やがてコクランは、飲み物と食事をはじめた。まるで雑誌のページをぱらぱらめくりながら、そのじつなにかほかのことをしたいか、あるいはなにか待ちわびているかのように退屈していたが、できるだけテーブルの向こうの客人を歓待するようつとめた。しかし、やがて二カ国語でのちぐはぐなやりとりが、どうにもばからしくなってきた。彼女は緊張した面もちでワインを喉に流しこんだ。白いサテンのシースドレスに包んだ体には、脆さと目映さが同居していた。

「もうこんなばかげたことはやめにしよう。じつはわたしはここである秘密の仕事をしてるんだ。もしだれかに正体をばらしたりしたら、あんたの喉はかっ切られることになる」コクランはインディアナ訛で抑揚をつけずにいい放った。

彼女が笑いだしたので、コクランは呆気にとられた。あなたが空港で話しかけてきたときの最初の言葉、わたし覚えてるのよ、と彼女はいった。それを契機に二人は打ち解け、彼女はすぐに引っ越してきた。しかし、一緒にいる利点は彼女には知らされなかった。それでもはじめのうちはじゅうぶん楽しかったので、彼女もあえて訊きだそうとはしなかった。しかし、ひとつ屋根の下にいながら自分にまったくちょっかいを出さない男というのも久しぶりだった。かなりきわどい誘惑を仕かけても、コクランは、ロボットなみのおざなりな反応しか示してくれなかった。そんな彼女の悲しみに、コクランは真剣に耳を傾けてくれるものの、撮影のない日は静かに座ってじっと雲でもながめててくれ、というばかりだった。あるとき彼女は、市場からカナリヤを配達してもらって寝室で猫に追いかけさせようと考えたが、コクランに反対された。たぶんアマドルが与えていたコカインのせいもあったのだろう、彼女がヒステリックになりかけていたので、コクランは、別荘の裏の畑へ散歩に連れだした。このとき、彼女の猫がはじめて鼠をつかまえた。猫は鼠の頭を食いちぎり、草に寝そべって喉をごろごろ鳴らした。彼女はうれしそうに、プーキーが野生に戻ったわ、もうハリウッドの猫じゃなくなったのね、といった。

コクランには、彼女がわざと八つ当たりしているのがわかった。矛先はおもに、頑なで冷たい彼ではなく、アマドルや山から来た甥や母親に向けられた。もはや終わりが近づいているという現実を、コクランは直視せざるをえなくなった。マウロの母親からもらったネックレスを、ロザリオではなく強力なお守りででもあるかのように、指先で触れてみた。夜間飛行の任務につく兵士が子どものころ覚えた祈りの言葉をつぶやいて自分を鼓舞するのも、これに似ている。心はせつなく命を求め、精神は近づく死に怯えるのだ。そしていつだって、自分の番じゃない、前か後ろの男の番だ、とか、おれの知りあいは死んだりなんかするもんか、などと思っている。

アマドルの母親は、女優兼モデルがビキニのトップレス姿で息子に話しかけているのを見て、ローブを手に走っていった。アマドルは笑ったが、内心は女が母親にさほど敬意を払ってくれないことに苛だちを感じていた。やがてある晩遅く、いつものようにコクランにすげなくされると、彼女は玄関ポーチの下で見張りに立っていたアマドルの甥を誘惑した。彼女は、アマドルの甥が銃をはずそうともせずにおおい被さってきたことに腹をたてた。甥にしてみれば、親切な叔父からこの一週間の仕事で年収以上の額をもらっていた手前があったのだった。翌日彼女は、腹いせとして小道具係に三匹のカナリヤを買いにやらせ、その日の撮影が終わってから、こっそり部屋のなかに放した。そして下着姿のまま座ってタバコをふかしながら、プーキーがカナリヤを追いまわすのをじっとながめた。カナリヤが猫の届かないところに逃げてしまわないように、カーテンは取り払った。それからしくしく泣きはじめた。数時間してコクランはその泣き声を聞きつけ、部屋に入って抱きしめてやり、彼女が眠りにつくまで優しい言葉をかけてやった。眠ったことがわかると、ズボンの脚についた黄色い羽を払い落とし、猫をなでてやって、部屋をあとにした。自分が彼女にどれほど酷い仕打ちをしているかよくわかっていたが、どうしてやることもできず、夢遊病者のように苦悶の淵に沈んでいくよりほかなかった。

ある朝、ミレアは起きてこなかった。朝食にも姿をあらわさないので、お守り役の修道女が様子を見にいったところ、高熱のあまり意識不明に陥ったミレアを発見した。修道院長は雑役夫に運転させて車でドゥランゴに向かい、セニョール・メンデスの部下に、医者を呼んでもよろしいですか、とおうかがいをたてた。そして、戻って待ってな、と冷たくあしらわれた。男にしてみれば、友人のエレファントを失ったばかりか、ボスまでも虚ろな目をして酔えば感傷的になり、まるで男らしさを失いはじめているのがたまらなかった。ティブロンがみるみるまに老けはじめたので、男は自分の仕事の行く末に不安を感じていた。こんなばかげたことになったのも、もとはといえば、あのボスの不実な妻のせいだった。やはりあの晩キャビンで女の喉笛を掻っ切ってやるべきだったのだ。やれといわれればよろこんでやっただろう。もっともあのとき殺っていれば、あとで女の体をぞんぶんに弄ぶこともできなかったわけだが。修道院長とのやりとりは、プラヤ・アズルという小さな魚料理のレストランで行なわれた。このとき男は、通りの向かいの建物に寄りかかってうとうとしている農夫がアマドルの甥であることなど、知るよしもなかった。

このことはさっそく、コクランとアマドルに伝えられた。二人は一瞬困惑したが、すぐに状況を把握した。アマドルは、女子修道院はこのあたりには三つしかないといった。コクランはたちまち全身の細胞がいき返ったようになり、寝室にかけこんで・四四口径のショルダー・ホルスターを装着した。ロザリオがわりのネックレスにキスし、首にかけた。しかし、追いかけてきたアマドルに、ドアのところで押さえつけられた。

あらがったものの、アマドルも一歩も引かなかった。押さえつけながら、アマドルはいった。まずは慎重に計画を練るんだ。さもないと、女もあんたも生きてこの国を出られなくなる。やるならティブロン本人だ。まわりからじわじわやってたんじゃ、逆にこっちがつけ狙われてたちまちやられちまう。修道院はわかったんだから女は目をつぶってたって探しだせるが、せっかく見つけても犬死にしたんじゃはじまらないだろうが。アマドルは廊下を抜けてキッチンにコクランを連れていき、飲み物を注いで、母親には濃いめのコーヒーをいれたポットを用意してくれといった。それから甥をなかにいれ、コクランの着がえを持ってこさせ、母親のもとを離れないようにと命じた。アマドルは、テーブルの上の武器を掃除しながら、計画を復唱した。それからキャンバス地のバッグにハムとパンとビールを詰めた。いざ出かけようというとき、女優が仕事を終えて車で帰ってきた。彼女はコクランの服を見てなにかいいかけたが、二人の目を見てその言葉を呑みこんだ。コクランは彼女の額にキスし、アマドルとともに家をあとにした。

テペワネスの山では、ティベイがメキシコシティに飛行機を飛ばしたところだった。莫大な博打の貸しがある社交界の医者を拾わせるためだった。ティベイは自分の復讐にすっかり嫌気がさし、コスメル島にある自分のホテルの最上階にいっそのこと引っ越そうか、と考えるほどだった。この三日間は、ドゥランゴに行ってコクランを撃ち殺すかどうか考えあぐねていたが、結局はやめにした。愛だの死だのにはもううんざりだったし、いまはヴァヤドリドにいる知りあいのマヤ族の娘がほしかった。しかしその女は学校の教師で、コスメルの天気が悪いときに一緒にパリへ連れていけるような女じゃなかった。いまではミレアに生きていてほしいと願っていた。さもなければ自分はかならずや死して地獄に堕ちるだろう。死なないにしても、生き地獄を味わいつづけるにちがいない。自分の部下と話をしながら、この男を撃ち殺してやれば精神病質的脅威からみんなを解放することができるかもしれない、そう真剣に考えたりした。また酒に溺れてしまったらこの寛大な情念の波が通り過ぎてしまうことを知っていたので、酒を避けようと狩りに出かけ、暗くなるまで帰らなかった。そして若いころのように暖炉でウズラを焼き、暖炉の前にうずくまって両手で持って食べた。

テペワネスへは数時間かかった。真夜中を過ぎたころ、コクランとアマドルは小さな居酒屋の裏手に車を駐め、石油ランプの明かりがついたトタン造りの台所に入った。二人は食事をし、年老いたコックと話をした。このコックはアマドルの情報係で、流れている血のほとんどはインディオだった。コックの話はこうだった。ティブロンは毎朝早く狩りに出かけとるよ。アマドル、あんたならあの谷を覚えとるだろう。ティブロンの手下のクレイジー・ワンもやってきたから、ティブロンに同行するはずだ。ティブロンのやつ、すっかり気がちがったようになってな、この居酒屋でもびくびくする農民(カンペシーノ)たちにまじって酔いつぶれちまったことがある。コックの老人は笑いながらつづけた。ティブロンめ、だいぶ取り乱しおってな、〝てめえがだれだかわかるやつはいるか〟とか、〝いったいいつになったら最高の自分に戻れるんだ〟とかわめいとったよ。わしゃな、馬の飼育係(カバレロ)をして過ごしたあとコックになったんだ。お袋に死なれたあと弟や妹たちの飯(めし)の世話をしてるうちに料理に病(や)みつきになって以来、どうにも忘れられなくてな。アマドルはうなずいてこうつけ加えた。こう見えてもおやじさんはな、昔は腕利きの山賊でもあったんだ。名うての女たらしでもあったがな。老人は笑いころげ、自分用のメスカルの瓶を出して勧めてくれたが、アマドルは、これから大事な用があるからといって断った。アマドルは二本の轍(わだち)のついた山道を登っていき、これ以上車では進めないというところで駐めた。一時間ほど無言のまま、二人は車のなかに座っていた。コクランはたてつづけにタバコを喫(す)い、エンジンが冷(さ)めていくときのかすかな金属音に耳を澄ましていた。アマドルがカーラジオのスイッチを入れて、ニューオーリンズのトラック運転手向けの音楽専門局を拾ったときは、二人ともおかしくなった。コクランはホームシックさえ感じたほどだったが、じきに自分には故郷がないことに思いあたった。ミレアに会いたい気持ちもさることながら、娘の顔も見たかった。とはいえ、いままでの親子の隔(へだ)たり、みずから引き裂いたにしろ他者によって引き裂かれたにしろ、自分の人生にぽっかりと空いた間隙(かんげき)のことを考えると、娘の前に突然あらわれることがはたしていいのかどうか疑問だった。しかしその一方で、どこかの田舎修道院に軟禁されているミレアが、コクランにセビリヤへ連れていってもらうのを心待ちにしていると思うと、彼の心は高揚した。頭のなかでは、古代ローマの導水管をミレアと一緒に月明かりの下で見よう、もしかしたら娘もクリスマスには遊びにやってきて、三人水入らずで数週間過ごせるかもしれない、などと考えていた。

コクランの夢想はアマドルにさえぎられた。アマドルはいった。夜明け前までに数時間歩かなくちゃならない。ティブロンを待ち伏せする絶好の場所があるんだ。谷が細くなって、切りたった岩壁に挟まれた地溝を作り、川沿いに道があるところだ。もっともこの待ち伏せは、ティベイが最近の習慣を変えていないということが前提になるがな。いちかばちかの賭けでティベイに和解を持ちかけるところはコクラン、あんたに一任するぜ。そのあいだおれはこのショットガンを持って潜んでることにする。こっちが先に銃を突きつけておけば、交渉ははるかにスムーズにいくはずだからな。突然アマドルがきょろきょろしだし、コクランもなにか聞きつけたような気がして、すばやくラジオのスイッチを切った。二人して窓を下げると、コヨーテたちの鋭い吠え声ときゃんきゃんという甲高い声、そして震えるような短い遠吠えが聞こえてきた。アマドルは、若いころ川のそばで老いて死にかけたコヨーテを見つけたときの話をはじめた。そのコヨーテを不憫に思ってな、銃で楽にしてやろうとしたんだが、思い直して銃を降ろしたんだ。コヨーテに残されたわずかな命のひとときを邪魔しちゃ悪いと思ったからさ。

「あの男をひと思いに撃ち殺せないなんて残念だぜ。簡単にすむだろうに。もっともそんなことしたら、おれたちゃ生き残れやしないだろうがな」とアマドルはいった。

「必要なければやつを殺すまでもないさ。やつも引きぎわを知っていると思いたい」

「どっちにだって引きぎわなんかわかりゃしないさ。やつにどうしてそれが期待できる？　女に逃げられたことでか？　そんなのはだれにだってあることだ」アマドルは言葉を切った。

「おれも若い時分、ばかだったばかりに女房に逃げられたんだ。女房はおれほどばかじゃなかったから逃げてったってわけさ」

「こっちも似たようなもんだ。戦争とはいえ人殺しの片棒なんか担いでたら、いい亭主になれないものさ。娘に会えないのがこたえるが、女房はめでたく兄貴と再婚した。わたしが娘の父親になったのは単なる偶然のことで、いまじゃ兄貴が娘のほんとの父親なんだ」コクランはコヨーテの声に耳を澄ませ、首にかかっているコヨーテの牙を指でそっとなぞってみた。コクランは、無事な帰還などありえないことをよくよく理解しながらも、みずからの情熱のおもむくままに人間の営みの奈落へすすんで落ちていく男の痛みを感じていた。月に行けるとあらば、おそらく片道飛行用のロケットでも志願者が殺到するだろうが、それに似た気持ちだった。それは遺伝子的見地からすればばかげたことであり、分子レベルでなんらかの事故があったか、あるいは三十年戦争から意気揚々と帰還しながらもみんなからすっかり忘れ去られてしまっていたという騎士たちの時代へ先祖返りしたかのどちらかにちがいなかったが、だからこそ、トレホンにいたころ教えていた血気盛んな若いパイロットたちには、畏怖の念が湧いてくるのだった。もっともあのころの自分を振り返ると、彼らを教えているあいだもたえず不安に駆られ、地上に降りたがっていた。しかし、当時の記憶のなかには、時がたつにつれてすばらしいとしかいいようのない思い出になっていくものもひとつだけあった。田舎の出身だった妻も散歩が好きで、マドリッドの古い地域を散策してまわったり、数日の休暇が取れたときにはバルセロナやセビリヤにも足を伸ばしたことだ。一週間マラガに行ったときは、海岸のペンションに泊まり、昼間は毎日娘が泳ぐのをながめ、夜は将来のことを話しあい、新しいエンジンがどうしても必要だった彼の父親のマグロ漁船に、二人の全貯金を投資することに決めたりした。除隊になるときには、すでに父親から十分な分け前をもらうようになっていた。貸した金はとっくに返してもらっていたが、その金はいまもサンディエゴの銀行に寝かせてある。

アマドルはコクランを揺すって目を覚まさせ、ポットの温かいコーヒーをいれてやった。夜ごとの嘆き、失恋、萎(な)えた精神に満ちた音楽が、ラジオから聞こえてきた。一瞬コクランは、ディラーの伝道所に戻ったような気がした。あのでっぷり太った男が夜通し脈を計ってくれ、祈りの言葉をつぶやき、夜明けの一番早い鳥の鋭いさえずりにあわせて歌を口ずさんでいたのが、ふと思いだされた。

「暗がりのなかをだいぶ歩かなくちゃならないが、道はわかってる。それにまだ毒ヘビが出てくるほどの気温じゃないし、満月ってわけにはいかないが、けっこう月明かりもあるしな」

二人で車を降りると、コクランは思わず身震いした。カップのコーヒーが、月明かりのなかで湯気をたてた。アマドルがライフルに塗った風変わりな動物の油が匂う。遠くでは断崖絶壁が巨大な影を落とし、影のなかから突き出た松(パイン)の梢(こずえ)が、月明かりを拾ってちらちら揺れている。

コクランは、車のボンネットについた霜を指でなぞると、両手に息を吹きかけ、アマドルの甥から借りた温かい山羊皮のベストの内側にある・四四口径をたしかめた。そして車をぐるりとまわって、アマドルの肩に手を置いていった。

「いいか、アマドル、もし面倒なことになったら、自分の命を守ることだけ考えてくれ。わたしが死ぬのはしかたないが、きみまで死ぬことはない」

「心配は無用だ」アマドルは深々と息を吐き、吐息が白く冷えるのをながめた。「先週夢を見たんだ。自分が年寄りになって死ぬ夢だ。おれの小さな牧場のポーチで揺り椅子に座ってな。おれは自分の夢を信じるぜ」そして笑ってつけ加えた。「それとおれの腕もな。こいつだけは自信があるんだ」

二人は無言のまま、くねくねとつづく羊飼いたちの道を歩いた。途中、崖の縁で一度だけ足をとめ、はるか下を銀色に輝いて流れる川を見つめた。一頭のミュールジカが藪のなかを走り抜ける音に思わずはっとしたが、コヨーテたちの吠え声はどんどん遠ざかっていた。

二人は目的の場所に早く到着し、川のほとりに立ってタバコを喫った。やがて最初の朝日が、峡谷のあいだにかいま見える東の地平線上に、淡い灰色の染みのような姿をあらわした。鳥たちがいっせいに鳴きはじめると、アマドルは道を十ヤードほどはずれたあたりにあるハコヤナギの木に歩いていった。

「あんたはこの木の下に座ってるんだ。おれは山の斜面に隠れてる。ティブロンはあんたを幽霊だと思うだろう。両方のてのひらは上に向けておけよ。武器を持ってないことを見せるためにな。あとはおれを信じてくれ」

「もちろんだとも」二人は堅く握手を交わし、コクランは、アマドルが背中にまわしたライフルを揺らしながら山の斜面をすいすい登ってゆく様子を見守った。アマドルが止まって振り向くと、コクランは手を振って合図を送り、木の下に腰を下ろして川岸の小さな草地をじっと見つめた。長いこと静かに座っているものだから、鳥たちがすぐそばまで近づいてきたし、雌鹿と仔鹿も川に水を飲みにやってきた。座りながら自分の惨めな人生をあれこれ考えたが、やがて気温がぬるみ、息も白くなくなってくると、考える材料も尽きてしまった。カラスが横目でちらりと一瞥し、困惑したように一声かーと鳴きながら通り過ぎた。ひんやりした影に包まれている峡谷のはるか上のほうでは、最初のハゲワシが翼に陽射しを受けて飛んでいた。そのハゲワシを見つめているうちに、遠くから馬のいななきが聞こえてきた。それからティベイの鳥猟犬である雄と雌のイングリッシュ・ポインターが早足で通り過ぎたが、二頭はコクランのにおいに気づいてふと振り向いた。雄はうなりながら近づいてきたが、雌は道にとどまり、ものめずらしげな様子でうれしそうに尻尾を振っている。コクランが雄に、しっと号令を送ると、二頭の雄は尻尾を振りながら地面にお座りした。雄犬をなでてやりながら手で合図を出すと、二頭の犬はそれに従ってウズラを探しに駆けだした。

クレイジー・ワンが先頭だったが、ティブロンの姿もすぐ後ろに見えていた。そのとき、先頭の馬が嘶いて身をよじった。真横の木の下に座っている人間のにおいを嗅ぎつけたのだ。二人は同時に、無表情で凝視しているコクランの姿を捉えた。クレイジー・ワンがショットガンを持ちあげ、それをやめさせようとティブロンが手をあげたそのとき、アマドルの最初の一撃がクレイジー・ワンの頭を貫き、馬上のクレイジー・ワンは後ろにのけぞった。さらに二発の銃声がとどろき、クレイジー・ワンは草地の上に大の字になってどっと倒れた。乗り手を失った馬が駆け足で去ってゆくあいだ、ティブロンは自分の乗っている馬をしっかりと御した。それから、死んだ人間を振り返ろうともせず、馬から下りた。そして馬を低木につなぎ、深々とため息をついた。コクランの前にしゃがみこむと、いつのまにか股のところ、アマドルから死角となっている位置に、銃を握っていた。コクランの目の前には、黒々と開いた小さな銃口があった。

「ここで二人とも死ぬべきかもしれん」ティベイはつぶやいた。

「そうかもな」コクランは冷ややかにうなずいた。ティベイは目を赤く腫らし、げっそりとやつれていた。昨夜のウィスキーがぷんと匂った。ティベイは肩をすくめ、峡谷に差しこんできた最初の陽射しに輝く木々の小枝を見あげた。そして、生い茂った草地に銃をひょいと放り投げた。

「紳士として、そして元友人としてきさまに頼む。妻を奪ったことの許しを乞うてくれ」

「わたしがきみの妻を奪ったことを、どうか許してくれ」

そして二人は立ちあがった。アマドルも斜面から転がるように降りてきて、草地のなかのピストルに目をやり、やれやれというように首を振った。三人は、夜のあいだアマドルとコクランが歩いた道を逆にたどった。車に戻ると、喉が乾いた三人は生温かいビールを飲み、アマドルとティベイは山の話をした。

三人は正午には修道院に到着した。修道院長は、セニョール・メンデスの突然の訪問にびっくりしたが、かくも高貴な紳士が、汗だくのならず者二人を引き連れていることにも驚いた。彼女はティベイに、ティベイの妻の容態を詫び、医者がつきっきりでいることを報告した。ティベイは彼女の肩に腕をまわし、にっこり笑った。

「いったいどんなばかげた噂話を吹きこまれたんだ？　あれはここにいるわたしの友人の妻だ。彼を案内してやってくれ」

修道院長がみんなをミレアの部屋に連れていくと、コクランはベッドの端に腰を下ろし、かがみこんで、痛ましい傷跡と高い熱に彩（いろど）られた唇にキスした。戸口のところでアマドルとティベイが眼を伏せていると、医者がやってきた。

「もはや打つ手があるとは思えません。衰弱が激しすぎます」

ティベイがみるみる顔をゆがめ、声を荒らげて怒鳴りつけた。「なんとしても元気にさせろ。さもないときさまの心臓を引きずりだしてその口に押しこんでやるぞ、わかったかこの豚野郎」アマドルは、度肝を抜かれた医者とティベイを連れて部屋をあとにした。修道院長は一瞬茫然と立ちつくしたが、やがて廊下へ出て、ため息まじりに祈りながら三人のあとを追った。

コクランはその日の午後から夜にかけて、ミレアのそばに座ったまま過ごした。コーヒーを飲み、ミレアの両手を取り、額をそっとなで、医者が来たときには部屋のなかを行ったり来たりした。夜が明けて最初の光が差しこむころ、彼女は意識を取りもどし、二人は言葉もなく抱擁を交わした。ミレアがしばらく眠るあいだ、コクランも椅子に座ってうたた寝し、午後の暑さで目覚めた。それから医者がミレアに呼吸を楽にさせるための気管切開をほどこすあいだ、コクランは自分を抑えるのに必死だった。それから彼女はまた一昼夜、死の淵をさまよった。コクランは、夜は床に横になり、頭からすべての想念を追い払って、アマドルが町で買ってきた酸素吸入器を通して聞こえるミレアの消え入るような呼吸音に、じっと耳を澄ませた。呼吸と呼吸の間の長さは、ときおり胸をかきむしりたくなるほど長くなったかと思うと、つぎの瞬間には短くなってスタッカートのようにせわしくなった。コクランはもはや耐えられなくなって中庭に飛びだし、張り裂けんばかりに叫んだ。明かりがそこかしこで灯り、はじめて彼の声を聞いた患者たちが、彼の叫びに応えた。アマドルとティベイと医者が、臨時の控え室に使っていた台所から駆けつけた。コクランが三人に立ち向かってきたので、アマドルが背後にまわってコクランの喉を腕で締めあげ、動きを封じた。ティベイも力を貸して地面にねじ伏せ、そのすきに医者が注射を打って眠らせた。

数時間後、奇妙な部屋の藁布団の上で目覚めると、コクランは立ちあがって、鉄格子をはめた窓から暑い陽射しをながめた。台所を見つけ、コーヒーを注ぐあいだ、アマドルとティベイと医者はテーブルに座っていた。医者はそそくさとコクランの視線を避けた。

三日目の午後遅く、ミレアはふたたび意識を取りもどした。コクランは懸命に、ほとんどとりとめのない言葉で息せききって話しかけた。ミレアはかすれる声で、庭に出たい、といった。コクランが医者を呼びにいくと、医者は肩をすくめ、しぶしぶコクランのあとについて部屋に入り、ミレアの喉を包帯で巻いた。コクランがミレアを抱きかかえて庭に連れだすと、患者たちは食事に集合するようにいわれているところだった。三人の自閉症の少女たちは、二人には見向きもせずにかたわらを通り過ぎながら、まるで地上では解決されえない苦しみを持つしゃがれ声の飛べない鳥たちのように、みずからの葬送歌ともいえる歌を口ずさんでいた。コクランはミレアを両腕にしっかりと抱きしめながら、インディアナの森の茂みのなかから死んだ鳥を拾いあげたとき、どれほど軽く感じたかを思いだしていた。そしてふたたびほとばしるにまかせて語りかけた。自分が紡ぎだす言葉の力で、ミレアの命をこの世に繋ぎとめようとしたのだ。まるで自分の脳蓋をぱっくり開いて脳味噌のなかに飛びこみ、躍起になって掻きまわしたり掘り起こしたりして、彼女を元気にさせる秘訣をどうにかして手に入れようとするかのようだった。マウロの母親からもらったネックレスをミレアの首にかけてやったものの、マウロの母親が、敵に復讐するときしかきかないといったのを思いだし、恐怖にすくんだ。なおも言葉のかぎりを尽くして語りかけたが、言葉はしょせん言葉でしかなかった。子どもを作ってセビリヤで連れて歩こう、というと、ミレアはかすかに口もとをほころばせてうなずいた。薄闇が暗闇に変わっていった。アマドルは、なかば柱の陰に隠れて無表情に二人を見守り、二人のほうに行こうとした医者を制した。風が吹いて半月があらわれたが、いつもより縮んで見えた。一陣の風がアーモンドの木に咲く花を吹き落とした。コクランは飽くことなく囁きつづけ、やがてあたりが闇に包まれたとき、ミレアがコクランのよく知っている歌を、夏のたった一匹のセミの鳴き声にも負けそうなほどのかぼそいかすれ声で歌ってくれた。それが最期の歌だった。ミレアはコクランを見つめながらそっと息を引き取り、彼女の魂は、最後の白いかすかな吐息とともに、渦巻きながらそっと抜け出ていった。雨が降りはじめ、二人の頭上の木の枝にとまっている一羽の鳥が、もの悲しい声で小さくさえずった。まるでその鳥がどこかのマヤ人の魂で、懸命にこの世に戻ろうとしているかのように。

エピローグ

その木の下で一人の男が穴を掘り、二人の男がそれを見ていた。彼は機械的にひたすら掘りつづけた。木の根には斧、石にはつるはし、重い土にはシャベルを使った。暑い午後に穴の下に降りると、土の断面には大理石模様や縞模様が見えた。アマドルという名の男はベンチに座り、ソンブレロを目深（まぶか）に降ろしてだみ声で歌を歌っていた。ティブロン、ティベイ、あるいはセニョール・バルダッサロ・メンデスという名の男は、ベンチに座って両手で顔をおおっていた。そのあいだ彼は、なにものかに突き動かされるようにして、わき目もふらず一心不乱に掘り進んだ。修道院長は、玄関ポーチの下で心持ち退屈そうな神父のとなりに並び、その様子を見守っていた。患者たちはその穴掘りが気になるらしく、わけもなく行ったり来たりしていた。松材（パイン）の棺（ひつぎ）が、ふたつの木挽（こび）き台の上に渡されていた。野生の花で作られ、棺の上に置かれた大きなブーケは、陽射しに耐えきれずすでにしおれていた。穴を掘りおえると、彼は手を休め、流れる汗もそのままに穴の縁に這いあがった。山盛りになった土のわきに彼がひざまずくと、ベンチに座っていた二人の男たちも、進みでて彼の横にひざまずいた。神父と修道院長も前に出てきた。その後ろに精神病患者の一団がいた。神父が短いミサをとりおこない、ベンチの前の二人の男が棺を穴に降ろした。彼はみずからが掘った穴の底に降り、ひざまずいて花にキスした。穴から昇ってくると、シャベルを拾い、いくらか土を放り入れた。土はどさっと音をたてたが、彼も死の床につくときには、きっと同じ音を聞くことだろう。

名前を棄(す)てた男

The Man Who Gave Up His Name

1

ノードストロムは一人で一心に踊っていた。自分の正気には一点の曇りもないと思っていたし、この毎晩のダンスも、休んでいる柔軟体操の代わりだった。最近彼は、凡庸(ぼんよう)な人生観にきわめて忠実に生きてきたことで自分を責めていた。ダンスはそんななかではじめたもので、踊っていると、形而上学的ともいえる緊張感にひたることができた。四十三歳になったいま、体調はかならずしも最高というわけではなかったが、このところ、自分の肉体の周縁部が柔軟になってきている感じがするのだった。遅い夕食のあと片づけをすませると、ノードストロムは書斎の明かりを落とし、一時間分くらいの音楽をステレオにセットした。このごろはそれを二時間くらいにすることもよくあった。選曲はそのときの気分によってまちまちであり、カントリーのマール・ハガード、ジャニス・ジョプリンの《パール》、ビーチボーイズ、ストラヴィンスキーの《春の祭典》、オーティス・レディング、グレイトフル・デッドといった具合にいろんなジャンルにまたがることもめずらしくなかった。重要なのは体を動かしつづけ、おびただしい汗をかき、なまった体が優美に流れるような感じをつかむことなのだ。

じつのところ、踊りはあまりうまいとはいえなかったが、一人で踊っているぶんには、だれに遠慮がいるわけでもない。

少年時代をウィスコンシンで過ごしたノードストロムは、泳ぎは得意だったし、ラインバッカーとしてもまあまあだった。ほかにフライ・フィッシング、鳥撃ちハンティング、バスケットボール、ゴルフ、テニスなどもちょっとした腕前だった。しかし、夢のなかにあらわれるのは水泳だけで、ほかのスポーツはみな忘れてしまった。水泳は水中のダンスだ、ノードストロムはそう思った。夢のなかでは、睡蓮（すいれん）の葉の下を潜って緑の細い茎がゆらゆら揺れるのを見たり、丸太の下をくぐってブルーギルの群れの脇を通り過ぎたり、葦（あし）の群生に分け入って身をよじるミズヘビや小型の亀の脇を泳いでいったりする。泳ぐところも、小さな湖から大きな湖、ミシガン湖や小さな農場にある池、小さな川、流れに身を任せられる大きな川までおよぶ。十九のころ真夜中に素っ裸で泳いだ夢も見るが、十九といえば、孤独のあまり目覚めるたびに窒息するような思いに駆られ、家を飛びだしたりする歳（とし）だ。しかしその理由も、理性的というより生理的といったほうが近く、未来というものが捉（とら）えどころがなかったり、未来の自分の位置がまだ不確かだったりすることからくる不安と結びついている。そんな不安などばかばかしいだけなのだが、いくらありふれているからといっても、残酷なことにかわりはない。

ノードストロムが生まれてはじめてダンスに目を向けることになったのは、ひょんなきっかけからだった。ウィスコンシン大の奨学生だった二年生のとき、十分間の休み時間では普通教室から男子の体育館への移動が間にあわないことに気づいた。しかし、一九五六年当時は、体育の授業を合計四つの学期にわたって選択することが義務づけられていたのだ。そこで、科目を登録するときに陸上競技のコーチのところに相談にいった。たまたま秋の学期に〇・五マイル走と砲丸投げで彼がクラスのトップになったことが、このコーチの記憶にあった。つかの間とはいえ、膨大な数の名も知らぬ二年生のなかからすくいあげられたわけだ。この陸上コーチは、走ってクラスを移動すればいい、といった。しかしこの提案は、キャンパス内の歩道に除雪されずに積もったままの雪を思うと、ちょっと非現実的だった。登録デスクの後ろで陸上コーチのとなりに座っていた筋肉質の中年女性が、それならモダン・ダンスを選択したら？と勧めてくれた。これは女子の体育館で行なわれるもので、教室棟から歩いてわずか数分のところにあった。さっそく登録をすませ、帰り道では、ワルツ、フォックス・トロット、サンバ、ルンバを華麗に舞う自分の姿をちらほら思い浮かべた。経済学を専攻していて統計図書館で週のうち三十時間を費やしていたため、社交生活というものがなかったので、このなかば強制的にはじまったダンスが、新たなロマンスの展開をもたらしてくれるかもしれないという期待もあった。

ほとんど麻痺状態に陥ったといっていいほどショックだったのは、このクラスがマーサ・グラハム流の本格的モダン・ダンスを教えることだった。しかもノードストロムは、三十人のレオタード姿の女子学生にまじった唯一の男子学生であり、恥ずかしさのあまり耳鳴りがするわ口はからからに乾くわというありさまだった。しかし、やりはじめたらやり通すのが彼の生来の性格だったし、自分のばかさ加減を認めたくないこともあって、このクラスに頑としていすわることにした。しかし、麻痺状態は彼のなかに残り、型どおりのウォームアップ・エクササイズからさきは、体がうまくついていかなかった。いかにも中西部らしいずんぐりむっくりの女の子たちは、彼のことを〝ホモ〟とみなした。当時の学生寮では、ゲイというよりそのいい方のほうが普通だったのだ。数週間後、ノードストロムはちょっとした機転を働かせ、最後列からこのクラス一の美人のま後ろに移動した。ローラという名のこの美人学生は、よく図書館でボーイフレンドと一緒に勉強しているところを見かけたことがあった。相手の男はひょろっと背が高いバスケットボールの花形選手だった。優美に躍動するローラの肉体は、ノードストロムを肉欲の渦に放りこみ、授業はめくるめく白日夢と化した。高い位置にある彼女の引き締まった尻が弾むさまや、彼女がこの世でもっとも美しい犬のようにひざまずいたり体を伸ばしたりするさまを、わずか数フィート後方で鼻をこすりつけそうなくらいに見ていれば、当然のことながら自分の肉体に変化が訪れることになり、それを隠すため、ノードストロムはとりわけきついサポーターをしなければならなかった。彼女に話しかけたのはたった一度、ある日授業が終わったあと、指の節を噛むのはよしたほうがいいよ、といったときだけだった。ローラは一瞬ノードストロムに思わせぶりな視線を投げかけただけで、立ち去っていった。

冬が過ぎて学期が春に入ると、授業中のサポーターによるしめつけはさらに苦痛を増した。暖かくなって、女の子たちがレッグウォーマーなしのレオタード姿になったからだ。ノードストロムは、ローラの脚は雑誌の水着広告のどのモデルの脚よりずっときれいだと思った。バスケットボール選手が彼女と〝最後までいったらしい〟という噂が流れると、はらわたが煮えくり返る思いがした。ローラは、けっして後ろを振り向いて彼の熱い視線と目をあわせたりしてはくれなかった。そして悲しいことに、彼は授業の単位を落としそうな状況にあった。落としたらもう一学期体育をやるはめになる。絶望的な気分だった。五月末のある暑い午後、最終試験――四分から六分の創作ソロ・ダンス――が行なわれたが、高ぶる神経をなだめようと、試験の前に、父親がイースターの休暇のときにくれたシュナプスを一パイント飲んだ。前の晩、効き目が持続する緑と白のタイムリリース型カプセルに入ったデキセドリンの助けを借りて、徹夜で経済学の試験勉強をしていた。こちらの試験は確かな手応えがあり、あとは唯一残っているダンスさえこなせば、スーツケースを抱えて駅に向かい、バスに飛び乗ってマディソン市から州北部のラインランダーに帰省し、夏を過ごせる。そうは思ったものの、体育館に着くころには、気分はすでに、川沿いの道で見かけた腐りかけのライラックの花のように萎えていた。そしてその花のにおいは、体育館のにおいと、まるで汗だくになったかのような脳味噌にずきずきくるシュナプスのにおいを思いださせた。ノードストロムは思った。自分の体の動きに優美さなどないのを知っていてがちがちに硬くなっているというのに、どうして想像力でダンスができる？

　体育館では、ソロ・テストを受ける女の子たちは四人しか残っていなかった。ローラは開き窓の枠に寄りかかり、長い陽射しが作る影にすっぽり包まれて自分の番を待っていた。ノードストロムはとなりの窓に陣取り、彼女のほうをこっそり見たが、彼女もじっと見ているのがわかると、あわてて視線をそらした。まるまる太った女の子がモダン・ジャズ・カルテットのナンバーにあわせてどたばた跳んだり回転したりしているのをながめながら、緊張のあまり苦笑いが浮かんできた。先生がほほえみながら近づいてきて、こういった。つぎの演技をよく見ておくのよ。あなたは自分のダンスのなかで、それに対する反応だけを表現しなさい。やっとのことで唾を飲みこんでうなずくと、ローラがドビュッシーのレコードをかけ、見ているだけでせつなくなるほど華麗に踊りはじめた。胸骨の下の肉がぐっとせりあがり、喉もとにこみあげてくるような気分だった。避けがたい勃起がはじまると、慌ててポケットに手を突っこみ、なんとか鎮まるようにと股間の一物をつねった。ローラのダンスが終わるころには、あちこちちくちくする膨らみのせいで月面を歩いているような状態だった。

ふと気がつくと、先生に両目を布で目隠しされていた。ローラは死を模してじっと腹這いになった状態から、ゆっくりと起きあがったところだった。湿った柔らかなレオタードが彼女の股間に食いこみ、汗できらきら光るふたつの尻の丘を分けていた。先生は目隠しされたノードストロムに、これでリラックスできるでしょ、といった。やがて自分の呼吸音をかき消すバルトークのバレエ曲《中国のふしぎな役人》が聞こえてきて、彼はその狂ったような旋律にあわせてまさに狂ったように踊りはじめた。

あれから二十三年たってマサチューセッツ州ブルックリンの大きなアパートにいるいまでも、その出来事はいまだに人生最大の異様な体験に思えてならなかった。ふたたび一人で踊りはじめるまでに二十三年かかったことからも、その異様さがわかるというものだ。先生は、目隠しをはずすと、笑ってノードストロムの額にキスしてくれた。扉の脇に立っていたローラがふいに出ていくのが見えた。タオルに顔をうずめ、ふだんの恥ずかしがり屋の自分に晴れて戻った。そのあと寮の知人たちとしたたかに酔いしれて帰省のバスを逃し、翌日のバスには二日酔い状態で乗りこんだ。夏じゅう父の会社で働くあいだ、彼の心はうわの空だった。父親は、都市部からウィスコンシン北部へ毎年避暑にやってくる別荘利用者のための、キャビン作りを請け負う小さな会社を経営していた。ノードストロムの両親は倹約家のスカンジナビア人で、彼は十二のころから夏は働かされた。てっきり大学の学資にするものと彼は思っていたが、実際には、ほとんど雪に埋もれた北で暮らす厳格なルター派信徒の蓄えの一環である〝貯金〟にすぎなかった。ほかの子どもたちが野球をして遊ぶあいだ、ノードストロムは荒っぽい大工仕事を習い、モルタルのまぜ方からブロックや煉瓦の積み方まで教わった。その夏はみずから重労働を志願し、井戸掘りから基礎工事、セメントブロック積みにモルタル塗り、はしごを昇っての屋根材運びまでこなした。すっかりローラにのぼせあがった頭をそうして肉体労働で冷やそうとしたのだが、内心では、フットボールでタッチダウンをきめることであのバスケットボール選手をやりこめる姿をひそかに空想するのだった。成績が郵送されてくると、モダン・ダンスにAがついているのを見て父親がすっかりおもしろがり、「大工仕事より、ジルバのほうが見こみありそうだな」とからかわれたときは、心底恥ずかしかった。

ここで話を省略しよう。それから一年がたとうとするころ、ノードストロムはローラにばったり再会した。率直にいうと、ノードストロムには想像力が欠けていた。学生名簿のローラの名前と電話番号をじっとにらんではため息をつき、自分と出身地が同じで、当時はやりの相手に束縛(そくばく)されないセックスが好きだった女の子とときたまデートしてお茶を濁(にご)すだけだった。しかもこの女の子はチアリーダータイプなのが難点で、彼女にのしかかってせっせと励んでいるときは、せっかくの愛の行為もそこそこに気持ちのいいマスターベーションくらいにしか思えないことが多く、ノードストロムは心ここにあらずだった。いつだったかバスケットボールの試合会場で、フロアにローラの姿を見かけたにもかかわらず、自分のほうは会場を出ていかなければならなかったときは、心は失意に沈んだ。それからしばらくして、五月なかばのある金曜の午後、雨宿りをしようと、女子学生クラブ(ソロリティ)と友愛会(フラターニティ)の学生たちがたむろする居酒屋にひょいと入り、バーで立っていると、こともあろうに濡れた指を耳につっこんでくるものがいた。

「ちっとも電話してくれなかったのね。待ってたのに」ローラだった。

ノードストロムは呆気(あっけ)にとられながらも、彼女の仲間(シスター)という二人と一緒にしばらく飲んだ。彼はすぐに気恥ずかしさを乗り越え、やがて陸上競技の選手たちが加わるとたちまち打ち解けた。陸上選手たちはビールをだれがおごるかで腕相撲をしたが、みんなが驚いたことに、腕相撲向きのスポーツと肉体労働で鍛えあげたノードストロムが優勝をさらった。つぎに選手たちは、店の客全部を相手にしてノードストロムに賭けはじめたが、ポーランド人のフットボールのタックル選手と引き分けになったところでローラが立ちあがり、わたし、帰ってデートの準備をしなくちゃ、といった。ノードストロムは愕然(がくぜん)としながらも、扉のところまでローラを送っていった。するとローラは片方の腕を彼にまわしていった。週末は忙しいけど、たぶん日曜の午後なら大丈夫よ。三時に迎えにきて。

何年もあとになって、ノードストロムは、知的な人間がみなそうであるように、人間の愛情生活における偶然性の度あいについて考えた。あの金曜の午後にもし雨が降らなかったら、いったいどうなっていただろう？　ローラと結婚することになったのは、とどのつまりウィスコンシン州マディソン市で五月のある金曜の午後雨が降ったからだ、というのでは、あまりにお粗末で居心地が悪かった。その金曜からずっと雨は降ったりやんだりを繰り返し、日曜の午後は、小雨のなかを、ローラの車に赤のクリバリ・ワイン半ガロンを積んで田舎にドライブとしゃれこんだ。雨はほとんどあがって気温もあがり、蒸し暑くなってきた。車を降り、歩いて植林地を抜け、膝の高さほどの青々した麦畑に入っていった。畑のずっと奥のほうで、ローラの言葉に従ってトレンチコートを敷き、腰を下ろしてワインを飲んだ。ローラはストッキングなしの足に直接ペニーローファーをはき、茶のポプリン地のスカートに白の袖なしブラウスを着ていた。ローラの話や笑い声を聞きながら、ノードストロムは人生ではじめて幸運というものを感じた。ローラの脚は、春休みにフロリダへ行ってきたせいで小麦色に焼けていた。ふと彼女が、タカの一種であるチュウヒを見あげた。四角い畑を避けるようにして飛んでいるチュウヒを、ローラが軽く反(そ)りかえって見ているあいだ、ノードストロムの目の前には、彼女の小麦色の脚と、ちょっぴりめくれあがったスカートがあった。ノードストロムはその光景にすっかり目を奪われ、このままこうして横たわっていられるなら、緑の麦が伸びて自分を貫(つらぬ)いてもかまわないとさえ思った。

「わたしの脚を見てるでしょ」ふと彼女がいった。

「そんな、ちがうよ」

「正直にいったら、脚にキスさせたげる」

「わかった。見ていたよ」

ノードストロムは彼女の脚にキスし、やがて二人は着ているものをすべて脱ぎすてた。植林地の一本の木にとまったチュウヒには、緑の麦がいびつな円形に押しかためられ、そのなかで絡(から)みあうふたつの肉体が見えたことだろう。二人は午後遅い時間まで愛しあっていたが、やがてふたたび雨が降りだしてきた。ノードストロムがコートをかけてやろうとすると、ローラはいきなり立ちあがって、裸のまま雨のなかでひとしきりダンスをし、さらにワインを飲んだ。

そういう単純な出来事が、恋する者たちにはなかなか忘れられないものである。自分たちに起こった最高の出来事に背を向けられる者はほとんどいない。ローラはその夏カリフォルニアに行ったが、あわせて百通ほどの手紙をたがいに交(か)わしたすえ、最終学年の秋に入る前に、ノードストロムはとうとう彼女を自分のものにした。ノードストロムがこれほど輝いていたことはこれ以後もおそらくないだろう。彼女の野心的な両親にはあまりいい顔をされなかったが、ノードストロムにとってうれしいことに、卒業と同時に晴れて結婚することができた。二人はカリフォルニアに移り住み、彼女は企業向けのドキュメンタリー映画を製作する小さな会社に、彼は大きな石油会社に入社した。ウェストウッドの二階建てアパートに住み、一年後にローラは女児を出産、さらにその一年後に勤めに復帰していった。二人の結婚を十八年も持続させたのは、性生活の謎としかいいようがない。〝謎〟という言葉は、メディアによる俗化の憂き目にあっているにもかかわらず、いまだに適切な表現である。ちなみに〝謎〟という言葉の俗化は徹底的に試みられ、いまではこの人間に唯一残された優美な特質を暴きたがる大衆の欲求を、メディアは代弁しなければならないほどである。夏が終わって四年がはじまる前にカリフォルニアから戻ってくる途中、二人はいろいろな場所で体を求めあった。真っ昼間に車のなかでしたり、新鮮さを求めてガソリンスタンドのトイレのなかで立ったまましたり、道ばたの常緑樹の林のなかで、松葉にてのひらと膝をちくちく刺されながら犬のようにやったりした。ほかにノースダコタのピクニックテーブルの上、モーテルのフロア、ミネソタのブレーナード近くの冷たい霧がたちこめる野外の寝袋のなかなど、ところかまわず体をむさぼりあった。『エデンの東』が上映されているウィスコンシンのラクロスの映画館でもやった。

ジュリー・ハリスとやりたい？

どうかな。考えたことないよ。

きみはどうだい。ジェームス・ディーンとやりたいかい。

もちろん、当たり前でしょ。でも彼、こないだ死んじゃったのよね。

二人の結婚は、最後にあまり幸せでない時期が何年かつづいたあと、比較的穏やかに幕を下ろした。ノードストロムはローラに愛人がいるのではと疑い、相手が家族ぐるみでつきあっている友人のマーティン・ゴールドであることがわかった。ノードストロムもローラも世間的には成功したが、それぞれまったく異なった世界での成功だった。彼女はライン・プロデューサーとしてあちこち飛びまわり、ノードストロムは石油会社で大金を稼いだ。二人の唯一の接点は、娘のソニアだった。ソニアは、どちらかというと十二歳の夏までは体の弱い少女だったが、その夏を境に、一夜にして健康と活力を身につけたかのように丈夫になった。しかし、これがノードストロムとローラの唯一共通の関心事を取り除くことになり、二人はそれぞれの仕事に逃げこんでいった。ローラの会社は、オールロケに近いスペシャル番組やテレビ向け映画などでしだいにテレビ市場に参入し、ローラは社内でめきめきと頭角をあらわしていった。ノードストロムは、自分の会社の会議室のとりすました静けさとくらべて、彼女のビジネスの華やかさがいつも羨ましかった。ビジネスマンというのはだれもかれも似たり寄ったりで、だいたいが不幸な卑劣漢なのだが、ノードストロムは、堅実で知的でハンサムというたぐいまれな強みを持ち、大口を叩くこともなかった。きわめて実直で、口先だけでものをいわず、義理の父親にいわせれば〝ねばり強い男〟だった。ローラの父は、労働の成果であるビバリー・グレンの立派な屋敷を見たとき、そう褒めてくれた。

もしかしたら二人は、危うい均衡を保ったまま終生連れ添ったかもしれない。しかし、ある晩夕食どきに、娘のソニアがおそるべき十六歳の痛烈な言葉を二人に投げつけたのだ。二人とも冷血動物みたい。ローラはただ笑うだけだったが、ノードストロムは深く傷ついた。十六年間一生懸命働いてきて、自分の娘に冷血動物呼ばわりされるとは。しかし、自分にそういう面があるのはわからないでもなかった。ビジネス業界でいう〝首切り人〟だったからだ。それでもソニアに面と向かっていわれる瞬間までは、なんとも思っていなかった。

落ちつかないまま食事を終えたその晩は、仕事のあとのハイボール二杯と食事どきにワインを少々という長年の習慣をとうとう破ってしまった。ブランデーをしたたか飲むと、娘と仲むつまじい親子の会話をしにいった。期待は裏切られなかったが、あとになって考えてみると、ソニアが調子をあわせてくれたのだとわかった。だがそれまで型にはまった〝模範的父親〟像ばかり演じてきたため、このときも娘のことをほんとうには理解していなかったし、娘は娘で、同年代のほかの子と同じように型どおりの気まぐれなゲームをしていただけだった。話を終えると、ノードストロムは自分がタバコをひっきりなしに喫っていたのに気づき、ソニアに、大学を卒業するまでタバコを喫わなかったらBMWを買ってあげようと約束した。

それからローラのところに行き、もっと家族との時間がとれる仕事にかえてくれないか、と話してみた。あいにく彼女は、運転手が迎えに来るためそれどころではなかった。夜間の便に乗って二日ほどニューヨークで仕事をする予定が入っていたのだ。キッチンで立ち話をしたあと、ノードストロムは、大急ぎでセックスできないか、と訊いた。ローラは、だって服が乱れるもの、口ならいいけど、といった。そこで朝食専用コーナーに座ってローラに口でしてもらったが、運転手が玄関のベルを鳴らしたので、中途で終わってしまった。ローラは彼の額にキスして出かけていった。実際には半分もいかなかったが、セックスでは結果よりプロセスを重視するほうなので、そのこと自体は気にしなかった。それよりも、このときノードストロムは深い孤独の淵に沈み、その後何年か自分のなかに巣くうことになる極度の不安が、心の奥底に忍び寄ってくるのを感じたのだった。そして思った。「もし自分がいままでやってきたことがまったくの誤りだったとしたら？」その夜は書斎に座ってそのことを一晩じゅう考えていた。夜が明けるころには、世界から逃避するより、世界に逃避しようと心に決めた。自分の人生にはとくに望ましくないものも、後悔すべきものもなかったからだ。しかし、厚みや激しさが欠けていることは確かだった。芝地のひそやかな小川が木々の向こうを流れる大きな川に物憂げに注いでいくような、そんな眠りながら死ぬようなはめにはなりたくなかった。

変わりたいと望む男にとって人生でもっとも苛だつのは、変化が起こらないことだ。こういう閉塞状態におちいると、よほど精神が強固な人間でなければ、一時的錯乱や本物の狂気につながることさえある。ノードストロムは、ビジネスというのは基本的にものを安く買ったり作ったりして高い値段で売る過程であるとわかっていた。ウィスコンシン大学で経済学の基礎講座を取るずっと以前から、資本主義の持つその単純な美しさに惹かれていたのだ。一方父親は、三つのキャビンを五千ドルで建てて八千ドルで売り、数年後には、一万五千ドルで建てて二万二千ドルで売っていたが、年とともに資材費や人件費が上昇し——それにインフレもある——値段が変化したにもかかわらず、儲け額はいつも同じだった。父親には欲がなく、ノードストロムの強い勧めにもかかわらず、年間十棟というような具合に商売を拡張することはなかった。石油ビジネスに関していえば、規制や税制を出し抜き、アラブの首長たちをうまくいくるめて（立場が逆になったときは愉快だった）大きな利益を生みだすという点で、ほんのちょっと複雑であり、経済基盤の枠内での紳士的ゲームといった色あいが強かった。

しかしそれもみな、その書斎での長い夜のあいだにすべて崩れさった。とはいえ、崩壊の毒のまわりは、ノードストロムが人生に望んでいた変化と同じように、遅々としたものだった。三十七から四十にかけて、ローラに同伴して数多くの芝居や映画の試写会に出かけ、ショービジネス界の気さくな人づきあいを目の当たりにすると、彼らも内心は石油ビジネスと同じ利益への欲望で満たされているのだとわかっていながら、奇妙な嫉妬を感じた。少なくとも彼らには気さくな態度を演じるだけの余裕が感じられた。ノードストロムは演じ方を忘れていたし、じつのところ身につけたこともなかった。とりあえずヨットを購入したものの、あとになってニューポート・ビーチからはとくにヨットで行く場所がないことがわかった。娘のソニアとテニスに夢中になって家の裏に高価なテニスコートまで造ったが、ソニアがサンバレーでくるぶしを骨折して以来、ちっともやらなくなった。アスペンでスキーにも挑戦した。スキート射撃にも出かけた。石油関係の仲間とコーパス・クリスティ近くの島に行ってウズラ狩りをしたときは、すんでのところでガラガラヘビに咬まれそうになった。そのガラガラヘビ事件の印象があまりに鮮烈すぎて、それから数カ月は内心軽い怯えが抜けなかったほどだ。あれは、メスキートの低木の下に手を伸ばして撃ち落としたウズラを取ろうとしたときだった。奇妙な音に気づいたのだが、耳なれなかったのでつい反応が遅れてしまった。大きく開いたガラガラヘビの口が飛んできて、あやうくシャツの袖にかみつかれるところだった。髪型も変えてみた。マカジキ釣りにいったカボ・サン・ルカスで、銀の指輪も買った。カメラも買った。伝記や長篇小説も何冊か読んだ。ローラが出かけたある夜など、娘が巻いてくれたマリファナを喫って、胃がねじれるほど笑い転げたかと思うと、神経が張りつめてきて、少し恐くなった。秘書を抱いたときは哀しくなった。スポーツカーも買ったが、運転するのは娘と妻だけだった。美しい少女が足を洗っている姿を描いた高価な絵も買った。石油会社を辞め、もっと仕事が単純な大手書籍取次店の副社長におさまってからは、料理にも手を染めた。中国、フランス、イタリア、メキシコなど、各国の料理を覚えた。ヴァンを借りてサンフランシスコ近辺のワイン地方まで行き、あらゆる葡萄園のワインを飲みくらべ、ヴァンいっぱいに積んで帰ってきた。あるとき、二人の女とベッドインするという空想を実現させるため、人に紹介してもらってサンフランシスコのばか高い売春宿へ出かけた。三百ドル払ったが、起たなかった。はじめて経験する不能だった。ロサンゼルスに帰る道すがら、くよくよ考えどおしだった。自分の一物のことを案じ、不毛な冒険のあいだ脳裏に浮かんできた、ローラの友人である若い映画製作者のことをいじいじと考えた。金額など問題ではなかった（税制上の優遇措置で埋めあわすことができるからだ）。問題なのは、ローラとその若い映画製作者が、裏庭のジャクージの近くにある低木の植えこみにエアマットレスを敷いて寝たのではないか、ということだった。自身の才能とローラの父親の死によってなに不自由ない生活をしているうちに、金に対して飽き飽きしてきたことも頭に浮かんできた。それに三カ月先には、娘のソニアがニューヨークのサラ・ローレンス大学に入学して家を出てしまう。そう思うと、とたんにノードストロムはたまらなく孤独を感じ、少年時代の緑の畑、冷たい湖、雷鳴、雪、そういったものが恋しくてならなかった。かと思うと今度は、ローラは一カ月前に映画の仕事でケニヤに行ったとき、アフリカ人と寝たのだろうか、と考えはじめた。彼女も自分と同じように、二人の男と同時に寝ようとしたことがあるだろうか？　するととたんにベルトの下の一物がむくむくと頭をもたげてきたので、思わずぎょっとした。もはやなにもかも整理しなければならない時期にさしかかっていた。

その晩遅い夕食をとりながら二人でワインをたらふく飲んだあと、ローラは十九年前に体育館でダンスをしたときと同じドビュッシーの曲にあわせ、おどけて踊りだした。それを見ていたノードストロムの心は凍りついた。二人の結婚生活はもうおしまいだということをローラも気づいていることがわかり、はからずも彼女の踊っているのが死を模したスワン・ソングだったからだった。彼女の肉体は外見的にはほとんど変化していないにもかかわらず、かつての優美さは、どういうわけかかすかな下品さに染まっていた。ノードストロムはバスルームに行き、二十七年ぶりに泣いた。子どものころ、最愛の犬が家の前の湖で氷上釣りをしていた保安官助手に咬みつき、・三八口径のポリス・スペシャルで六発も撃たれて雪深い永遠の眠りに葬り去られたとき以来だった。ローラのにおいのするタオルで涙を拭き、ベッドルームに戻り、ローラを抱いた。上空を旋回するチュウヒに見守られながら膝まである緑の麦のなかではじめて体をあわせたときのように、激しく燃えた。しかし、このとき二人の肉体を結びつけ、二人で暮らしたあいだに試した体位をひととおり繰り返させるほどの莫大なエネルギーをもたらしたものは、ほかならぬ永遠の喪失感以外のなにものでもなかった。

その夜が、結婚生活で最後のすばらしいひとときとなった。離婚届は三カ月後に提出された（娘が大学へ巣立った日の午後だった）。ローラのほうがわずかながら財産が多かったし、女一人で立派にやっていけるだけのたくましいフェミニストでもあることから、彼女は慰謝料その他をいっさい請求しなかった。ノードストロムは、自分のわがままな理由から、娘の学費は払うといいはった（娘との接触が断たれることを恐れたのだ）。家の売却益は折半することで合意した。離婚が永久的なものであることを決定づけるために必要な手続きは、ノードストロムにはある種の拷問に等しかった。かつて愛する者たちを結んでいた糸や結び目をひとつひとつ断ち切ることによって、次々と襲う感傷の波をもろにかぶった、犠牲者だった。ローラからは、あなたは利己的で冷淡で計算高くて、仕事の成功とその勲章のがらくたに酔いしれてるだけよ、といわれた。その夏はほとんど毎晩浴びるほどワインを飲んで過ごし、ローラは彼の中西部特有の幼児性や、自己満足的な現実世界の無視、芸術に対する鈍感さを繰り返し指摘した。ときにはしゃくにさわることもあったが、軽く笑いとばしたり、彼女がそれほど不幸な結婚生活でもなかったわといってくれたりしたことで、気分は和らげられた。しかし残念なことに、彼女の気持ちが遠ざかるにつれ、彼の性的能力も衰えていった。彼女の落ち度を探し、いくつか架空のものを作りだしたりさえしたが、決定的なものはなにひとつ出てこなかった。いまだに彼女を愛していたし、それまでも彼女の多少ふしだらな性格に対して批判的だったことなどなかったからだ。しかし、彼女が愛人たちのことを口にしたときは、さすがに腹がたった。ローラは、べつにあなたのセックスが下手だってことじゃないの、ただ、人生は頭にくるほど短すぎるから、一人の男しか知らないなんて我慢できないのよ、と平然といってのけたのだ。不貞な妻を持った男の怒りがこみあげてきたが、爆発にいたらなかったのは、すでに精神が悲しみに疲弊していたためだった。自分も当てつけにいくつか不倫話をでっちあげてはみたが、彼女にはもとより信じる様子はなく、彼の作り話につきあってくれているだけだとわかった。二人が最後まで平和的に振るまえたのは、娘のソニアのおかげだった。ソニアは子どもの立場から二人を愛してくれたが、二人が一時的な別居を提案したときは、二人とも正気なの、と疑問を挟んだ。娘には父親の性格がわかっていた。魅力的ではあるけれども、無知で内向的で余裕や自発性に欠けるのだ。母親の愛人たちのことも娘は十四のころから気づいていたが、恥ずかしいと思う気持ちはほとんどなかった。性に対する女の即物的感覚が、娘にもあったからだ。

　こうして二十年近い結婚生活に終止符が打たれた。その年のクリスマスのあと、ノードストロムは未整理だった問題を片づけ、ボストンにべつの大手書籍取次店の副社長のポストを確保して引っ越した。じつはボストンに引っ越したほうが、娘のソニアから南に二百マイルしか離れていないからだった。ある年など、ケンブリッジにあるハーバード大学のサマースクールを受講するため、ソニアは二カ月間ノードストロムのところに滞在することさえあった。そしてその長期滞在こそが、ノードストロムを一人で踊ることに駆りたてることになったのだ。ソニアはそれに先だつ二度の夏をヨーロッパで過ごし、ハーバード大にボーイフレンドがいた。二人は芸術史と現代音楽にたがいに強い関心を持っていたが、ノードストロムは、このふたつの話題に疎(うと)いことを残念だとは思わなかった。若者がユダヤ系であることにはさすがにちょっと困惑したが、一晩考えあぐねた結果、二人の仲に反対するような必然性はついに思い浮かばなかった。そのころローラはすでに再婚し、その相手もユダヤ人だった。幸せにやっているらしく、娘もその姿に触発されてユダヤ人を選んだのかもしれなかった。ブルックリンはユダヤ人だらけだったし、個人的なレベルでのつきあいこそなかったものの、距離を置いている限りではノードストロムはユダヤ人が好きだった。じつはノードストロムは、毎朝朝食をとることにしているデリカテッセンで自分が物笑いの種となっていることを知らなかった。ある朝デリカテッセンの店主に、こんな話をしたことがある。フォーモーサ・ウーロン・ティーのパッケージには〝珍しい台湾(フォーモーサ)産の茶色のリーフ・ティーに漂う芳醇(ほうじゅん)な桃の香り〟って書いてあるが、桃のにおいなんかぜんぜんしなかったよ。この中西部特有の無骨なユーモア感覚が店主には通じず、店主はくんくんにおいを嗅いでこういった。「それでこのおれにどうしろと?」それから数週間後、簡単な料理を担当していたコックが店にあらわれなくて困っている様子だったので、ノードストロムはオフィスに電話を入れ、遅れる旨(むね)を秘書に伝え、コックのかわりをつとめた。白いエプロンを着ると、首のところにのぞくJ・プレスのシャツときちっと締めたウィンザーノットのシルクのネクタイがちょっと間抜けな感じに見えたが、二時間の忙しい朝食時間帯のあいだずっと、その格好で簡単なメニューを料理した。サケの薫製(くんせい)とオニオンを添えたスクランブルエッグ、クリームチーズを添えたベーグル・トースト、各種オムレツ、フライドポテトなどなど。すっかり終わってエプロンをはずすと、御礼になにかプレゼントさせてくれと店主がいってきたので、以前店主が競馬新聞の〈レーシング・フォーム〉に見入っていたのを思いだし、「じゃあわたしのかわりに馬券でも買っといてくれ」と快活に答えた。のちほど娘を連れてぶらりと店に行くと、店主が「いかす彼女じゃないか」と声をかけてきた。いやあれは娘なんだ、とあえて認める気力もなかった。

それに、自分は孤独なのだということも認めたくなかった。べつにそう感じているわけでもなかったが、もしかりに自分は孤独だと思うようになったら、きっとこういい聞かせたことだろう。ものごとをじっくり考えたいがために、一人でいることが多いのだ、と。仕事は冷徹かつ効率的にこなし、人づきあいは表面的な部分だけにとどめた。ボストンでの三年間で、二百人いる従業員の十パーセントを解雇し、作業効率と出来高を二十パーセント以上向上させたことで、ここでもたちまち首切り人(ハチェットマン)の異名をさずかった。貧しいアイルランド系や下層イタリア系の従業員たちがぶつぶつ文句をいう声がちらほら耳に届いてきたが、正面きって口にするものはいなかった。彼には圧倒的な威圧感が備わっていたからだった。かりにバーに入っていって「外は雨だ」といおうものなら、飲んでいる客はみな、たとえ窓に差しこむ陽射しがはっきり見えていても、しきりにうなずいただろう。しかしながら、娘の夏の滞在に備えることで、彼の一人暮らしは華やいだものになった。それは少しも意識的な行動ではなく、動物たちが季節などよく知らなくても本能的に春や冬の備えをするのに似ていた。大きな主寝室の室内を淡いブルーに塗りかえさせ、本棚を設置して芸術関係の書籍で埋めつくした。ステレオセットを物色し、テープデッキ込みでそろいのステレオ二台を購入した。ソニアの大学でのつつましい暮らしぶりを思うにつけ、自身の殺伐とした学生時代とだぶってきて気が沈んだ。ニューヨークではじめてソニアのボーイフレンドと顔あわせしたときなど、二人はブルージーンズの、それもけっして清潔とはいえないものを着ていたので、ノードストロムはラ・カラヴェルでの食事の予約をキャンセルしなければならなかったほどだった。結局グリニッジビレッジのとあるレストランに落ちついたのだが、いつかまたそのレストランを訪れようとそのとき決めたのは、あるウェイトレスに惹かれるものがあったからだった。

一九七七年の夏がはじまると、ノードストロムはセックスとは縁を切りたいと思った。離婚してから三年がたち、そのあいだ何度か性的遭遇を果たしたものの、一物はまったく役にたたなかった。そして久しく欲望が消えてほっとしていたのだが、最近になってまたそれが、妙な拍子にふっと湧いてくるのだった。どういうものに感じるかというと、雑誌の写真、かわった映画（『カッコーの巣の上で』の看護婦役のルイーズ・フレッチャーには、一瞬勃起してしまった）、デリカテッセンの重量オーバーのウェイトレス、なかでも見ていて一番気がとがめたのが、アパートの中庭をはさんで向かいに住んでいる少女だった。越してきたばかりの彼女は、部屋の明かりを全部消して真っ暗ななかでテレビを見る習慣があった。自分はだれにも見られていないと思っているらしかったが、テレビの発する青白い光が彼女の体を驚くほどなまめかしく照らしだすのだった。そしてある夜、彼女の手がすっと下のほうに伸びて股間を揉みしだくのが見えたときは、思わず売春婦を探しにアパートを飛びだしてしまった。しかし近所のバーにはその女が見つからず、結局家に帰ってテレビでレッドソックスの試合を見ることにした。野球はよく効く国民的催眠剤だからだ。しかしテレビを見るあいだも、頭のなかにあったのは、自分の性的不能、つまり自分の体に巣くう死の感覚だった。それというのも、毎晩見る風変わりな夢のなかからは、およそ未来というものが消え失せていたのだ。結婚していたころの奇妙な性的貪欲さをあまりに強く思い起こさせる夢ばかりで、翌朝疲れ切って目覚めるときには、となりにローラが寝ているのでは、と思うほどだった。不能の問題に関して幅広く書物を漁ってはみたが、それはまるで、たったひとこと翻訳するために外国語を一年間勉強しようとするようなものだった。そのひとこととは、〝わたしの性的能力は十八年間すばらしく機能し、忽然と消えた〟。性的能力が衰えてしまうことに関して、それらの本はまったく役にたたなかったのである。まるで魔術が利かない好例だとか、あまりに精妙すぎて説明がつかないものであるかのようだった。ノードストロムは、自分が恋に落ちたいと思っていることを知らなかった。頭のなかを整理したいと思って日記をつけはじめたが、文章を書くという単純な作業は、気分を落ちつけるうえできわめて効果的だった。

一九七七年五月――八月にマーブルヘッドの海辺の別荘を借りる金を用意するため、今日株をいくらか売却した。かなりの贅沢だが、これがソニアと一緒にまとまった時間を過ごせる最後の機会かもしれないという気がしている。内装業者たちに部屋の内装を変えさせたときも、気がついたら、ソニアが十一歳だった一九六七年に住んでいた、カスティリオネ通りにあるロッティ・ホテルの大きな部屋に似ていた。デリカテッセンの店主のシドから誘われた。レッドソックス対タイガース戦を観にいって、そのあとリヴィア・ビーチで行なわれる彼の兄の五十歳の誕生日パーティに繰りだそうという。食事や映画上映のほかに「女もわんさかくるからよりどりみどりだぜ」ときた。シドが正装すると、スーツを下品に着こなした刑事コジャックみたいな感じになる。それにしても、どうして断ったのだろう。多少の憂さ晴らしにはなったかもしれないのに。新聞は二十年読みつづけてきたが、もう読めなくなった。なぜか？ 新聞は、もはやわたしの感じている現実世界を映しだしてはくれないからだ。たとえ自分がまちがっているとしても、この目で見たとおりの現実に従っていかなければならない。それに新聞のほうが正しいとしたら、世のなかおもしろ味に欠けるというものだ。二人の書籍補充係の若者が、わりとかわいい文書整理係の女の子をめぐって路地裏で喧嘩をはじめ、徹底的に殴りあった。書籍発送部のみんながその様子をながめ、当の女の子は少し大げさに泣きわめいていた。二人ともなかなかいいパンチを繰りだしたが、わたしは一人に、昔でいうリストロックをかけて手首を締めあげた。みんなはわたしが二人を首にすると思ったらしいが、そんな気にはなれなかった。むしろ高校時代には、女の子をめぐって喧嘩するのはまっとうなことだと思っていたので、急に懐かしさを感じたほどだ。気持ちが若返っているのかもしれない。いずれにしろ、その日の午後じゅう従業員たちは喧嘩の話題で持ちきりだった。あるものは、「あいつらプッシーぼけしやがって」といった。一風変わった表現だが、何年か前に学生寮でよく使われたものだ。悪態ばかりついているような若者が、女の子と一緒になったとたんポップソングの歌詞を引用したりしてすっかりのぼせあがることをいう。二人の喧嘩の元凶である女の子は、じっと見つめているわたしの視線を感じとり、唇を舌先でつっと舐めて微笑んだ。痩せっぽちの、とんだ尻軽女だ。日曜の夕食用にと思い、ロック・オーバーから、ソニアの好きなロブスター・ムースのレシピをせしめた。ほかに、アスパラガスのヴィネグレットソースあえと、ソニアの好きなフェッツァー・フュメの白を用意しよう。もちろんソニアが来るのは土曜日だが、その晩ソニアはボーイフレンドと過ごすはずだ。彼も一緒にうちに泊まってもかまわないんだということを、ソニアにわかってもらわなくてはいけない。でないと、ソニアの顔を見られる時間が少なくなってしまう。ソニアももう二十歳だ。ふつうなら、いつの間にそんな年になったのかとか、あの歳月はどこへ行ったんだろうと思うのだろうが、わたしにはその歳月がどこへ行ったかも、めめしい感傷などなんの足しにもならないのも、よくわかっている。父から手紙が来た。心臓が悪いのとコレステロールとで、ニシン、塩漬け豚肉のソテー、チーズ、ベーコンエッグ、ポークソテーとタマネギのサンドイッチを諦めなければならなくなったよ、とあった。大好物だったのに。悲しいことだ。木曜日にはよくみんなで地下室に降り、塩漬けのニシンをきれいに洗って土曜の夕食用に酢漬けにしたものだ。母はあの樽に近づくのもいやがったっけ。根菜類の貯蔵庫でヘビを見て悲鳴をあげたこともあった。父はいまでもスカジナビアのあのまずい魚料理、ルークフィストをたいらげてしまう。職場のある年配の男たちは、仕事中に意味ありげなばかげた冗談ばかりいっている。クヌット・ハムスンの小説を読み、ノルウェー人になにができるかわかった（あまりなかった）。読後は気が滅入り、おかげであるローラの夢を思いだした。映画関係者たちのパーティからわたしが先に帰ると、あとから帰宅した彼女がコカインでふらふらしながら体を求めてきて、長いこと愛してやった夢だ。以前にも鏡の前で交（まじ）わったことがあるが、その夢のなかの鏡に映った男は、自分ではなかった。最近ちょっと血のめぐりが悪い。たとえばブリタニカ大百科で、大地、火、水、空気といった言葉を調べなくてはいけなかったりする。ラジオの原理もほとんど忘れてしまった。ほかにもいくつか戸惑うことがある。たとえば、どうしてわたしは仕事をつづけているのか？妻は皮肉にもわたしが築いたものを必要とせずに去っていったし、娘もやがては自分の手を離れていく。老（お）いた両親にしても身のまわりの世話に不足はない。これ以上人生の崩壊によって自分が引き裂かれることはないにしても、この先どうなるのか、かいもく見当がつかない。あるいはなにも起こらないのかもしれない。母親の手紙の締めくくりはいつもこうだった。〝あなたのこと、いつも神さまにお祈りしてるわ〟しかし、わたしは宗教にそれほど信用を置いたことがない。祈るのは、結局は自分が天国で特別に優遇されるのを願うためだと思っているからだ。

2

娘のソニアと過ごす夏は、すばらしいものだった。しかし、幸福にはほろ苦さがつきまとい、自分はこれでもう死ぬのかもしれない、と思えてならなかった。以前よりも深めに息を吸い、ひょんなときに笑うようになった。人はものごとがうまくいかないときより順調にいっているときに死ぬべきだ、とノードストロムは思っていた。そうすれば、死の床にありそうな、幾重にも押し寄せる恐怖を味わわなくてすむからだ。もっともノードストロムには、死の床の恐怖など欺瞞でしかなかった。

自分は信心深くもなければ想像力もない、ノードストロムはそう思っていた。しかし、そう思うようになったのも、もとはといえば周囲からどちらもないといわれつづけてきたせいだった。そして、そのことを一番声高に責めたてた人間がローラだった。

ローラが金のかかる精神科医のもとに長期間通っていたころ、ノードストロムは、そんなに熱心に話を聞いてもらってなんになるんだい、とたずねたことがある。そして、だいたいがきみの作り話なんだろ、とつけ加えた。これがおおいにローラの怒りを買い、そのとき投げつけられた言葉がこうだった。どうせあなたはまともな精神的問題に煩わされなくていいでしょうよ。想像力ってものがないんですものね。これにはノードストロムも傷つき、数年後にローラのかかりつけの精神科医がロデオ通りで白昼堂々自慰行為に耽って逮捕されたときは、溜飲が下がる思いだった。ところがこの精神科医は、コロラドで一年間過ごして〝頭をしゃんとさせて〟くると、なにごともなかったかのように医院を再開し、ローラをはじめ以前の患者たちは、内面の悲しみをさらに掘り起こしてもらうために、ふたたび足を運ぶようになった。

実際にはそれは、流行語にもなっている〝コミュニケーション〟というものの問題だった。ノードストロムは、簡単に胸の奥底をさらけだしたり、自分の信ずるものを表明したりする人間ではなかったのだ。七歳のときの誕生日に、全十二巻のブックハウスを贈られたことがある。オリーブ・ボープレィ・ミラーが編集したものだが、彼女は幼い読者にこう呼びかけていた。〝世界はじつにたくさんのものでみちあふれています。ですからわたしたちはみな、王さまになった気分でよろこばなければなりません〟四十三になろうとしているいまも、ノルウェーの少女は長旅のときにシロクマに乗ったりしないなんて信じがたかったし、トナカイの皮を着て、霧深い湖を漂う死にゆくものたちの叫びを音楽にし、人間の髄液を燃やした大きな炎で体を温めるという北欧神話の最高神オーディンが、雨の多い北のタイガでは存在しないなんてとても信じられなかった。ノードストロムにとってマーリンは実在し、アーサー王も史実の人だった。十二世紀の日本の、自分の髪の毛を墨に浸し、紙の上に振り乱して山や川を描き、ときには生きた鶏を筆がわりにしたとされている奇人も実在した。湖の底にはなにかの幽霊がいて、狂人の口を借りて自分たちの存在を表明していないともかぎらないではないか？　十一歳のときに、ノードストロムはカラスを撃った。すると、オジブワ族のインディアンで、しらふのときだけ彼の父親のもとで大工として働いていたヘンリーは、「どんな阿呆でも、カラスはカラスじゃないことぐらい知ってる」といって、それっきり何カ月も口をきいてくれなかった。秋になるとヘンリーはいくらか態度を和らげ、冬になったばかりのころ、クリスマス・プレゼントとしてホワイトパインの丸太をくり抜いた小さな手漕ぎボートを作ってくれた。やがてつぎの春がやってくると、ノードストロムはカラスの雛が巣から落ちているのを森のなかで発見し、ミミズをやったりして元気になるまで面倒をみてやった。やがてカラスは飛ぶことを覚え、ノードストロムは、そのカラスがいつでも遊びに来られるようにと、寝室の窓を開けっ放しにしておいた。父親に雌か雄かをたずねると、そんなのカラスにはどっちだっていいことさ、犬だって自分が雄か雌かなんて気にしちゃいないだろ、という答えが返ってきた。ノードストロムはこの謎をじっくり考えた。ある日、さわがしいカラスを肩にとまらせてキャビンの組上げ作業場に顔を出すと、ヘンリーはびっくりし、つぎによろこんでくれた。ある夏の朝、ノードストロムがボートを漕いでいると、カラスは後ろの座台にちょこんと座り、空高く旋回しているものめずらしげな同類たちに向かってかーかー鳴いたり、ときには自分もその群れにまじったりしたものだった。ありふれてはいたが、ノードストロムはこのカラスを〝クロウ〟と名づけた。クロウは秋が深まったころ突然姿を見せなくなり、春になるとひょっこり戻ってきた。それが三年つづいたあと、とうとう春になってもこなくなったので、ノードストロムは小さな墓を掘り、ちょっと間をおいてから、ふたたび穴に土を戻した。ミズヘビが小さなカエルを呑みこむのを見てクロウがずいぶん興奮したことがあるのをいつまでも覚えていたせいか、それから二日間というもの、自分がヘビの体内で肉塊から液体に溶けていくさまを想像した。しかし、このほとんど秘められた想像力こそが、おそらくノードストロムを冷静沈着にし、いまでは無価値としか思えなくなった仕事上の成功をもたらしたのだった。彼にしてみれば、くず同然のものを必需品としてつかませることにたけたビジネスマンが、機知や想像力に欠けるなどとはとても思えなかった。ローラが生まれ育ったのは、ラインランダーの三百マイル南にある、シカゴ郊外のエヴァンストンだった。しかし、ユーモアや想像力に関していえば、まったく別世界の人間といってもよかった。裏庭にあるプールの飛びこみ板の先端に猫が寝そべっているのを見て、ノードストロムはよく笑ったものだった。それにショービジネス界の人間がフランス製のデニムを着てインドの宝石類をじゃらじゃらさせることに夢中になっているときも、ものすごくおかしかった。ほかにもある。交通渋滞（自分がそのなかにいるときもおかしかった）、ホモセクシュアル（十四になる前にやめるべきである）、政治、夜のニュース、そして大勢の人間が人類の月面着陸をいまだに信じてないこと、などなど。フランス料理はすばらしいが、フランス人はじつにおかしな人種だと、ノードストロムは思っていた。けれどもノードストロムのジョークのレパートリーには、フランス人ものはひとつしかなかった。二人のフランス人が道でばったり出会って、最初のフランス人がこういう。「おふくろが死んだよ。今朝十時に」するともう一人のフランス人が答える。「十時だって？」この微妙なジョークがおおかたには不評なため、異民族のユーモアがいかに通じないかをつくづく思い知らされた。ガチョウの足をおもしろいと見る人たちもいるが、中国人はうまそうだと見る、それと同じだった。ある夏の夜、父親と一緒に釣りをしていて雷雨に襲われたとき、二人でできるだけ涼しげな顔で釣りをつづけ、雨にならないといいな、などとやせ我慢したものだった。このことで二人は大笑いしたが、気温マイナス二十度、風速三十ノットという日に氷上で釣りをしたときもそうだった。何時間も凍えるような寒さのなかで釣りをしたあと、父はぽつりと「なんだか冷えるな」といった。十三ではじめて鹿、それも雌鹿をしとめたとき、父親や叔父たちが、鹿を解体しながら、雪の積もった切り株に座っていたノードストロムの額に、切り取った血塗(ちまみ)れの陰部をぺたっと貼りつけたことがあった。肉片はほんの一瞬額に貼りついていたが、やがて沈んだ顔をしているノードストロムの膝にぽたっと落ちた。当初みんなは、それが狩猟家の仲間入りを果たしたことをあらわす血の儀式なのだと大真面目にいったが、ノードストロムの騙(だま)されやすさは、その後何日も物笑いの種にされることになった。

ソニアのボーイフレンドは、頭が良すぎてノードストロムの趣味にはあわなかった。じつに舌先がなめらかで、従属節を多用して休みなくしゃべり、脱線しては歴史と芸術のとりとめのない話をするのだった。いかにもハーバード大の学生らしく増殖する自己満足のオーラを放っており、ノードストロムは典型的なアイビーリーガーだと思った。ロサンゼルスにいたころ、エール大やダートマス大を卒業した人間がある特徴を自然に備えることに気づいたことがある。揃いも揃って女たらしの愚物(ぐぶつ)で、ただのばかでしかないにもかかわらず、自分たち以外の人間に対して、あたかもみずからの人生に課せられた無用な重荷でも見るかのような投げやりな態度をとることだった。しかし、この若者がソニアを大切にし、女性的ともいえるほど細(こま)やかに接しているところをみると、二人のあいだにしっかりした絆がすでにできあがっているのは明らかだった。この若者の神経質な感じがちょっと気になったが、あとでソニアが、彼ったら、はじめは父さんのことがちょっと恐かったんですって、と教えてくれた。そういえばノードストロムには、言葉を出す前に人の目をじっとねめつける妙な癖があり、従業員や遊び相手の女、ウェイター、それからただの顔見知りや上司さえも落ちつかなくさせることがあった。

そんなたがいのぎこちなさにもかかわらず、その夏は楽しく過ぎていった。とくに八月の到来とともにノードストロムの一カ月の休暇がやってきて、みんなでマーブルヘッドの貸別荘に移ったときはなおさらだった。海はすぐに生活の中心となり、海辺のこの大きな石造りの家を選んだ自分のセンスのよさが、ノードストロムにはたまらなくうれしかった。屋敷はバラの絡まる垣根に囲まれ、毎日暖かな風が吹き渡り、ヨットハーバーにはヨットが点々と並んでいた。小さなプールや、多少手入れが必要なもののクレイ・テニスコートもあった。なかでもとりわけノードストロムが気に入ったのは、朝日が覚めたら、新聞も雑誌も、仕事関係の文書さえも開かずに、モーニングコーヒーをベランダに持っていって、海をじっとながめられることだった。そうやって荒れる日も凪ぐ日も、変わらぬ熱心さでじっと海をながめた。もうひとつこの屋敷の最高にすばらしい点は、人々が食事ならぬ饗宴に明け暮れたころの骨董的な鋳鉄グリルがあることだった。毎朝早く、料理の道具や材料をキッチンのドアから裏庭を抜けておもてに運び、料理を作りながら同時に海がながめられるようにした。そのあとは古いクリスクラフトのモーターボートに乗ってヨットハーバーをぶらつき、夕食の材料を物色するのだった。

ある日、そうしていつものように夕日を見ながら夕食を作っているときのことだった。人生の急激な変化をせまることになる奇妙な感覚が、ノードストロムに訪れたのだ。それは心臓のちょっと上、胸骨と喉の中間あたりを襲う強烈な痛みだった。はじめは不安に駆られ、片手で胸をぐっと抑えながら、垣根越しに夕闇にかすむ海にじっと目を凝らした。引き潮の鋭い波の音が肉の焼ける音と重なってくると、肉のほうに視線を移し、「くそ、なんてこった」とため息をついた。このときふとノードストロムは、過去にも未来にも、この心臓発作にさえも、ほとんど関心がなくなった。発作はいまや鎮静化の最初の兆しが見えはじめていたが、ノードストロム自身はそうとは知らなかったし、どうでもよかった。ため息はやがて背骨を捉え、椎骨をつらぬいて脳に達した。すると脳は、そっと皮を剝かれてひんやりときれいになったような感じがした。この唐突な感覚があまりに強烈だったので、ノードストロムはこれが消えてしまうのをおそれ、精密検査を受けないことにした。肉の温度を温度計で確認し、家に入って冷蔵庫からサラダを取りだした。冷たいサラダはいやだったからだ。新鮮で小さな皮つきのじゃがいもを水に入れ、火にかけようとしたところで、ソニアの車の音が聞こえてきた。一・五リットル入りのバージェス・ジンファンデルの瓶を開け、味を確かめた。つぎに骨を抜いたラムの脚肉を漬けこんだマリネードの味をもう一度みるため、容器に指を突っこんだ。ソースはオリーブオイル、ローズマリー、つぶしニンニク、ディジョン・マスタードと少量の醬油をまぜたものだった。心地よい刺激が副鼻腔を這い昇ってきた。キッチンのドアをひっかく音がするので、振り返ってみると、野良猫だった。余ったラム肉をボウルに入れ、裏のポーチに置いてやった。耳のちぎれたみすぼらしい老猫が、じっと野生リンゴの木の下からのぞきこんでいた。野生リンゴはピンクの花をつけて裏庭を香りで満たしていた。一瞬鋭い海風が吹いて花びらを吹き落とし、瞬きひとつしない野良猫の上に落ちた。猫は花びら三枚を背中に乗せたままゆっくりと近寄ってきて、低い唸り声で威嚇しながら、余り物のラム肉をがつがつとむさぼった。やがて満足げに伸びをするとごろんと横になり、しっぽを振りながらノードストロムの視線をじっとにらみ返してきた。ノードストロムにとって、こんなにもまじまじと猫を見たのははじめてだった。たがいに瞬きもせず見つめあっていると、やがて乾きはじめたノードストロムの目に涙がにじんできた。そのときソニアの車がドライブウェイに入ってきたので、猫は瞬時に灰色のぼやけた存在と化し、ポーチの手すりの柵をすり抜けてどこかへ消えていった。その敏捷さは、哺乳類というより爬虫類に近かった。

その一カ月のおかげで、ノードストロムは普通だと思っていた生活に決別するふんぎりがついた。早朝に起き、コーヒーを飲み、やってきたメイドが前の晩の片づけをするのを手伝った。ときおり前の晩の音楽が耳の奥や頭のなかに残り、その日の買い物や料理をはじめるといつのまにかそのメロディがふと浮かんでくるようになった。ソニアは父親の人格に起こっている変化を敏感に感じとったが、父親の行動に疑問を差し挟むことはなかった。ノードストロムはソニアとボーイフレンドのフィリップに、ケンブリッジから呼びたいだけ友だちを呼んだらどうだ、なんだかお祝いしたい気分だから、と強く勧めた。

「祝うって、なにを?」ソニアは笑いだし、それから自分に向けられたノードストロムの遠くを見るような視線をじっと受けとめた。

ノードストロムは思っていた。小麦色に焼けたソニアは母親によく似ている。気むずかしそうな薄茶色(ヘイゼル)の瞳や、ちょっとはすっぱなところなんかそっくりだ。「べつにこれといってない。でもいいだろう。こんな楽しいときはもうこないと思ってるからかもしれない。それと正直な話、大勢のために料理の腕を振るう口実がほしいんだ」

ソニアが近寄ってきて彼の額にキスし、また笑った。「ほんとうに? 毎晩いなくなったりしないでよ」

ノードストロムは肩をすくめ、部屋に差しこむまぶしい陽射しがちぎれ雲のせいで揺らぐのを見つめた。ソニアは彼にとってこの世で一番大切な存在であり、以前はこういうことをされると感傷的になったものだが、いまはそうでもなかった。「わたしはこのまま座って暗くなるのをながめてるとしよう。そのあとベッドに入ったら、フロアを通して聞こえてくる音楽に耳を傾けるのもいい」

フィリップとセックスしているあいだかけている音楽のことをいわれたソニアは、恥ずかしそうに顔をそむけた。「パパにもガールフレンドが必要ね。そのほうがもっと幸せになれると思うけど」

「よりによって娘に女と寝ろといわれるとはな。まったく妙な時代になったもんだ。そっちのほうはつぎの結婚生活のために節約しとくよ」

「そんな意味でいったんじゃないの。ママがこの世でたった一人の女性だなんて思ってほしくないのよ。それにもしかしたらもっといい人が見つかるかもしれないでしょ」

ノードストロムが呆れたように目をまわすと、ソニアはばたばたと足を踏み鳴らすようにして部屋を出ていった。ソニアとローラには、まるで剃刀でゲームをするかのように気安く憎まれ口を叩きあうところがあり、彼にはそれが理解できなかった。ノードストロムはバーボンを少しグラスに注いで窓辺へ行った。時が経過し、ふと振り返ると、そこにはソニアの大学の友人二人の姿があった。二人ともビキニの上を脱いでいた。一人はどちらかといえば十人並みの顔だちだったが、乳房はつんと上を向いたみごとな洋梨形で、日焼け用のローションがてらてら光っていた。ノードストロムは体の重心が下半身にぐっと移動する感じがしたが、もちろんバーボンのせいではなかった。その女の子は前の晩に食事の後かたづけを手伝ってくれた子だったが、そのときはべつに気にも留めていなかった。ここ一週間かそこらは、ラム肉を焼きながら起こった出来事以来、ノードストロムは、楽しい夢から目覚めたときの爽快な気分を、努力しなくても手に入れることができた。しかし厄介なことに、いくつか耐えがたいほど心を悩ませるようになったことがあった。このところノードストロムは、暗い部屋に座り、二階から聞こえてくる音楽にじっと耳をすませるようになっていた。音楽は明け方近くまで鳴りやまないこともあった。レコードの合間には、波が防波堤を洗う音に耳を傾けた。本は読めなかったし、考えることにも興味を失っていた。考えや感覚や情景が頭のなかに浮かんできても、それらが漂いながら消えていくにまかせた。生まれつき盲目の人間は、頭のなかでなにを見るのだろうか、五感が奪われた人間とはいったいなんなのだろう、そんな学生が抱くような青くさい疑問が浮かんできた。自分の寝室からの音楽はだれが聴いているのだろうか。だれが聴き、だれが驚いているのだろう。夢のなかにローラは出てこなくなり、かわりにときどき実在しない女の夢を見るようになった。なぜだろう？　目覚めたときに不思議でならなかった。ビーチに降り、子どものころやったようにドアノブを錘に使って鶏のレバーを餌にし、網を仕かけてみた。しかし夜明けに網を引きあげると、かかったのは大きな海草に絡まって死んでいる小さな鮫だけだった。ノードストロムは自分の誤った好奇心を後悔し、その鮫を、三十年前にクロウの魂を埋めたときと同じように敬意を払って埋めてやった。

その晩、マリファナですっかりいい気分になっている十二人の若者たちのために夕食の支度をしていると、キッチンにソニアがやってきて、ぎらぎらした目でノードストロムをにらみつけた。

「今日という今日は頭にきたわ。べつにパパの生活の邪魔をするつもりはなかったのよ。でもみんなと話ぐらいしてくれたっていいじゃない。せっかく一生懸命あれがわたしのパパよっていっても、みんなパパのことコックだとしか思ってくれないのよ」

「コックだってのはべつにまちがいじゃない。でもおまえの忠告を聞き入れるよ。ガールフレンドも作ろう。ブロンドがいいな。尻がでかくてカントリー・ミュージックが好きな女だ」

実際フィリップの友人二人が、ある朝ノードストロムのことをコックだと思いこみ、ターキー・サンドイッチを作ってもらえないかな、と頼んできたことがあった。あとになって二人はすっかり恥じ入り、背の低い小太りのセファルディ系ユダヤ人などは、夕食の手伝いを買って出たほどだ。この若者は、前にノードストロムがソニアやフィリップと食事したことのあるビレッジのレストランの常連だった。料理もなかなかの腕前で、二人で料理（舌平目(シタビラメ)のマッシュルーム入りベルシー・ソース）の下拵え(したごしら)をしているあいだ、ノードストロムは彼に、あのとき惹かれたウェイトレスのことをたずねた。その質問は、やがて命にかかわる問題に発展していくのだった。

「おっと、あの女には近づかないほうがいいですよ。そりゃ抜群にいかしたユダヤ女で、モネの絵に出てくる黒目のぱっちりした踊り子みたいだけど、あとでかならずひどいめにあいます。町のばかな金持ち連中が花束抱えてやってくるけど、あの女には泣かされてますよ。なんてったって、亭主が黒人でコカインの売人ときてますから。この売人がまたとんでもなくイカレたやつでしてね、物書きが女と寝たときなんか、奥歯ががたがたになるまでぶん殴られてました。しかしまあ、あなたがマゾヒズム愛好者だっていうんならもちろん紹介しますよ。とてもそんなタイプには見えないけど」若者は憂鬱そうに笑った。「ぼくだったら、多少見劣りがしてもイギリス系の女の子のほうがまだいいな」

ソニアが怒ったその夜、ノードストロムはいさぎよくテーブルの上座に座った。若者たちがマリファナを喫(す)っていてもべつにかまわなかったし、かえってマリファナが彼らの食欲を増してくれるようだった。この日の料理は青葡萄を詰めてローストしたウズラ肉を、半分に切ってカルヴァドスに漬けておいたものだった。みんなむさぼるように食べてくれたので、ノードストロムはうれしくなり、エネルギー危機と石油輸入に関する中東政策の結果に関して、ハーバードの経営管理学修士の二人とすっかり話しこんでしまった。二人の若者は、目の前のコックがかつてサウジアラビアのジッダに赴いてOPECの取引を手伝ったことがあると聞かされ、度肝を抜かれたらしかった。やがて二人は、ほかのみんなからロックポートのディスコに行こうと誘われ、しぶしぶ出かけていった。ソニアは玄関を出る途中、ノードストロムにキスして背中をぽんと叩いた。

若者たちを乗せた車のテールライトが暖かな闇のなかに消えていくのを見送ると、裏のポーチの下から出てきた野良猫に餌をやった。ほかに人の姿がなければ、猫はキッチンに入ってくるほどになっていた。キッチンは蒸し暑く、引き潮のいやなにおい、夏の沼地を思い起こさせるような波打ちぎわのにおいが漂っていた。猫には最後に一羽残ったウズラをやった。自分の朝食にするつもりだったが、猫のほうがよろこんで食べてくれるだろうと思ったからだ。猫は茶色く焼けた皮はおろか、骨までばりばり食べつくした。撫でてやっていると、ふと身を硬くして裏口のドアに駆けていった。あのみごとな洋梨形の胸をした十人並みの女の子が入ってきたのだ。頭に淡いブルーのカフタンをかぶっていた。彼女がノードストロムに向かって肩をすくめると、ノードストロムは猫をスクリーンドアから外に出してやった。彼女はクラブソーダをグラスに注ぎ、まるでそれなしには生きられないかのように、ごくごくと飲みほした。ノードストロムには、彼女がはたして夕食の席にいたかどうか思いだせなかった。

「今日は完璧に日焼けしすぎて、もう気分最悪」彼女は唇の端でそういった。上流階級の出らしいしゃべり方だ。ノードストロムはどう答えていいかわからず、白いエプロンをかけて皿を洗いはじめた。猫に餌をやっているあいだにシャツを脱いでいたので、目の前に女の子がいると、さすがに裸の上半身が気になった。

「楽しんでくれてるかい」そんな不器用な言葉しか出てこなかった。

「ええ、とっても。ばかみたいに肌を焼きすぎたりしなければ、もっとよかったんだけど」彼女はそこで言葉を区切り、ノードストロムの体をじろじろと値踏みしはじめた。「こんなにすてきな料理が作れるなんて、ほんとにすばらしいパパね。ソニアがうらやましい」彼女はキッチンのテーブルに尻をのせ、ハンドバッグから紙の入った袋を取りだして太いマリファナを巻き、火をつけて深々と喫った。「あしたサンタバーバラにいくの。ママに会いに。だれか早起きしてローガン空港まで行く人いないかしら」そういうと、流しに立っているノードストロムに近づいてきて、ノードストロムが遠慮するのもかまわず、マリファナを彼の唇のあいだに押しこんだ。「上物よ。たぶんハワイ産ね」

「空港まで送ってやろう」ノードストロムは思わずむせながらいった。

二人がふと顔を見あわせた瞬間、ノードストロムの意に反して、たがいの気持ちが閃光のように相手に伝わった。ノードストロムが洗剤入りのお湯に埋もれた両手に目を落とすと、彼女はキッチンを出てレコードをかけ、戻ってきて皿洗いを手伝ってくれた。二人が聴いている音楽に、西のほうから近づいてくる雷雨の音がかぶさってきた。空気はますます動かなくなり、暑苦しかった。彼女がファッション関係の職業についておしゃべりするのを聞きながら、ノードストロムは汗が額に髪を貼りつけ、背中を伝い落ちるのがわかった。彼女が彼の腕に浮かんだ汗の玉をぼんやりと指でなぞると、ノードストロムはわけもなく体が震えるのがわかった。とうとう彼女は頭からカフタンを取り、部屋の隅に放り投げた。

「あなたのことよく知らないけど、わたしもう息がとまりそうだし、焼けた肌がうずいてしかたないの」

彼女は淡いベージュのパンティとブラをつけていた。胸の上のあたりと、パンティラインのすぐ上とすぐ下のあたりはだいぶ日焼けしていたが、それほどひどいものでもなかった。ノードストロムは手を伸ばし、濡れた人差し指でブラの下の乳首に触れた。彼女はくるりとまわって両手をあげた。「背中はそれほどでもないのよ」ノードストロムはエプロンで両手を拭くと、彼女の背中のくぼんだ腰のあたりに置いた。彼女は後ろ向きのまま、サンダルに少し足を取られながらも彼ににじり寄ってきた。ノードストロムは、自分の両手と、彼女の突きだされたなめらかな尻をじっとながめた。彼女は背中に置かれた彼の両手に手を伸ばし、それからパンティを膝のちょっと上のところまで一気に下ろした。「して。一時間もこのことを考えてたの」

ノードストロムはいわれたとおりにした。果ててしまうと、そのまま後ろの床にへたりこんだ。ズボンは足首にからまり、濡れたエプロンが股間のあたりで小さなテントを作っていた。彼女は笑い、彼も笑った。彼女がタバコに火をつけてくれ、彼は床に座ったまま喫った。彼女はパンティを脱ぎ、ブラも取った。そして白ワインの瓶を冷蔵庫から取りだし、コルク抜きと一緒にノードストロムに手渡した。二人は皿洗いをほったらかしにして明かりを消し、プールにつかりながら、マーブルヘッドの町明かりの向こうに接近してくる雷雨をながめた。それからヤナギ細工の芝生用椅子に座り、彼女が上にまたがる恰好でもう一度交わった。やがて雨が降りだしてくると、二人はなかに入って裸のままカウチに座り、空気がしだいに冷えていくのを感じながら、海の向こうで爆発するかのような稲妻と雷をじっと見つめた。二人でまたマリファナを喫い、ひとしきり踊ると、そのままカウチでうたた寝した。だれかが笑いながら明かりとレコードプレーヤーのスイッチを切ったことなど、まったく気づかなかった。

さらに一週間がすぎ、夏もいよいよ終わりをつげることになった。ノードストロムが沈んだ気分で二十人前のブイヤベースを作った翌日、みんないなくなった。ソニアはボストンでもう一週間過ごしたあとサラ・ローレンス大学に戻り、ノードストロムは仕事に戻った。夜になると孤独はもはや明白となり、ノードストロムは残されたレコードにあわせ、前と同じほろ苦い痛みを胸に感じながら、一人踊りはじめた。さらに一カ月あまりが経過し、十月のなかばに入ると、ある晩遅く、母親から電話がきた。「父さんが死んだわ」

夜明けと同時に、ノードストロムはローガン空港からシカゴのオヘア空港に向かう朝一番の便に飛び乗った。あの女の子を夜明けにローガン空港に送っていったときにロサンゼルスの懐かしい仕事仲間に出くわしたことを思いだして、ノードストロムは微笑んだ。「離婚したんだって。残念だったな」そういわれて狐につままれたような意外な感じがしたのだ。連れていた女の子を、娘の学校の友だちなんだと紹介したが、向こうは明らかにそうは受け取らなかった。しかしその出会いのおかげで、空港に向かう車線の混雑ぶりを尻目にマーブルヘッドへ戻るがらがらの道を走らせながら、気分が飛ぶように軽かった。たしかに女の子とのセックスもすばらしかったが、それよりも、離婚という言葉と概念が、もはやねじれるような胃痛を引き起こしたり、苛だちや鬱屈をもたらしたりしないことがわかったからだった。

ミルウォーキーでラインランダー行きのノース・セントラル線の列車が来るまで五時間も待たされるとわかり、ノードストロムは空いているリアジェットをチャーターした。石油関係の仕事をしていたころ、この飛行機には好んで乗った。自家用飛行機でジェット戦闘機なみのスリルを味わうとすれば、このジェットが一番だったからだ。父が死んだという事実はまだ実感として湧かず、飛行機が荒っぽい着陸をしたときは、自分も死ぬかもしれないなどと安易に考えたりした。副操縦士が無線で事前に連絡してくれたので、母親と、床屋をやっている貧相で性格の卑しいいとこが出迎えてくれた。涙ながらに抱擁を交わしたあと、いとこの床屋はリアジェットをじっと見つめながら、こらえきれずに「いいだろうなあ」と洩らした。ノードストロムはなにもいわなかった。前に訪れたときは自分の経済的成功をできるだけ隠そうとつとめたので、古い知りあいはみなひどくがっかりしたものだった。故郷にとどまった人々は、ノードストロムのことを自分たちとはちがう存在だと思いたがった。ノードストロムはみんなが抱く経済的成功の夢の体現者であり、それに水をかけるような行動は歓迎されなかったのだ。冷たい小雨のなかを母親と連れだって車に向かって歩いていると、両親がロサンゼルスに遊びにきたときのことを思いだした。二人はノードストロムの自宅をいわゆる〝豪邸〟とみなし、帰る前々日に、母親はおずおずと、ケーリー・グラントが住んでる家を見たいわ、といった。そこで母親を車に乗せて数ブロック先まで行き、構えの立派な屋敷を指し示した。ノードストロム自身は、映画関係者の住まいにはなんの知識も興味も持たなかった。映画と小説は好きだが、有名人、俳優、女優、作家には少しも好奇心をそそられなかった。父親はいつもノードストロムに森林レンジャーになってもらいたがり、いまだにノードストロムにも、そのほうが貴い仕事に思えてならなかった。ロサンゼルスに来ると、父親は桟橋で釣りをするか、サンタモニカからボートで沖へ出るかしたものだった。そしてヒラメのフライを重度の消化不良寸前までたらふく食べ、一九三〇年にはじめてロサンゼルスに来たときのことを話してくれた。父はシカゴに落ちついたノルウェーの貧しい移民の出で、大恐慌が世界を襲ったときは、若い渡り労働者として国じゅうを四年間放浪した経験を持っていた。

　母親の家で、大勢訪れた友人や親戚の前で短い通夜がしめやかに営まれ、そのあとノードストロムは葬儀会場に行き、死を目の当たりにした。ふたの開いた棺の前に立つと、ほかの弔問客は、一人息子が遠慮なく悲しみに浸れるようにと離れたところに立っていてくれた。冷たくなった父親の額にキスすると、涙がとめどなくあふれ出て、体が震えてきた。喪失感と、想像を超える死の事実に身もだえた。そして少年のころに戻っていた。自分でも理解できなかったが、「パパ、パパ」と何度も囁きかけていたのだ。やがて体じゅうの涙を絞りつくすと、葬儀会場をあとにし、通りへ出て町はずれに向かった。さらに町はずれから岸辺にコテージの点在する湖の脇を通り過ぎ、森につづく丸太伐り出し用の道に向かった。道に入って一マイルほど森に分け入ったところで、消えつつある雲の隙間から陽射しが洩れてくると、トレンチコートを脱いだ。森のなかはたちまちインディアン・サマーとなり、広葉樹の深い黄色と赤がまばゆいばかりに輝き、その色彩は、白いカバと緑の松(パイン)の点在する茶色い山のほうへ、ぼんやりと移ろっていった。ノードストロムは足が痛くなるまで歩きつづけ、やがてトレンチコートを木の切り株に敷いて腰を下ろした。そして父親のことを考えた。父親が〝ものごとをくまなく見るために〟国じゅうを放浪した世界大恐慌の時代が、羨(うらや)ましくさえあった。無からはじめたわけだから、父にとってはなにもかもが最低生活水準を越えていて、すばらしく思えたにちがいない。自分は金を儲けた。有能で才覚にあふれ、金儲けせずにいられなかったからだ。父とはまったくの別世界だ。そう思ったとたん、自分の人生が形だけのように思えてたまらなくいやになってきた。いったいだれを知り、なにを知り、だれを愛したというのか？　切り株に座り、父の死の重荷と、枯れかけた紅葉の天蓋(てんがい)にもある死すべき運命をひしひしと感じながら、生きるとは、一日一日の営(いとな)みにほかならないのだということが、なんとはなしにわかってきた。ノードストロムは、時がゆらゆらと頭上に立ち昇り、木の葉を渡って足もとに降り、自分の中心を貫くのを見たような気がした。自分自身も含めてなにもかもが異なり、すべてが刻一刻と変化している。ただ、自分自身もほかのものと一緒に変化しているため、その変化を感じとることができないだけなのだ。変わらずにいるものなどなにひとつない。ノードストロムの意識は、ほんの一瞬体を抜けて頭上に漂い、陽射しが降り注ぐ森の奥の空(あ)き地で切り株に座る、染(し)みひとつない立派なスーツ姿の自分に向かって微笑(ほほえ)んでいた。立ちあがってポプラの若木を押すと、木は彼の知らないハーモニーにあわせて前後に揺れた。あらためて空き地を見渡すと、自分が道に迷ったことに気づいたが、いままで森から抜け出られなかったことはなかったので、気にしなかった。

ノードストロムは、傾きかけた太陽に向かって歩いた。十月には、その方向が南西だからだ。はじめて見る沼に出ると、おびただしい数のコガモが青い羽を広げて飛びたった。その沼をぐるりとまわり、スーツを何度も枝に引っかけながらブラックベリーの茂みを抜けた。小さな川に入って膝まで泥水につかりながら上流に向かい、やがて小高い場所に出た。そこでトレンチコートを放り、大きなホワイトパインに手をかけ、視界が開けるところまで登った。両手は黒く汚れ、樹脂でべたべたしたが、数十マイル先まで見渡すことができた。二日後に父の葬式ミサが行なわれるルター派教会の白い尖塔(せんとう)や、湖をわたる一艘(いっそう)のモーターボート、納屋のないサイロも見えた。納屋は彼が高校三年のときに燃え落ちたのだ。用心のために太い枝に腕をまわしてから、タバコを取りだして火をつけた。ウズラを狙うハンターのショットガンの銃声が遠くに轟(とどろ)いた。カラスが一羽飛んできたが、彼の存在に驚き、ほかのカラスに知らせるためだろう、かーかー鳴きながらスピードをあげて飛び去っていった。気をつけろよ、青いスーツ姿の男が木の上にいるぞ。ノードストロムは自分のスーツに目をやり、すっかりだいなしにしてしまったのがわかっておかしくなった。金(きん)の懐中時計を取りだし、文字盤の九時の部分を教会の尖塔に向けた。べつの木に登って視界を確保すれば、ちょうど十二時の方向に道が見えるはずだった。父は木登りが好きで、いつもわざと下手な口実を作っては木登りをしていた。二十五年ぶりに木の上に登ってみて、ノードストロムは、それが父の〝ものごとをくまなく見る〟という癖の一部だったのだと思いいたった。ソニアがまだ小さかったころ、みんなで夏休みを過ごしにウィスコンシンを訪れたとき、ソニアは水中メガネを持ってきた。父は泳ぎにはあまり関心がなく、それまで水中メガネというものを見たことがなかったが、ソニアを船に乗せてあの湖をあちこちまわり、自分のお気に入りの釣り場で素潜りすることに熱中した。夕食のときにはよく、ブルーギルが「フライパンなみにばかでっかいんだ」とか、カワカマスだったかオオクチバスが「おまえの腕ぐらいはあったぞ」と話してくれた。

暗くなるまでに森を抜け、町はずれにある小さなインディアン居留区の村の近くに出た。父ならきっと、めちゃめちゃになった四百ドルのスーツと傷だらけで泥がこびりついたフローシャイムの靴を見てさぞ愉快がったことだろうと思いながら、砂利道を歩いて居酒屋に向かった。最後の一マイルかそこらを歩くあいだ、スーツと政府のことを考えて、とうとうある結論に達した。それは、自分はもうどちらもいいものだとは思っていない、ということだった。スーツはあきらかに粗悪な政治の促進に一役買っているし、自分もそのスーツ姿を二十年間かたくなに守り通した以上、その罪を免れないだろう。最近彼は、生まれてはじめて政府を恐いと思うようになった。民主主義機構のあり方が、おたがいへの配慮を通して人間を活性化させるというより、人間の品位を落とす方向にある気がしてならないのだ。民主主義の仕組みは、もはや作られた当初の意図から遊離してしまった。そしてその原因の一部が、政治家や官僚たちがみなスーツを着ていることにあるように思えてならなかった。インディアンたちのたまり場である居酒屋の駐車場で立ちどまり、汚れた古いおんぼろ自動車とでこぼこのピックアップをじっと見やった。そして思った。仕事を辞めるべきかもしれない。財産はそっくり娘にくれてやり、母親にもいくらか分けてやるのだ。ささやかな年金程度では、インフレのことを考慮に入れたら何の足しにもならないだろうから。そう思ったすぐあとで、いやいや、自暴自棄になってはいけない、と自分を戒(いまし)めた。そんなふうに考えてしまうのも、父の死を目(ま)の当(あ)たりにし、迷子になったあげく、飛行機に乗って疲れているうえにまる一日なにも食べてない体で木登りしたせいかもしれないのだから。

バーは小便と汗のにおいがし、ノードストロムは目をしばたたきながら、飲んでいる客に焦点をあわせた。ふと自分の名前が呼ばれるのを聞いた。声の主は、かなり酔いのまわったヘンリーだった。ノードストロムはヘンリーのとなりに立ち、ジュークボックスと酔いにあわせて頭を上下に揺らしているこの老人を抱擁したものかどうか迷った。

「うちに電話したほうがいいぞ。みんなあんたを探してる」

「ヘンリー、棺の付添人になってもらいたいんだ」ノードストロムはそういって、ヘンリーに飲み物を注文してやり、自分はバーボンとビールを頼んだ。ヘンリーは一気に飲み干し、ノードストロムを一心に見つめた。

「だれがあんな教会なんぞに行くもんか。おれは昨日あんたのおやじさんとまる一日働いてたんだ。おやじさん、体の調子が悪そうでな。それで景気づけに何杯か飲んだんだ。そしたら、〝ヘンリー、どうも気分が悪いんだ、どうやら心臓がいかれたらしい〟っていうじゃないか。そこで家へ連れ帰って、あんたのおふくろさんが医者に電話して二人で病院に連れてったんだ。おやじさんは救急車に乗るのをいやがったからな。病院で、危険な状態ですっていわれてな、呼吸もほとんどできなくなっちまって、医者が酸素を運びこむと、おやじさんは、酸素テントのなかでなんか死にたくないっていったよ。おれとおふくろさんはベッドの両側で見守ってたんだが、おやじさんはじっと横たわってまっすぐ上を見つめるだけだった。真夜中の十二時をまわると、医者が、もう望みはないからあんたに連絡をとるようにというんだ。おれたちが病室に戻ると、おやじさんはおれたちの手を握った。そしておふくろさんを自分の脇に座らせて、できるだけ寄り添った。おれの手を離そうとしないから、おれもそこにいて、ちょっと釣りの話をしたよ。そのときおれはおやじさんに約束したんだ。あの世まで一緒についていく、おれの魂が引き返さなくちゃいけないところまで、ってな。そしたらおやじさんは、おれに頼みがあるっていうんだ。あんたに、幸運を祈ってる、愛してるって伝えてくれ、そしてさよならのキスをしてやってくれ、とな」

いいおわってヘンリーは立ちあがり、ノードストロムを抱きしめて頰にキスした。ヘンリーは背が低かったので、ノードストロムの額には届かなかったからだ。二人とも無言で酒をおかわりし、店を出た。ヘンリーがピックアップで送ってくれた。

数日後、ノードストロムは葬儀に参列したソニアと一緒に飛行機でニューヨークに舞い戻り、それからボストン行きのシャトル便に乗った。ローラはメキシコから電報で悔やみの言葉を送ってきて、わたしも参列したかったけど、なにしろ知らせが届いたのが葬式当日だったものだから、と添えてあった。ノードストロムはその言葉を素直(すなお)に信じた。というのも、ローラは彼の父親が大好きで、二人のつきあいにはいつも、ノードストロムにはちょっと理解しがたいようなじゃれあいのたぐいがあったからだ。去年の夏など、ローラは中西部を抜けて行く途中、わざわざ彼の父親に会いに寄ったほどだった。それにいつだったかローラは、彼の父親のことを「セクシーな人ね」といったことがあり、ノードストロムをいい知れぬ恐怖に陥れたものだった。ローラには、人は死ぬものだということを知っている利点があった。ところがノードストロムは、ありふれた出来事にさえ――なかでも死はもっともありふれた出来事である――うろたえてしまうのだった。

3

さて、いよいよ冒頭の話に戻り、われわれはいま、冒頭の場面から連続している時間のなか、すなわち昨日、今日、明日という時の流れの概念に蝕まれた人々のためのすばらしき幻想のなかにいる。毎晩長い散歩をして軽い食事をすませたあと、ノードストロムは一人で踊った。たしかにばかげた光景である。なにしろ歳は四十三歳、娘あり、離婚歴あり、ウィスコンシン大学の一九五八年度の準首席卒業生、そして三十五歳のときにはスタンダード・オイル・カリフォルニアの財務副頭取まで務めたことがあるのだから。そう列挙してしまうと、まるでそのたぐいの無邪気な手がかりが、哺乳動物である人間の探究において効果的であるかのように聞こえるかもしれない。だが、これはみな捨て去られた過去にすぎない。ノードストロムという名前にしても、由来は〝北の嵐〟だが、かといって〝クロウ〟に匹敵するほどの意味すらない。電話帳からはほとんどなにもわからないのと同じである。われらがサンクト・ペテルブルグ、すなわちボストンは、いま冬だ。そして男が一人ダンスに興じている。たしかにちょっと不器用で、ばかみたいに執拗な踊り方だ。上下に飛び跳ねているだけのこともある。ある晩彼は、デリカテッセンの店主と一緒にセルティックス対デンバー・ナゲッツのバスケット試合を見にいった。もっともジャンプ力のある選手、デビッド・トンプソンのプレーをこの目で見るためだ。トンプソンは、三百六十度宙を舞って、後ろ向きにダンクシュートをきめても、にこりとも笑わなかった。観衆は総立ちとなって一瞬しんと静まり返ったが、やがて熱狂の渦に包まれた。重力への大胆な挑戦というより、人間が重力に関して経験しているものの限界をあっさり超える技だった。その週末はソニアが遊びにきたので、彼女とフィリップを連れてバリシニコフのバレエを観にいった。このときノードストロムは、ソニアが何年か前に彼のために選んでくれたものの、気恥ずかしさから袖を通したことのなかったカルダン・スーツを、はじめて着てみた。幕間にロビーに出ていると、大勢の美人からあまり美人でない人まで、ノードストロムに向かってまるで顔見知りのようになれなれしく微笑みかけてきた。それから三人で、遅いお祝いの食事をした。フィリップがウフィッツィ美術館で研究する研究奨励金を獲得し、来年フローレンス、すなわちフィレンツェに行くことになったからだった。ソニアは卒業式を終えたあと、六月に彼と一緒に発つ予定になっていた。フィリップは、食事をしながら死についてべらべらとしゃべっていた。ぼくも十四のときに父親を亡くしまして、それから夜更しをしたり、タバコを覚えたり、だらしない恰好をしたりするようになったんです。そうこうするうちに、父親が亡くなったあとにやってくる〝残酷な自由〟の話をしていたあるフランス人作家の本を読みましてね。残酷な自由というのは、判断を下してくれる人がこの世にいなくなることなんです。ソニアはフィリップをたしなめて話をやめさせようとした。ノードストロムにはちょっと刺激が強すぎると思ったからだ。ノードストロムは、そんなソニアの心配をナンセンスだといい、その作家の考え方にはぞっとするが、おそらく真実だろう、といった。ノードストロムは、父親に関しては恵まれていた。父親は親としての愛情のおもむくままにかわいがってくれたからだ。それに対して、息子である自分が最近になってようやく親としての愛情をどうあらわしたらいいかうすうすわかってきたというのは、なんとも皮肉なものだった。

その晩遅く、ノードストロムはなかなか寝つけなかった。二時間のダンスをしていなかったからだ。バレエそのものは堪能したが、観客としての自分をもはや失いかけていた。つまり、ほんとうの意味での素人ダンサーになりつつあるのだった。ただやってさえいればそれで楽しく、子どものころ以来さまざまな理由で失われてきた、人生に対する初々しい開放感を味わっていた。エネルギーを持て余しているせいで不眠状態にあるからといって、午前三時ではさすがにステレオは鳴らせない。ソニアとフィリップが眠っているからだ。起きあがると、ノードストロムはパジャマの下だけという恰好で書斎に忍び足で入り、音楽なしで一時間踊った。聞こえるのは時計の音と、自分の裸足の裏がカーペットを擦る音だけだった。

一九七八年二月十七日──ずっと考えていた。仕事を辞めたら南米とアフリカの両方におよぶ長期旅行をやろうと。リオとダカールは意外に近いのだ。デスクには、地図帳、〈ナショナル・ジオグラフィック〉の地図、ガイドブックが一カ月ずっと拡げたままにしてあった。しかし、いまはその意気ごみも急速に消え失せつつある。身近なもののこともよく知らないくせに、どうして目新しいものを知りたがるのだろうか。このあいだの朝、数年ぶりに自分のくるぶしをまじまじと見た。グレイトフル・デッドのアルバム・ジャケットにあるカラスの絵が好きだが、音楽自体は踊りにくい。パーカとスノーモビル・ブーツをボイルストン通りのスポーツ用品店で買い、ここのところ仕事が引けたあとにかなりの距離を歩いている。ときおり都市機能がほとんど麻痺状態になるものの、今年の雪はすばらしい。五時から八時までが散歩に最適な時間帯だ。仕事から帰宅する人々の慌(あわ)ただしさが、やがて食事どきの静けさ、そして夜の外出をする人々の賑(にぎ)わいへと変わっていく。雪でタイヤがスリップして車を駐車場から出せなくなった人々をずいぶん助けてやった。こっちはウィスコンシン出身だけに、雪には詳しいし、雪からの脱出だってお手のものだ。ある老夫婦のクライスラーが雪に埋まってしまい、男がへばっていたので、シャベルで車のまわりの雪を搔(か)きだしてから、車が動けるようになるまで揺さぶってやった。男はわたしに五ドル札を差しだし、断っても引っこめようとしなかった。結局「これで温かい夕食でも食べて酒でも飲んでくれたまえ」と押し切られた。その金は、数ブロック離れたところにいた浮浪者にやった。ジョーダン・マーシュの店で例の長期旅行に備えて既製品のハワイアンシャツを十枚以上買った。たしかに興味は失いつつあるのだが、いちおう旅行代理店には話を進めてくれと頼んであったからだ。これまでずっとハワイアンシャツなんて気色(きしょく)悪いと思っていたが、いまではそのシルク的な感触や、奇抜な色使いがけっこう気に入っている。しかし、いまのところ機会がなくて、アパートの外へ着て出たことは一度もない。料理をしながら、新しいダイエット料理(キュイジーヌ・マンスール)は、いくらか見るべきものはあるけれども、自己陶酔的で、ある意味ではばかげていると思うようになってきた。体を動かすように気をつけてさえいれば、自分の食べたいものを食べられるのだ。げんにダンスをするようになってから、ベルトの穴ふたつ分ウエストが引き締まった。自分が食べるものに対する意識をより深めるため、料理したカレイをつぶさにながめた。真珠色したもろい小骨と背骨があり、このなかの細い神経を通して魚の体は小さな脳からの指令を受け取る仕組みだ。そしてあちこち泳ぎまわる。海底でこの魚はいったいなにを見てきたのだろう。見おわるころにはとても貴重なものに思えてきたこの残骸を無駄にしないため、少量のクール・ブイヨンを作った。それから細いバーミセリをてのひらいっぱい分とってそのスープでゆで、ダンスのあとの軽い夜食にした。今週は牛の胃袋(トライプ)料理がつづいた。肉屋の手ちがいでたくさん買わされたのだ。トライプ・ミラノ風、メヌード——メキシコのトライプ・シチュー、それに有名なトライプ・カン風。書籍発送部のある老人が肝臓癌(がん)にかかったので、上に話を通してボーナスを支給してやった。彼が生まれ故郷であるアイルランドのゴールウェイで死にたいと望んだからだ。彼の母親は当地でいまだに健在だという。わたしの母も手紙を寄こし、元気でやっていること、近々同じように未亡人暮らしをしているいとこが引っ越してくることを知らせてくれた。そして、ローラから心のこもった手紙が届いたとも添えてあった。タクシーに乗っている最中、ローラの尻を思って勃起した。正確には、思うというより、まぶたの裏に浮かんできた。ローラの胸は小さかったが、脚と尻は本人が自慢するだけのことはあった。何年も前の暑い体育館で彼女がドビュッシーの曲にあわせてダンスしたときのことを、どれほど鮮明に記憶していることか。いまでもせつなくなるほどだが、砂を嚙むような苦い思いはもうない。セックスへの直感的欲望はあいかわらずあるが、全体的には趣味がちょっと変わってきた。たとえば映画『プリティ・ベビー』を観て思ったのだが、たしかにあの少女はとてつもない美形だが、官能的だったのはむしろ少女の母親のほうだった。男たちが幼い少女にむらがるのは、世俗の垢にまみれていない生命の輝きを求めているからである。しかし、十二や十三では、愚かで慎重さに欠け、優美さもまだ不完全だ。目の前の世界が恐ろしく見えるのもむりはない。もっとも、そんな少女も一夜にして母親と同じになる。マーブルヘッドの貸別荘でキッチンにやってきたあの娘に会いたいと願ったことが少なからずあるが、ああいう出来事が二度と訪れないのもわかっている。ミズ・ディートリッヒと呼んでもらいたがるわたしの秘書とのことにしてもそうだ。三十代なかばの彼女には都市計画立案者(シティ・プランナー)の夫がいて、子どもはなく、秘書とはいえその気になれば簡単にこの会社を運営できるくらいの力はある。先週の木曜日、わたしたちは監査報告書の準備で十二時間仕事をしたが、最後の三時間は、わたしのアパートで軽い食事を用意しておいてから片づけた。つらい単調な作業を終えたあと、二人でコーベルのシャンペンを一本空(あ)け、凝った首と疲れた目をいやした。三年も一緒に仕事をしてきて彼女のことをよく知っているつもりだったが、シャンペンが彼女にもたらした作用にはびっくりした。さめざめと泣きながらこういうのだ。あなたのために泣いてるのよ。だってユダヤ人たちに奥さんと娘さんの両方を奪われたなんて。わたしにはそれがじつに意外でおかしく、こう答えた。いいかい、ミズ・ディートリッヒ、そんなのナンセンスだよ。彼女が抱きついてきたので、寝たがっているのがわかった。わたしのタイプというにはいささか太めだったが、なに、かもうものか、と思った。そこで当然の成り行きに身を任せたが、たがいに上になり下になりしているうちに、ふとした拍子に彼女のたっぷりしたお尻をまじまじと見つめながら、はっと気づいた。そして「これが現実なんだ」と一人つぶやいた。そのときの衝撃は、数日のあいだ鮮明に残った。そして夏にラム肉をローストしていたときに訪れた感覚と同じように、わたしはそれを信じて疑わないことに決めた。疑いは、自己憐憫、すなわち生きていることに対する愚痴の裏返しであることが多いからだ。自分を哀れむなんてへどがでる。ヘンリーは、冥界に赴いて死出の旅路につくわたしの父を見送ることができると信じて疑わなかった。父のために門を開け、父が無だか永遠だかの世界に入るときに握手で送りだせるのだ、と。わたしはルター派の人々のように、特別な力が働いているとされる神秘的な事物に関する本を読むことはない。東京で東洋人たちと取引をしたことがあるが、彼らもわたしたちとちがう人間だとはどうしても思えなかった。ヘンリーは、父の死を悼む百人のなかで、わたしが知っているただ一人のインディアンだった。彼はわたしに亀の鉤爪をくれた。翌日のオフィスでは、ミズ・ディートリッヒはいかにもドイツ系らしく、昨夜はなにもなかったかのようなすました顔で通した。親密さも、昼間は恐ろしいものになりうる。森で迷って砂利道を見つけ、歩きながら思ったように、わたしは自分のお金と権力をすべて放棄しようかとずっと考えている。オムレツを作っているほうがいい。子どものころ、菜園に鍬をいれたりキャベツ用の穴を掘ったりする仕事を押しつけられると、わたしは憤然とし、何時間もひたすらその作業に没頭したものだった。ミズ・ディートリッヒは自意識過剰だ。いつの瞬間もミズ・ディートリッヒであろうとするからだ。フィリップにもそういうところがあり、個性的であろうとするあまり、おしゃべりをやめると自分という存在が消滅してしまうかのように、延々としゃべりつづける。わたしたちは、たがいにどれほど奇妙な存在であることか。監査報告書をこつこつ処理していたかと思うと、つぎの瞬間には犬か熊のようにたがいの体をむさぼりあっているのだから。そういえばヘンリーと父は、あるときカナダの湖で、対岸で二頭の熊が交わっているところを双眼鏡で見たといっていた。先日、鯨同士がホモセクシュアルな行為におよんだという記事を読んだ。

　春はノードストロムにとってうんざりするほど厄介なものとなった。まず仕事を辞めるのが信じられないくらいややこしかった。会社の持ち主はニューハンプシャーの偏屈なヤンキー貴族の一家であり、経営手腕のあるノードストロムに会社を見捨てられたくないあまり、あらゆる条件を提示してきたが、どんなに寛大な条件を出しても聞き入れてもらえないとなると、今度は怒りはじめるのだった。財産と縁を切るのはさらにむずかしく、周囲は戸惑いを隠さなかった。ソニアは受け取りたがらなかったし、母親はヒステリー状態になった。E・F・ハットン証券の男は、精神科医に診てもらうべきです、といってゆずらなかった。ノードストロムがわりあい簡単に同意したのは、診察に好奇心をそそられたことと、他人の目からみればとんでもないことをしでかそうとしているのがわかっていたからだ。母親は、あなたがいままでがんばってきたのはその財産のためじゃなかったの、と涙声で訴えた。ハットン社の男は、娘から父親に分別ある行動をとるよう説得してもらおうと、ニューヨークに飛んだ。そしてソニアを連れてボストンに引き返し、ノードストロムと一緒に昼食を食べた。ノードストロムはこの男に一目置いており、いまひとつふんぎりがつかないまま、結局その日の午後遅くなって二人に納得させたのは、おもに野鳥保護を目的とするオーデュボン協会に二万五千ドルを寄付することだけだった。といっても、べつに鳥が好きなわけではなかった。イプスウィッチの近くで週末にシギやチドリの類を何時間もながめているのは好きだったが、鳥の名前に興味はなく、ある種類を二度めに見たときは、最初にそれを見たときのことを思いだすだけでよかった。当然、鳥類図鑑など持ち歩かなかった。

ノードストロムに対する周囲の心配は、根拠のないものではなかった。彼らを基準に考えるなら、ノードストロムは生活に占める有形無形の圧力に屈しつつある落伍者ではないなどといい切れるはずがないではないか？　ソニアは、若者特有の冷ややかさで、父親は変わるには歳を取りすぎている、と思った。連絡を受けたローラは、干渉するのを拒んだが、彼の問題はばかげているけれど同時に魅力的でもあると思い、ハットン社の男と同じく、よくある中年期の変化といった概念に付随する通俗的な言葉をすべて信じた。もっともそれらの言葉は、個々の生活の中心に政府が存在するという事実と同じくらい、人生にとって冒瀆的なものだった。母親は、プロテスタント的繁栄という枠組みのなかで、人はいざというときのために金を持っておくものだということを単純に信じ、ラインランダーのある名士が癌にかかり、なんとか助かろうと必死になって病院で七万ドルも費やしたことを手紙に書いてよこした。ミズ・ディートリッヒの心配はもう少し下半身的で、ノードストロムがいなくなる前にもう一度抱いてもらいたいということが頭の中心にあった。彼女の夫が型どおりのセックスしかしてくれず、自分が果てるとすぐ寝てしまうのに対して、ノードストロムは、彼女が満足するまで気前よくつきあってくれるからだった。もちろんその気前よさは、元妻によって叩きこまれたものだった。

精神科医に診てもらう日の朝、ノードストロムはブルックリンからケンブリッジまで歩いた。じつのところ、現実を懸命に模索しているうちに、少し怜悧さが鈍ってきていた。ノードストロムはそのことを理解し、受け入れていくことにした。五月初旬の天気のいい朝で、コモンウェルス通りを横断するとき、安全地帯で立ちどまって、ローガン空港への着陸態勢に入った頭上のジェット機にじっと見入った。銀色の飛行物体は、濃い青に彩られた空にくっきり照りはえていた。途中オールストンに立ち寄り、朝食としてグリーンペッパーとオニオンの入ったイタリアン・ソーセージ・サンドイッチを食べた。冷えたビールによくあった。どの馬に一ドル賭けようかと思案しているカウンターの男と、片言のイタリア語を交わした。さらに歩きつづけ、なにもかもがちがうのだということをあらためて確信した。まったく同じものがふたつあることなどありえない。リンゴひとつとってみても完全に同じリンゴなど存在しないし、信号待ちしている車もひとつとして同じものはない。三十億いる人間のなかで同じ人間は二人といないのだ。ノードストロムはこの哲学的所感の青くささに、思わず声をあげて笑ったが、かといってそういう考え方をやめる気は毛頭なかった。犬だって、一日だって一時間だって一瞬だって、ひとつとして同じものはない。つきつめてみれば、自分自身だって昨日と同じではないのだ。無限小の違いではあるが、一瞬前ともちがう。ビジネススクール近くの橋に着くと、立ちどまって、工場廃液と昨日の大雨で汚れたチャールズ川の川面をじっとながめた。前は立ちどまるたびに、この川にはウィスコンシン北部の冷たく澄んだ川のような魅力がないと思っていた。けれども、熱心な歴史学者たちにいわせれば、チャールズ川は由緒ある川だった。いまではノードストロムも、べつにこの川のことをどうこう思うことはなくなっている。ただ、しばらくながめているだけだ。最近はとくに意味のない意見にはうんざりで、極力そういうものは持たないようにしていた。するといつのまにか、みんなと同じありふれたことを考えているのだ。暑すぎる、寒すぎる、熟してない、こってりしすぎる、辛すぎる、醜いビルだ、スリッパが古い、音楽がうるさい、不器量な女だ、太ったやつだ、といった具合に。それはべつにものごとを細かく差異化できないからではなく、あらゆることに意見をいおうとして戦々恐々とする自分に飽き飽きしたからなのだった。そして意見を放棄してしまうと、前より気持ちが軽く、流動的になった気がした。困ったのは、人生や自分のまわりの世界が、前よりもろく、つかの間のはかないものに見えてきたことだ。極端な話、いまのようにあまりに長いこと川をながめていると、それが川であるのを忘れてしまうほどだった。ショッピングカートを押す浮浪者の老婆が彼のとなりに立ちどまり、手すり越しにノードストロムと同じように見おろした。ノードストロムはふと我に返り、「川だよ」といった。老婆はちょっと警戒しながら、ふたたび歩きだした。

土手沿いに下流に向かって歩きつづけ、ハーバード大学のボートハウスのはずれにある芝生に腰を下ろした。顎ひげの真っ白な老人がベンチに座り、ズボンを膝までまくって向こうずねを日向ぼっこさせていた。その視線は、ノースリーブのブラウスにサンダル、ゆったりした緑のスカート姿の若い女に釘づけになっていた。女は老人とノードストロムに背中を向ける恰好で、幼い息子とゴムボールをころがしてキャッチボールをしていた。彼女がボールを取ろうと身をかがめると、西からのそよ風がスカートをふくらませた。老人は、彼女のなめらかな太腿の内側にじっと目を凝らした。ノードストロムにのぞき行為の現場を見られていることなどおかまいなしだった。ノードストロム自身も、真っ昼間に目の保養ができてうれしかった。まもなく若い親子は、メモリアル道路を大慌てで横断し、それっきり戻らなかった。ノードストロムは、性的な興奮よりもむしろ気分全体の高揚感にひたっていた。もちろん性的な刺激もあったが、それ以上に、おいしい料理を食べ、上等なワインを飲んだときのような充足感があった。あるいは、釣りあげたきれいなトラウトを逃がしてやるときのような不思議な気分といってもいい。女の太腿がもたらした感情の波紋が、ノードストロムにはおもしろかった。

精神科医との一時間はわりあいあっさりと過ぎ、予想したようなつらい瞬間はなかった。精神科医はひそかにノードストロムを、無宗教人間の宗教的ヒステリーとみなした。こういう患者は、自他ともに危害を加えるようなことはない。ユング心理学に傾倒しているこの精神科医は、生活への不満から逃れる巡礼の旅に対して、けっして冷笑的なつもりはなかった。彼はノードストロムにこう質問した。お母さんや娘さんに財産を譲渡することが、彼女たちへの負担になりませんか。ノードストロムは、そう皮肉な質問をされてもとくに困惑したりはしなかった。皮肉に対しては冷静な態度で接するようにし、皮肉の持つ滑稽さを忘れず、皮肉がもたらすおうおうにして心ない質問を許すことにしていた。ノードストロムが窓の外に視線をやると、精神科医もそちらに視線を向けた。まんべんなく葉の生い茂った一本のメープルの木が、五月初旬の淡いパステルグリーンの色調を棄て、衣がえしようとしていた。医者は、うつろな様子のノードストロムを見て、思わずメインにある夏用別荘の近くに住む漁師を思いだした。医者はハットン社の男の電話をまったく信用していなかった――以前はこのハットン社の男の妻を治療してやったことがあり、表向きこそ避暑地のヒンガムにぴったりといった雰囲気のこの男は、その裏に残虐性をひめているとみなしていたからだ。どういうわけか、ボストンという地域はとかく変わったノイローゼ患者が多かった。そんななかで、ノードストロムの抱えている問題はきわめてまともで新鮮味があった。

「いまなにを考えてます？」ノードストロムが窓の外にじっと目を奪われているのを見て、医者はそうたずねた。

「ロビン・フッド。あのメープルの木を見てロビン・フッドを思いだしてたんだ。十二のときに、友だちと一緒にメープルの木の上に小屋を作り、ロビン・フッドごっこをして遊んだんだが、やがてその友だちが、将来は野球選手のハル・ニューハウザーみたいになりたくて納屋に向かって投球練習するほうに夢中になり、ロビン・フッドごっこはおしまいになったのさ。傷ついたね。だっておたがいの腕に傷をつけて、血の誓いまで交わしたんだから。だからだれにも場所を知られないように、そっと小屋を移した。ところが材木を引きずっているところを父が見ていて、どうせならメープルの木じゃなくてブナの木にしろっていうんだ。なんでもブナの木には雷が落ちないらしくてね。でもブナは葉が少ないからまる見えになるっていうと、こういったよ。やるだけやってみたらどうだ、父さんはな、子どものころいつも湖の底に小屋を建てたいと思ったもんだ、そうすりゃ窓から魚が見えるじゃないか」

「ロビン・フッドになるという空想はいまでも？」ノードストロムは長い間をおいた。精神科医はこのおもしろい考えを掘り下げたがっていた。

「とんでもない。だれになることも考えてない。想像力があるほうじゃないから。少年のころはアウトローに憧(あこが)れるもんだよ。アウトローは、やりたいことしかやらなくていい。悪事を働いたあとは隠れ家でのんびり銃の手入れでもしてればいいんだから。毎日自分たちがやりたいことをやるだけでいい暮らしができる、子ども心には少なくともそう見えるわけだよ。アウトローは法律なんてばかげてると思ってるが、だれだって同じ気持ちだろう。でも正直な話、今日はロビン・フッドのガールフレンドのことを考えたんだ。あれはマリアン？　それともミリアムだっけ？　木の上の小屋のなかに、写真を二枚持ってたんだ。一枚は前(フロント)から撮った裸の女の写真、もう一枚はそのかがんだ後ろ姿(バック)。この写真のことは、友人と二人で前と後ろ(フロント・アンド・バック)って呼んでね。ヌード写真はなかなか手に入らなくて、この二枚は三ドルもしたんだ。三ドルといえば大金だよ。川岸でかがんでいる姿のこの女は緑のスカートをはいてたんで、マリアンだかミリアムだかに似てると思ったんだ。マリアンだかミリアムだかも、自然界の法則に従って当然前と後ろ(フロント・アンド・バック)を持ってたはずだから、おそらくロビン・フッドもその事実を利用しただろうって考えると、小屋のなかでちょっとおどろいたものさ」

「その川岸の女を想像したことは？」

「いいや、あまり。さっきもいったが、そんなに想像力があるほうじゃないし、実際になにか起こったときに驚きをより強く感じられるように、空想はしないことにしてるんだ。といっても、今日みたいにすてきな女性を見かけたら、それもむずかしいが。たぶんそれがわたしの単純なところなんだろうね。単純といえば、先日も気がついたんだが、腕時計のネジを巻き忘れて針が止まったときの時刻にいつも興味を持つんだよ。ポケットのなかから自分が生まれた歳より前に作られたペニー硬貨を探しだすのをやめた年もはっきり覚えてるし。あれは三十三のときだった。なんだかつまらない話でおたくの時間を奪ってるが、料金はちゃんと払うよ。率直にいうと、女房が去ってから金にはうんざりしてるんだ。金(かね)に対する見方も冷ややかになった。女房を心から愛してたのに、すべてが消えてしまった。とくに女房のほうには愛情のかけらさえ残ってない。わたしの野心が破局の元凶なんだろうが、女房の野心がそれに拍車をかけたのも事実だ。よくある話だろ。愛を信じなくなったわけじゃないが、興味は完全に失ったよ」

「いまはなにに興味をお持ちです？」ノードストロムが長い間をおいたところで、精神科医が割って入った。

「それがわからないんだ。十月に亡くなった父はいつも、ものごとをくまなく見るのが好きだといっていた。たぶんそれがしたいんだと思う。長期旅行に出るかもしれない。去年の七月は生き返ったような気がして、とても楽しくてね。毎日といっていいくらい、わけもなく生きることにわくわくしてたよ。料理にもかなり入れこんだし」

ノードストロムは精神科医をまるまる一分間見つめ、にっこり微笑んだ。「夜になると、一人でダンスをするんだ。だいたいいつも二時間ほど。ただ飛び跳ねてるだけのときもある」

五月は穏やかに過ぎ去っていった。シカゴからノードストロムの後釜もやってきた。ノードストロムの退職を記念してささやかな晩餐会が開かれたが、経営幹部の多くは、いろいろと口実を作って参加しなかった。ノードストロムには立派な旅行用鞄がプレゼントとして送られた。涙にくれるミズ・ディートリッヒは、悲しみのあまり深酔いしてタクシーで家に送り届けられるはめになった。彼女のその夜のひそかな計画は予想外の方向に展開し、せっかくの秘密のランジェリーも、無駄な買い物となってしまった。ノードストロムは、同僚らと安酒場をはしごしたあとドーチェスターに落ちつき、夜が明けるまで書籍発送部の数人とポーカーに興じた。あたりが明るくなったころ、アパートまでの長い距離を歩いて帰った。ぼんやりと靄った朝で、空気に大西洋のにおいが感じられ、かすかなそよ風が木の葉を小さく揺らしていた。準危険区域であるロックスベリーでは、吐いた血へどのなかに横たわっている老いた黒人と、それを見ているスズメたちを見て、哀れみを覚えずにいられなかった。さらに一ブロック行くと、病気にかかった木を見て今度は怒りを感じ、なぜキリストはイチジクの木を殺したのか思いだそうとした。国がどんなに宗教を標榜し礼節を唱っても、その表層の下では、インディアンの太鼓が鳴り響いた野蛮な時代とたいして変わらなかった。人気のない長い灰色の通りは、ある意味では川だった。副鼻腔にはジンのにおいがこびりついていたが、ノードストロムは口笛を吹くことも、即興の旋律を作りだすこともできた。老犬が一匹、彼のあとを一ブロックついてきた。彼は立ちどまり、犬にズボンの脚のにおいを嗅がせた。

二時間後、ノードストロムはアパートに着いた。シャワーを浴びてチーズオムレツを作り、一杯の白ワインと一緒に腹に入れた。ベッドに入ったが、眠れなかった。ポットにコーヒーをいれ、興味なさそうにぱらぱらと日記をめくった。〝クレーンズネック・ビーチでかわいい女を見かける。女はやけにばかでかい足の持ち主だった。夏は足が見られないように砂のなかに埋めて過ごすにちがいない。遺伝子はかくも残酷だ。体育の授業のあとのロッカールームでひそかにみんなの羨望の的だった、あのでかい一物を持った級友も、ついには恥じ入るほどまで徹底的にからかわれた。いま彼は独り身で、郡の除雪車や砂利トラックの運転手をやって暮らしている。ニックネームは〈馬なみ〉だ〟部屋を行ったり来たりするうち、中庭を挟んだ向こうのアパートの女の子が短いパジャマ姿でストレッチをしているのが見えた。とたんに勃起したが、どちらかといえば快感というより歯痛に近かった。自己処理では物足りなく感じる自分がうらめしかった。窓辺に身を乗りだし、深々と息を吸った。一物が窓枠にごつごつ当たった。彼女がにっこり笑って手を振ってきた。ノードストロムも胸ときめかせて振り返した。彼女はそこでストレッチを終え、部屋の暗がりへと引っこんでいった。ノードストロムはため息をついてキッチンに戻り、ラジオをつけた。どこかのだれかが〝いつかそのうちなんていわないでくれ　その気もないくせに〟と歌っていて、ノードストロムは、まだ見ぬカリブ海に行きたいと憧れた。リオの陽気な連中のように、気ままな暮らしがいい。どこかに小さなアパートを借りて、ラムを飲み、シーフードを料理するのだ。陽射しは強烈で、海はさぞ青いにちがいない。ノードストロムは寝るのを諦め、キャビネットからモンゴメリー・カルヴァドスの瓶を取りだして、日記を書きはじめた。

一九七八年五月――いったいどうしたわけか、朝の九時になるというのにまだ眠くならない。昨夜は約一週間分の量を超える酒を飲んだが、鎮静剤は飲まなかった。いまは眠れなければたいてい起きているし、頑固に習慣を守るのも好きじゃないからだ。いままで同じシェービング・ローションをよく二十年も使ってきたものだ。ドーチェスターからふらつく足どりで帰ってきた。途中、年老いた黒人の酔っぱらいを見て哀しくなり、涙がこみあげる思いがした。ヘンリーに、父さんの釣り道具一式と、鹿撃ち用ライフルを受け取ってくれるよう短い手紙を書いた。〝ありがとう、ヘンリー〟としか書かない絵はがきはよすことにした。母に、ヘンリーが病気になったら彼の面倒を見てくれるよう頼んだ。酒飲みはときどき死に急ぐものだ。父さんがいつだったかそのことを、湖の上に出たときにヘンリーにいうと、ヘンリーは、だれ一人生まれていないし、だれ一人死んではいない、と答えた。「ヘンリー、おまえってやつは、妙ちきりんが服着て歩いてるようなもんだな」と父さんがからかい、みんなで大笑いした。あのときヘンリーは大真面目だったのかもしれないと、ずっと思いつづけている。雑誌〈ニューヨーカー〉で、ある男が数々の危険に直面しながらもユキヒョウをみるためにヒマラヤの奥地を三十五日間も歩きつづけ、結局一匹も会えなかったという記事を読んだ。しかし、ユキヒョウの獣道や足跡はたくさん見たらしい。子どものころ、木の上の小屋からアカオオヤマネコを見たことがある。狙われているアナグマがくんくん鳴いていた。ヤマネコが宙を舞った瞬間、わたしが声をあげると、ヤマネコはトンプソンみたいな三百六十度ジャンプを見せ、忽然と姿を消した。ヤマネコはいつでも状況の変化に敏捷に対応できるのだ。夏に友だちになった、娘の友人のセファルディ系ユダヤ人に電話し、ソニアのための卒業祝いのディナー・パーティの打ちあわせをした。彼はあのビレッジのレストランを提案した。あのウェイトレスのいたレストランだ。あの子はダンス業に戻ったからもうあそこじゃ働いてないけど、なんならパーティの彩りとして招待しましょうか？　と彼はいった。願ってもないと返事をし、メニュー選びのほうは信頼のおける彼の舌に任せ、小切手を送った。あの女にまた会えると思うと、体の中心がじんと熱くなった。財産を手放したときはまるで天にも昇るような開放感にひたっていたが、いまはその感覚もおさまり、いくらか気分の軽さがあるだけだ。ほんとうに人間はやりなおしがきくのだろうか？　もっとも父がよくいってたように、〝いずれわかることだ〟。わたしは絶望的なほど変わるのが遅い。ローラと過ごした歳月の緩やかな〝死〟、それから三年間のほんとうの〝死〟。そのあとに幸運な幕開けが訪れたが、この幸福感の理由を理解したいとは思わない。理解したとたん幸せが消えてしまいそうな気がするからだ。疲れた頭が休まればいいと思い、ソニアが置いていったマリファナに、昔のヒッピーみたいに火をつけた。ソニアはマリファナがわたしの体にいいと思っているようだが、わたしは月に一回以上はやらない。それにしても、かつてこれほど女を抱きたいと思ったことがあっただろうか。疲れですっかりおかしくなってしまったらしい。よきにつけ悪しきにつけ、女というのはいいものだ。たまらない。高校時代につきあいでグリーンベイの売春宿に行ったときのあの年配の黒人女さえ、目の前にいたら抱きたい気分だ。あのときは黒人女を抱きしめてキスしようとしたが、向こうはそれをおかしがったっけ。川岸にたたずむ緑のスカートの女は冷たかった。いまわたしはラリっている。アパートの荷物もほとんど詰めおわった。保管部の人間が火曜に手伝いに来てくれる手筈になっている。その前日は、昔はデコレーション・デイと呼ばれていた戦没将兵記念日にあたるが、どうしてメモリアルという名になったかは忘れてしまった。暖かい日に墓石を花やなにかで飾るのだ。ローラのイメージがまた浮かんできた。においさえする。あの夏の日、二人でモンタナの川岸にある松の角材でできたキャビンにいた。ソニアは庭で遊んでいた。川が大きな音をたてて流れていたが、落ちつく音だった。ローラはパンティ一枚という格好でコーヒーをいれてくれた。そして髪を後ろに束ね、流しで寝起きの顔を洗うと、ストレッチをはじめた。窓から差しこむ陽射しが、彼女の脚の後ろに当たっていた。

4

世のなかは、愚かな人間を放ったらかしにしたりしない。ニューヨークにあるカーライル・ホテルの七階角にあるスイートルームで、ノードストロムは朝の四時にそう思った。バーボンをすすったが、あまりうまくはなかった。電話がかかってくるのをなかば心待ちにしていたが、こちらからかけるつもりはなかった。現実を出し抜くことなどできはしない。それにしても、まさかこんな一日になろうとは。自分一人で掌握できる状態にあるなら、それでもよかった。そう考えたとたん、ノードストロムは笑いだした。おまえが完全に掌握できるのは、せいぜいトイレのなかくらいがせきの山じゃないか。トイレの外は驚きに満ちあふれ、かならずしもすべてが心地よいものとはかぎらない。なかには、大地から足を踏みはずして後ろ向きに落下していくような空しさを腹の底に残すものもある。そういう事態にかぎって、避けることができないのだ。いま彼はローラからの電話を待っていたが、彼女がそんなことなどしないのはわかっていた。彼のほうから彼女に電話するつもりもなかった。ソニアとフィリップとローラは、ついさきほどタクシーで彼を下ろしてくれたばかりだった。眠る前の数時間のうちに起こってほしいと切実に願う出来事と、おそらく起こる実際の事柄とのあいだには、忘れかけていた底知れぬ深い淵が横たわっていた。

今夜の最初の驚きは、ローラに会ったことだった。だれも事前に教えてくれなかったのだが、あえて理由を訊こうとも思わなかった。ローラはパリから飛んできて、卒業式会場でノードストロムのとなりに座った。四年ぶりの再会だった。自分の見えないところで世界がまわっている。気をつけるに越したことはない。ローラはとても元気そうだったが、心底そう感じたというより、表面的な印象にすぎなかった。式が終わったあと、みんなでヨンカーズからタクシーに乗り、ホテル・ピエールに向かった。フィリップとソニアとローラの三人はピエールで一泊し、翌日三人とも出発する予定になっていた。みんなでおしゃべりしたあと、ノードストロムは、生来の感傷的性格に起因する失態を演じてしまった。リネンのスポーツコートのポケットに百ドル札で一万五千ドル分しっかりとピンで留めてあったのだが、それで七年前にロサンゼルスの書斎でソニアに約束したBMWをプレゼントするつもりだったのだ。ノードストロムはいろいろ旅の計画をたずねたあと、ソニアにフローレンス（フィリップはすでにフィレンツェと発音していた）から飛行機に乗って、ミュンヘンでその車を買うようにと勧めた。部屋のみんなが一瞬しんとなり、ノードストロムは、自分があのデリカテッセンの店主のシドみたいに不器用な時代遅れの人間になった感じがした。身軽な旅がしたくて、シドには別れの挨拶をしたときにワードローブをすべて進呈していた。みんなが車のことをああでもないこうでもないと話しはじめると、ノードストロムはなんだかとんでもないへまをしでかした気分になった。フィリップが、イタリアの政治的状況はかならずしもよくないですから、高価な車に乗ってると暴力沙汰に巻きこまれかねません、というと、ローラは、だれも車なんか気にしないわよ、といった。ソニアは、父さんからはもう全財産をもらったんだし、それにフィレンツェじゃ車は必要ないわ、といった。ノードストロムはバスルームに逃げこみ、もはや自分の世界を掌握する力を感じなくなっていた。傷ついたというより、自分のなかの家族の記憶がすでに過去のものとなってしまった違和感を感じていた。トイレから出てくると、ソニアとローラが抱きしめてくれたが、そのとき突然、自分でもおぞましいほど二人に対する肉欲が湧きおこってきた。二人とも明日には目の前から消えてしまうことを思うと、死を前にした最後の性欲に等しかった。フィリップが、〝すてきな家族〟のスナップ写真を撮ることで、その異様なムードを打ち消してくれた。

レストランでは、さらに驚きが待ちかまえていた。あれほど再会を楽しみにしていた元ウェイトレス兼ダンサーが、いざ会ってみるとじつに冷たい女だったのだ。テーブルの向こう端のローラとセファルディ系ユダヤ人のあいだに座ったその女は、卒業生やその恋人たちとくらべてそれほど年がちがわないにもかかわらず、テーブルのみんなをさも見下すような尊大な態度をとった。地中海東岸のレヴァント風の顔だちをしたやせ形の女で、いかにも世間ずれしており、温かい心もあるのかもしれないが、表には出てこなかった。料理はとてもすばらしかった（鴨のガランティーヌ、ムール貝の白ワイン蒸し、スズキの香草焼き、骨を抜いて詰め物をしたラムの脚肉）。しかしみんなのほうは気分が高ぶっていて、料理などどこ吹く風でもっぱら飲んでいた。だれもがなにかしら人生設計を立てていた。みんなの興奮ぶりは、人生設計を捨てたノードストロムの興奮に匹敵するほどだった。つらかったのは、フィリップのなめらかな語り口を通して、彼が財産をすべて処分して長旅に出ることが披露されたときだった。じつのところ、ノードストロムには、みんなのほうが彼の未来に詳しいような気がした。というのも、自分はまだ旅に出るかどうかもわからなかったからだ。出発は三日後にせまり、チケットの束がホテルの革ホルダーのなかにあるにもかかわらず、ノードストロムはまだ決めかねていた。しかし、彼が財産を処分したことを知ると、みんなはとたんに彼のことを、巡礼の旅に出る無謀な修道士のようにみなしはじめた。ノードストロムは愕然とした。マーブルヘッドの夏休み以来、その場のみんなをほとんど知っていたが、彼らの目には、急激な変化を遂(と)げた自分しか映っていないことに気づいたからだ。となりに座っていた女の子などはノードストロムがインドに行くものと勝手に思いこみ、見そこなったといわんばかりの顔をした。以前はみんな情報通(オ・クーラント)で、流行の最先端をいく若者たちだとばかり思っていたが、いまでは彼以上にありきたりすぎるほどありきたりな人間に見えた。六〇年代の革新派たちのなかには、信念のためなら牢獄に入れられるような無分別な行動も——たとえば税金の不払いなど——辞さないという人間がいかに少なかったかをふと思いだした。彼らのほとんどがいまやブティック経営に精を出しているらしいことを思うと、まんまと一杯喰わされた気がしたものだ。パーティのみんなはあることで盛りあがっていたが、ノードストロムにはなにがおもしろいのかよくわからなかった。結局みんないつものようにふざけているだけじゃないか、ノードストロムはそう思った。家にいたら、といってももう家はないが、きっといまごろは踊っていることだろう。大事なのはいつも頭のなかで踊っていることだ、とうすうす感じはじめたそのとき、となりに座っていたソニアが、ノードストロムのすさんだ気分を感じとり、彼の手をぎゅっと握りしめて耳もとにキスし、遊びにきてね、といった。ひどく心配げな娘に、ノードストロムは、わかったよ、とうなずいた。

夜はにぎやかに過ぎていった。ノードストロムはローラと元ウェイトレス兼ダンサー——名前はサラ——がひんぱんにトイレに立つことに気づき、コカインをやっているのだろうと見当をつけた。カップルの多くはディスコへと繰りだし、パーティも終わりに近づいてきたにもかかわらず、いまだにワインのもたらす和気あいあいとした雰囲気が欠けていた。みな前室にいたので、セファルディ系ユダヤ人がウェイターに、間仕切りをするよう頼んだ。フィリップがマリファナに火をつけ、みんなにまわした。また一組カップルが出ていき、いまではローラ、サラ、セファルディ系ユダヤ人、フィリップ、ソニア、そしてノードストロムの代わりにカトマンズに行きたいというソニアの親友、そしてノードストロムだけとなった。パーティは、セファルディ系ユダヤ人がおもしろい話をしてようやく盛りあがってきた。語り口があまりに絶妙なので、ノードストロムも腹の底から笑って我を忘れた。そうこうするうち、ローラの視線が自分に注がれ、つぎにその視線がローラの肩越しに洗面所のほうを指し示すのに気づいた。

ノードストロムは洗面所に入り、わけもなく鏡の前に立ってしかめつらをした。当然ながらそこにはトイレがあり、なかに入れば、彼はふたたび自分の世界を支配できた。ひとたび便座に腰を下ろせば、六×八フィートの胡散くさい国の王になれる。ただし鍵をかけたときにかぎるが、この場合、鍵はかけられなかった。個室の鍵さえも壊れていたからだ。王国を夢見るのは、挫折する前に諦めたほうが無難かもしれなかった。鏡は当人が感じているよりはるかに力強い男の姿を映しだしていた。その姿が自分であるかどうかなど関係ないことはわかっていた。ジョージョー・ザ・ドッグフェイス・ボーイ、マーヴィン、ファーリー・カッド、どんな名前だろうとかまわなかった。犬だって、呼ばれなくとも夕食どきには帰ってきた。呼ばれるときは、だいたいが不愉快な用件であることはだれでも知っている。木を伐り倒す前に、木材を値踏みする人間が、あとからチェーンソーを持ってくる者のために印をつけたが、その印もいわば木の名前だった。ノードストロムが名前のことをいろいろ考えてにやにやしているところに、ローラとサラが入ってきた。まったく、近ごろはこれだ。紳士用トイレに女か。つぎはなにが起こるんだ？　ノードストロムがそんなことを考えていると、サラが一筋のコカインを前腕にそっとこぼし、ノードストロムに差しだした。

「率直にいわせてもらえば、ファックのほうがいいな」

サラはおどけて目をまん丸に見開き、ローラのほうを見た。ローラはおもしろそうに目をぎらつかせていた。サラは笑っていった。

「あなた、頭がおかしくなっちゃったんですって？」

「金持ちビジネスマンじゃ、きみのお気に召さないと思ってね」

「でも貧乏ビジネスマンよりいくつか絶対的な利点があるわよ」

彼女は腕をあげ、ノードストロムの鼻にさらに近づけた。ノードストロムは、常軌を逸した豚や麻薬常習者のやり方を想像し、それをまねて吸いこんだ。ローラが小便器に寄りかかって笑った。

「さっきのわたしの提案に対する返事を聞いてないが」

二人の女はたがいに顔を見あわせた。二人が彼のいうことを大真面目に受け取りはじめているのがおもしろかった。ノードストロム自身は、単に攻勢に出ることで自分の王国支配を維持しようとしていただけなのだ。

「コインで決めましょう」サラがハンドバッグから二十五セント玉を取りだした。

「いいわ」ローラがノードストロムに近寄ってきて頰にキスした。「もちろんわたしにとっては不倫になるけど、どうしても仕方ないときだってあるもの。わたしは表」

ノードストロムが昔のように片手をローラのお尻に滑らせると、ローラがお尻をきゅっと引き締めた。硬貨が空中に舞ったその瞬間、フィリップがひょっこり入ってきた。

「なにしてるんですかぁ、こんなとこでぇ？」フィリップは、いまやすっかり呂律がまわらなかった。

女たちは大慌てで飛びだし、ノードストロムは、将来息子となる男を絞め殺したらどんな極刑が待ちうけているだろうかと考えずにはいられなかった。二十五セント玉は壁にぶつかって落ちたが、ノードストロムはそれには見向きもせずに洗面所を出ていった。コカインのせいで、甲状腺亢進症治療の冷蔵庫のなかにでも閉じこめられたような気分だった。

テーブルに戻ると、二人の女性はノードストロムを見つめて笑いあった。彼はゆっくりと、昔商売敵に使って効果をあげた凶悪なにらみのなかで一番強烈なやつを向けてやった。二人ともばつが悪そうに黙りこんだが、彼がいつまでもその目つきをやめないものだから、テーブルのみんなも不安になってきた。このラウンドはノードストロムの勝ちだった。ちっぽけなことかもしれなかったが、大切なことだった。フィリップがテーブルに戻ってきて、二十五セント玉を見つけたというようなことをもごもごといった。そのとき閉じていた仕切りがだしぬけに開かれ、セファルディ系ユダヤ人の表情がこわばった。グレーのピンストライプ・スーツでめかしこんだ背の高い黒人だった。黒人の肩越しに後ろからのぞきこんでいるのは、映画に出てくる何をしでかすかわからないギャングといった感じのイタリア人だった。長身の黒人はテーブルをまわってゆっくりとサラに近づき、手首をぎゅっとねじりあげた。そして引きずるようにして連れていこうとした。サラはお散歩人形同然だったが、腕をねじられている苦痛ははっきり顔にあらわれていた。

「ちょっと待ってくれ……」ノードストロムはそういって椅子から立ちあがった。

「てめえはすっこんでろ」黒人はすごんだ。

ノードストロムが一瞬のうちに繰りだしたかなり強烈な一撃は、頰の下のあたりに命中した。黒人の体がくるりとひるがえり、その手が握っていたサラの手首を放した。男は両膝を折ってへたりこみ、すぐに立ちあがったが、まだくらくらするらしかった。そのとき、ローラとソニアが叫び声をあげた。振り向くと、イタリア人が至近距離で銃口をノードストロムの腹部に向けているのが見えた。黒人は、顎をさすりながらにらみつけてきた。

「ぶっ殺してやる」うす笑いを浮かべながら、黒人はそういった。

悲鳴を聞きつけて、二人のウェイターと支配人が、おそまきながら駆けこんできた。これ以上ことを荒だててもはじまらなかった。

「なんでもないんだ。ちょっとした家族同士のいさかいでね」ノードストロムはそういった。黒人は女につき添われ、二人のウェイターを押しのけて出ていった。イタリア人があとにつづき、支配人は肩をすくめた。

ホテルに戻ると、さすがに今日はもういやな出来事はないだろうと思った。しかしやがて、殺してやるという脅しがどうにも気になってきた。おそらくこの脅しにはなんらかの手を打たなければならないだろう。無防備に暮らし、ポーチから遠く離れたところを歩いていたりすると、ほんとうに殺されかねない。石油関係の仕事をしていたときに〝不測事態対応計画〟と呼んでいたものを、ノードストロムはいくつか書きとめた。男を殴り倒してやったあとの興奮を鎮めるには、たっぷり一時間と、ドン・リュイナールのシャンペンの大瓶一本、それにフィリップからもらったマリファナ二本が必要だった。セファルディ系ユダヤ人はすっかり動転し、ちょっとトイレに行きましょうといってノードストロムを追いたて、そこでこういった。「あれほど忠告したじゃないですか」しかし、ノードストロムのいかにも自信たっぷりな態度は、そんな彼をも落ちつかせたようだった。ノードストロムにしてみれば、いきなり踏みこまれて、家族水入らずの最後の機会になりそうな場をだいなしにされたことが、とにかく腹だたしかったのだ。

ホテルのスイートでは、たくさんの選択肢（せんたくし）が浮かんできたが、頭のなかでワインとコカインがまざりあっているため、どれもみな明晰（めいせき）さをわずかずつ欠いていた。それに左手には、ローラのお尻の感触が電撃的な聖痕（せいこん）のようにはっきりと残っていた。さすがに出会ってから二十年以上もたつと、喉にこみあげてくるものとか胸骨の下にぽっかり開いた穴といった、愛による生理的な戸惑いは消えてしまったが、あの幸せだった性生活をあっさり消し去ることはできなかった。不運な結末にはなったものの、いまだに理解を超えたところであの幸福感が存在しつづけているのだ。最初の選択肢は、前の会社の警備主任に電話することだった。昔ＦＢＩのロサンゼルス局長を務めたこともある男だ。この男の忠告は客観的見地に立つ専門的なものだろうし、こちらの立場をよく理解してくれるにちがいない。二人のならず者は夜明けまでに牢獄にぶちこまれるだろう。しかし、ノードストロムはこの選択肢を棄（す）てた。じつはこの男があまり好きではなかったからだ。気取り屋で胡散（うさん）くさいところのあるこの男には、借りを作りたくなかった。ふたつめの選択肢は、もうちょっとましなものだった。ローラとソニアが翌日の正午に発（た）つ予定でなければ、電話していたかもしれなかった。相手はテキサスのある油田王の、元ボディガード兼召使い頭だった。コーパス・クリスティの近くに住んでクォーター・ホースを育てているこの男とは、いまだにときどき料理のレシピを交換するほどの間柄だった。一緒にウズラ狩りをして楽しんだこともあるし、ロサンゼルスに夫婦で遊びにきたときは、たっぷりもてなしてやったりした。男はテキサス州デル・リオ出身で、テキサス農工大のラインバッカーといってもおかしくない体軀の持ち主だった。いまは自分の〝本業〟と遠まわしに呼んでいるもので家族を養っている。頭が切れ、ディケンズやサッカレー作品のさまざまな版を収集するのが趣味という男だ。絶対に新聞に載らない強請のプロとして一流の腕を持ち、ときどきだれかをあの世に送ったりすることもあるらしいが、ノードストロムには気にならなかった。しかし、あの程度の脅しでは、たとえ面と向かっていわれたとはいえ、この男の手を煩わすほどの一大事には思えない。そのとき、電話が鳴った。

「起こしちゃったかしら」ローラだった。

「いいや、本を読んでたんだ。まだ起きてるよ」

「あなたのことが心配だったの。あのサラって子が電話してきたわ。彼女、あなたに気をつけるよう警告してほしいって。あの男、とても危険よ……」

「やつのことはすでに調査済みだよ。ケチなヤクの売人さ」ノードストロムは嘘をついた。

「さすがね。ところで、あなたに連絡をとる場所を彼女に教えてあげたから……」

「それはちょっとまずいな」彼は割りこんだ。「あの女はあいつの女房なんだ。でもまあ、たいしたことにはならないだろう。きみも眠ったほうがいい」

「ごめんなさい。わたしったらなんてことを」やや長い間があった。「そっちに行ってほしい？」

「そりゃ来てもらいたいのはやまやまだが、きっとありあまる分別が邪魔をして、ドアを開けられないと思う。今日のきみはとてもすてきだったよ」

「あなたも。ちょっと羽目をはずしすぎたけど、レストランでのあのこと、もしフィリップが入ってこなかったら、わたし、きっと最後までいってたと思うわ」

「こっちもさ。でもそうはならなかった。それでいいんだ。じゃ、さよなら」

「さよなら。気をつけてね」


ノードストロムは、ローラを来させなかった自分の強さがちょっぴりうらめしかった。家族がジェット機に乗って目の前から消えていこうとしている。もし自分がその気になりさえすれば、ローラだけでも取りもどすことができるかもしれない。ノードストロムはふとそう思った。昨夜のディナー・パーティでも、途中ソニアが、ローラがあまり幸せではないということをほのめかしていたが、あれはあきらかに意図的だった。みんなでレストランを出たあと、ローラは彼の計画について、それこそ執拗にあれこれ訊きたがった。途中フィリップが吐けるように、タクシーが側溝のある場所で止まった。強くもないのにワインをがぶ飲みしすぎたせいだった。ローラの質問には、たぶん旅行のチケットを換金して料理学校に数カ月通うことになるだろうな、それから海辺のレストランあたりで働くんだ、と答えた。ノードストロムは、ワインとコカインと走るタクシーで、すっかりいい気分になっていた。海の近くで料理を作って、休みの日に釣りをするための小さな船を買うんだ。まだどこにするかは決めてなくてね。大西洋か太平洋かカリブ海か……。たぶんカリブ海あたりになるかな。もうそれらしいシャツだって買ってある。ソニアとローラが熱心に割って入った。父さんは財産を手放したんだから、今度はわたしたちが父さんにレストランを買ってあげる。しかしノードストロムは、いいんだよ、と断った。レストランのオーナーになりたいわけじゃない。レストランで料理を作りたいだけなんだ。それを聞いて二人はちょっと悲しそうな顔をしたが、彼にはどうしようもなかった。

サラから電話がかかってきた。朝の五時だけど、どうしても説明したいことがあるから、そっちにいっていいかしら？　ノードストロムは、いや、昼の一時にメロンズで待ちあわせて一緒に食事しよう、といった。彼女は驚いたようだったが、了承した。女が男とぐるになってノードストロムをカモにしようとしているのは明白だった。彼は自分が、外見とは対照的な利点を持ちあわせていることを知っていた。先入観で人の判断をあやまるようなことがないのだ。サラ、その夫、そしてイタリア人は、ニューヨークを舞台に飛びまわる凶暴な自惚れ屋たちだ。こういう手あいがよく致命的なへまをするのは、欲に駆られるあまり、これが複雑に入り組んではいるが限定的なゲームだということを理解しようとしないことだ。これは以前石油の仕事をしていたときに覚えたことだった。あいかわらず寝つかれず、ノードストロムは冷えたビールを飲み、日記にいくつか書き留めた。

一九七八年六月十五日――新たな興味深い問題発生。殺すと脅された。基本的には侮辱の域を出ないと思うので、そのつもりでこの問題に対処しなくてはならない。もちろんこんなことにかかずらう理由はどこにもないのだから、どこかへ姿を消してしまうという手もある。だがそれでいいはずがない。相手が政府であれ何千ものタイプに分類される犯罪者の一人であれ、人々は連中にこづきまわされっぱなしで縮こまっていることに慣れっこになっている。それではいけないのだ。ローラを拒んだとは、自分でも驚きだ。こんなこといままで一度もなかったのに。しかし、生きるとは細くて硬い一線を引くことにほかならない。今夜はブルーギルやスズキを母さんと一緒に釣ったことを思いだした。母さんはイモムシやミミズを手で触れなかったから、代わりに餌をつけてやらなければならなかった。母さんが釣った魚を釣り針から放すのもわたしの仕事だった。魚や鳥やウサギのはらわたを取るくらいは母さんにもできた。そういえば二人でブラックベリーを摘みにいって熊に出くわしたときは、母さんの後ろに隠れて、といわれた。あのときは、母さん、ぼくはもう十六だし、母さんより大きいんだよ、といったっけ。明日は電話しなければ。たぶん会いに行くことになるだろう。ヘンリーにも会って、それから秋には南に行くのだ。母さん、じつはちょっと困ったことになってね。ヘンリーなら、暗くなるのを待って、連中を撃ち殺すにちがいない。たとえヘンリーがべろんべろんに酔っぱらっていたとしても、からかう勇気のある若者などいなかった。ほんとに料理学校へ行く必要があるだろうか。もっとも、ソースとデザートに関してはまだ勉強不足な点があることは確かだが。このいきずりの暴力沙汰にはまいった。せっかく娘のためにすばらしいディナー・パーティの席を用意したというのに。明後日にはリオ行きの飛行機に乗るという手もあるかもしれないが、脅しはきっと歯痛のようにどこまでも執拗に追いかけてくるだろう。もちろんこんなことはなにも都会にかぎったことではない。父さんの葬式のときに聞いた話だが、製材所近くの掘っ立て小屋に住んでいた体の大きいアル中のパルプ職人が、隣人のよく吠える犬に我慢ならなくなってある晩その犬の首を引きちぎり、その死体で飼い主を殴って気絶させるという事件があった。男は三十日くらいこみ、それからダルースに引っ越していったということだ。いまごろローラがそばにいたら、いきずりの暴力について話をしていたかもしれない。ローラはベッドのなかではじつに激しかった。おそらくいまもそうにちがいない。いつだったか二人でモダン・セックス・ブックを読んでいたら、二人が試したことのない体位はひとつもなかった。踊りたい。人間は生物学的になんともろいことか。四十三年間生き延びてきても、だれかにナイフを突きたてられたり、・三八口径の弾を撃ちこまれたりすれば、それでおしまいなのだから。十六のときのあの鹿狩りの事件を思いだす。ミルウォーキー出身の工場労働者二人がウェルズ湖のほとりに出かけ、一人がもう一人を鹿とまちがえて撃ったのだ。わたしは近くにいたので、医者の鞄を運んでやった。救急車の隊員たちに、酸素はいりませんよと伝えたが、彼らはいちおうボンベを引きずって森のなかに入っていった。三〇‐〇六ライフルの銃弾はベルトの下の腹部から入り、腰骨に当たって方向を上に変え、腹のなかをかきまわしながら肩胛骨(けんこうこつ)の下にリンゴほどの穴を開けて抜けていた。空気はひんやりと冷たく、傷はなまぐさく、被害者の目は開いたままだった。ノートを片手にウフィッィ美術館を熱心に歩きまわるソニアの愛らしい姿が目に浮かぶ。フィレンツェのあの川はなんといっただろう？　少し眠らなければ。夜が明けはじめた。

気をつけなくてはいけない。

朝になると、ノードストロムは折り畳み式の剃刀でひげを剃った。革砥には、柔らかい革のベルトを使った。きれいにひげを剃るにはこれしか方法がないといって、父が教えてくれた方法だ。ノードストロムは、遅い朝の温もりを味わうために一ポット三ドルのコーヒーを飲みながら、頭を窓の外に突きだした。はるか下では、汚れた白いエプロン姿の男が路地裏でタバコを喫っている。コックは海を見ながらタバコを喫うべきだ、とノードストロムは思った。今朝は派手な図柄のハワイアンシャツ（沈む夕日をバックにしたサーファー）にチノのバギーパンツという恰好を選んだ。そしてくるぶしまでの高さがあるデザート・ブーツをはき、折り畳み式の剃刀を忍ばせた。歩いているときはごつごつして具合が悪いが、ピンチのときには役にたってくれるはずだ。

レストランにはわざと一時間早く着いた。通りの反対側に駐まった車のなかにイタリア人の姿が見えたので、ウェイターに十ドル手渡し、〝やあ！　気をつけろよ〟と書いたメモを配達してくれるよう頼んだ。やってきたサラはとびきり美しく、ほかの客の顔という顔がサラのほうを向いた。二人で隅の窓ぎわの席に座った。イタリア人の姿はなくなっていた。ノードストロムは精をつけるためにタルタルステーキ二人前を食べ、彼女のほうはサラダをつつき、二人でダンスのことを話した。彼女の話はこうだった。十歳のときにダンスをはじめて、最近亡くなったばかりのアンドレ・エグレフスキーのもとで学んだわ。七月から八月にかけてジェイコブズ・ピローに行きたいと思ってるの。父はニューヨーク大学の法律学教授で、スラッツとは三年前に結婚したわ。スラッツはいかした男だけど、かっとなりやすいところがあって、云々。ノードストロムは思った。この女の身の上話からは生身の人間らしさがぜんぜん伝わってこない。写真や鏡に映る平板な像みたいな印象しかないじゃないか。サラはいった。二人っきりじゃないと話せないことがあるの。レストランよりホテルのほうがいいわ。

二人でホテルまでの六ブロックか七ブロックを歩いた。ノードストロムは、靴のなかの剃刀のせいでちょっとぎこちない歩き方になった。彼はニューヨークという街がとても気に入っていた。このごたごたがひと段落してウィスコンシンへの里帰りもすませたら、ニューヨークで料理学校に通おう。不快な空気さえ心地よく、オゾンと酸素の成分比にどこかしら中毒性があるらしい。レストランや地下鉄の排気口から出てくるにおいもいいし、量が多い昼食で消化不良を起こしながらロダンの作ったバルザックの胸像を見物し、ここイーストサイドを闊歩するこの世でもっとも美しい女たちをながめるのもいい。森のなかじゃ落ちつかなくて暮らせないという人間には、ここはまさに理想の地だ。郊外などはどこもかしこも無気力で狂い死にしそうなほどだし、活気もなければ、木も人工的に植えられたようなものばかりときている。そんなことを考えながら、ノードストロムはある店に寄ってノルマンディ産の山羊のチーズを買った。藁で包まれているため、いやでもにおいが染みだしてきた。ノードストロムはサラのたまらなそうな表情をおもしろがり、これからどういう展開になるかを正確に察知した。サラはノードストロムを誘惑し、そのあとは心配を装ってとんでもない提案を持ちかけてくるにちがいない。サラの演技はおせじにもうまいとはいえなかった。ノードストロムは気分が軽くなり、靴のなかの剃刀(かみそり)があたるにもかかわらず、飛び跳ねたいような気分だった。暗くなるまでは、ひどい事態も起こりそうになかった。

　そしてまさに予想どおりにことが運んだ。部屋に入るとさっそくサラはコカインをやり、ノードストロムは遠慮した。サラはやけにしおらしくなってラジオをつけ、ダンスを披露してくれた。下着以外はすべて脱ぎ捨て、跳ねまわった。そして、ローラとソニアのこと、とっても気に入ったわ、それにしてもひどいことになっちゃって、ごめんなさいね、といった。二人でベッドに入ると、サラは下手(へた)な芝居を一時やめにして三十分あまり黙々とセックスに励んだ。彼女がバスルームに行っているすきに、ノードストロムは古い酒場の歌《ハート・オブ・マイ・ハート》を口笛で吹きながら、自分のハンカチを使ってハンドバッグから・三二口径を抜き取り、マットレスの下に隠した。サラはトイレをすますと、いかにも困ったという顔をしながら出てきて、コカインをもう二筋吸った。

「あんたの力になれるかしら……」

「力になるって、なにを？　あれならもう起(た)ちそうもないよ。きみはまるでちっちゃな風車だな。いやすごかった」ノードストロムは大きくあくびをした。

「もう、あたしがいってるのはあんたをスラッツから守ることよ。あの人ほんとに怒ってるんだから。あの人を殴って生きてられた人はいないのよ」

「やつのおふくろさんもかい？　それともお尻を叩かれたことがないのかな。きみはやつのお尻を叩いたことがあるだろう」

「真面目に考えたほうが身のためよ。昨日の夜にもあんたはあの世行きだったかもしれないんだから。それをあたしがとめてやったのよ。〝やめてスラッツ、あの人本気じゃなかったんだから〟って。でもね、あたしにできるのはせいぜいそこまで」サラは不機嫌になりはじめていた。

「いっとくが、こっちは本気だったんだ。やつは娘の卒業祝いのパーティをだいなしにしたんだぞ。こっちが謝ってもらいたいくらいだね。やつにそう伝えてくれ。礼儀をわきまえないにもほどがある……」

「そんないい分が通ると思ってるの。まったくわからず屋なんだから。あれがもしあたしのためじゃなかったら、あんたなんかとっくに殺されてるのよ。あたし、あんたの命乞いしてやったの。そしたらあの人、今朝になって、一万ドル出すんなら生かしてやってもいいっていってくれたのよ。この機会を逃したらあとがないわ。期限は明日の夜十二時。逃げようなんて気は起こさないことね。あの人はかならずあんたを探しだすわ。どこにだって顔がきくんだから」

「その言葉にのしをつけてそっくり返してやる。やつにそう伝えてくれ」

「なんですって?」サラが思わず口から泡を飛ばして訊いてきた。

「明日の夜までやつを殺さないってことだよ。それで五分五分だ。人の命をなんだと思ってる。銀行へ行かされるいわれもない。そんなことに金を出せるか」

サラは、あんたが正気に戻ることを願ってるわといい、電話番号を紙に書き置いて憤然として出ていった。ノードストロムはラジオを消し、正気に戻るという考えに焦点を絞った。しかし本心は、いまほど正気なことはないと思っていた。自分の家族ははるか大西洋上空に飛んでいってしまったし、母と、父の最良の友人であるヘンリーは、ウィスコンシン北部で暮らしているが、自分の中心はここニューヨークのど真んなかにあるのだと心に決めていた。すでに昼食もすませたし、女も抱かせてもらった。つぎは思う存分昼寝して、そのあと長い散歩、遅い夕食といこう。映画もいいかもしれない。しかし、去年の夏セファルディ系ユダヤ人からサラのことを聞いたあとのかすかな余韻、つまり、警告のあとの好奇心がむくむくと頭をもたげてきた。もちろん、空港に行くか、単にレンタカーを借りるといった考えも浮かんできたし、コーパス・クリスティの元ボディガードに電話することも含めていくつかほかの選択肢を想像したりしてみたが、どれも興味が湧かなかった。そこで腹をくくり、フロントに電話してベッドルームのとなりの部屋をスイートに追加してもらうことにした。そうこうするうち、セファルディ系ユダヤ人から心配している旨の電話が来た。そして彼は、異常犯罪者的なまたいとこがブルックリンにいるから、彼なら役にたつかもしれない、とつけ加えた。ノードストロムは彼に、「すべて順調だよ」といい、もし困ったことがあれば電話するといい添えた。ベルボーイが新しい鍵を持ってあらわれ、ノードストロムは仮眠の準備をした。そして、このごたごたはまともじゃないとか、あの強請行為は、あまりにお粗末すぎて深刻に受けとめる気がしないといった考えは捨て去ることにした。おそらく今夜が山場だろう。それでもし事態に進展が見られなければ、そのときは放っておいても大丈夫だ。

七時間後、ノードストロムは新しい部屋で椅子に座り、オーデュボン協会誌を読んでいた。そして、フィリップからもらったE・M・シオランの『崩壊概論』を急いで読み通した。すぐに気に入り、近いうちに町に出てシオランのほかの本も探してみることにした。すでに部屋じゅうに武器をばらまいてある。いっぱいに開かれた窓の枠の上には折り畳み式剃刀、ハンカチにくるまれたままのサラの銃――指紋が役にたつかもしれない――そして目の前の机の上には、濡れたハンドタオルで包んだ棍棒がわりのワインボトル。自分のしていることがまったくばかげているのはわかっていた。笑わずにはいられなかったが、危険がせまっているのは確かだった。しかし、素人なりの利点を少しは持っているかもしれない。すべてを失ったか捨て去ったかしたいま、集中力は完璧なのだ。鍵のかかってない二重扉を抜けて表通りに面した窓の前を通り過ぎ、明かりを消した。もしだれかが窓を見ていたら、連中は彼が寝たと思いこむにちがいない。ビールの大量の空き缶にそれぞれスプーンを入れ、子どもだましではあるが早期警戒システムとして、すでに床にばらまいてあった。日記を手に取り、寝室を通ってとなりの新しい部屋に戻り、内側の扉を少し開けておいた。侵入者が新しい部屋という餌に抵抗できるとは思えなかった。ノードストロムは酒を飲みたい衝動をぐっとこらえた。

　一九七八年六月十八日――元妻と娘は、今日の正午、フィリップとともにヨーロッパに向けて旅だった。わたしはいまここに座り、スラッツの手下、おそらくあのイタリア人がわたしへの脅迫を再度確認しにあらわれるのを待っている。わたしの回答が横柄だったことで、かるくゆさぶりをかけにくるはずだ。わたしのほうが一枚上手（うわて）だとしたら、むこうは肝（きも）をつぶすにちがいない。あしたは料理学校を探しにいってみよう。それにシオランの本も。似たような棚で、『祈りの尊大さ』、『勇気と不安の犯罪』、『〝新しい生〟の贋物』、『夜への非抵抗』、そして『時に背を向けて』あたりを探してみよう。フィリップはどうも虫が好かないが、感謝の手紙を送らなければ。ブルーギルのフライが食べたい。酒と、きれいな女もほしい。シオランは、絶望の深淵（しんえん）から書きながら毎日なにをしているのだろう。手紙を書いて訊くのも無遠慮だが、彼はいうなれば毎日自分のなかから絶望を吐きだしているわけだから、きっと幸せなのだろうとも思う。わたしは暴力的な人間ではないし、暴力にも興味はない。メディアは暴力のナンセンスを絶えずロマンチックに脚色してしまう。そのことについてきちんと書かれたものをいままで読んだことがない。世のなかでたらめだ。人の顔をじっと観察すると、この世のでたらめさに必死で抵抗する様子が見えてくる。やつが階段を登ってくるのでなければ、最初に警戒しなければならないのはエレベーターケーブルの音だろう。しかし、ドアは内側から鍵がかかっている。いや、鍵が用をなすのはよほど不器用な犯罪者に対してくらいのものだ。ビーチのところで車にひかれたあの大型犬のブーヴィエ・デ・フランドルがいたらいいのに、とつくづく思う。しかし、都会にああいう犬をとじこめておくのも残酷なものだ。セファルディ系ユダヤ人が、最高にうまいイカのシチューを出してくれるスペイン系レストランのことを話していた。明日の夜にでもさっそく行ってみよう。メロンズで支払いをするまで、自分がＢＭＷの金をまだ持っていることを忘れていた。胸がいっぱいになった。サラのプッシーはじつにきれいな形をしている。まさしく、叡智の意匠のなせる驚異の御業だ。麻薬取締局の上のほうにいる古い友人に電話して、スラッツを逮捕してもらうこともできることを思いだした。しかし妙なことに、だれかが牢獄に入れられるのは見たくないときている。それによくよく考えてこの新たな生き方を選んだからには、自分の力で解決方法を学んでいくのが最良といえるだろう。さて、夜中の十二時か。

ノードストロムは立ちあがり、ゆっくりと半円を描くようにして自分が武器を置いた場所を再確認した。パジャマの下だけという格好で、鏡の前で少しジグを踊り、すり足でダンスしてから、明かりを消した。うまく事態が収拾したら、小さな部屋を借りてラジオを手に入れ、ふたたびダンスをはじめよう。スイートの料金は一週間分前払いしてあった。一日二百ドル以上もする部屋だが――多少は楽しまなくてはいけないと思ってのことだ――これからは節約が大事なのもわかっていた。座りながら聞こえてくるものに集中できるようにするため、ノードストロムは頭からすべてを追い払いはじめた。腕時計はわざと寝室に置いてきた。装飾品はよけいなところで音をたててしまうし、腕時計は気が散るだけで意味がなかったからだ。

暗闇のなかでおもしろかったのは、いくら思考をさえぎったつもりでも、頭のなかをイメージがぼんやり漂ってくることだった。そして、それらの精神的イメージがどれほど魅力的なものであっても、気持ちを集中しなければやがて消えていってしまうことを発見した。イメージは左から右に流れた。乳母車に乗ったソニア、雷雨の湖で鉄の板と化した水面を飛びわたる鶴、野イチゴを摘む母親、サンディエゴ・フリーウェイの事故車、ブルックリンでのダンス、マーブルヘッドのアスパラガス、見たこともない魅力的な女。いまノードストロムの目は、となりの建物の上からのぞいているうっすらと丸い光を見ていた。やがて光は月となった。満月に近い。その後光のような淡い輝きが部屋のなかのノードストロムを照らし、床の上の彼の足を照らしだした。スプーンを入れたビールの空き缶がからんと鳴った。ノードストロムはすっと立ちあがり、戸口の柱の脇に裸の背中をぴたりとつけた。未来が一分に五回の呼吸で訪れ、肋骨のなかで心臓がぐいぐいせりあがってくる感じがした。パジャマの引き紐のすぐ下のあたりがわずかにかゆい。やがてドアが開き、男が入ってきた。男はゆっくり三歩進み、なかば振り返りながら立ちどまり、さらに三歩進んだ。ノードストロムは壁を梃子にして一気に飛びだし、背後から男の下半身をがっちり捉えた。長く重い二歩で男を抱えあげ、夢中で窓辺に駆けていき、外へ放りだした。男はそこにきてようやく助かろうともがきはじめたが、窓枠をつかんだだけだった。落下していく最初の数階は、男に声はなかった。やがて叫び声がはじまり、落ちていくにつれてしだいに声は小さくなり、とうとう男の体はごみ箱の上に落ちた。なにかの理由で干あがった深い水底に、巨大な錨を投げ降ろしたような奇妙な気分だった。サラのピストルも窓から放り、汗の吹きでた顔をハンカチで拭いた。ノードストロムの顔と胸が、澄んだ柔らかな月の光に浮かびあがった。訪問者たちは、ときおりニューヨークを照らす月の光を忘れてしまう。

翌朝シャワーを浴びたあと、コーヒーを飲みながら母親と電話で話をしていると、刑事たちがやってきた。ノードストロムは二人の刑事を部屋に入れ、電話を手短かに切りあげた。母親はいとこのアイダと一緒に十二月にハワイに行く計画を立てているという。どうやら二人で《ハワイ5-O》を撮影中のジャック・ロードを一目見たいらしい。刑事の一人がコーヒーを受け取り、もう一人が窓の外をながめた。二人とも退屈そうだった。いいえ、なんにも聞こえませんでしたよ。ぐっすり眠ってましたから。祝い酒が過ぎましてね。娘がサラ・ローレンスをクラスで八番で卒業したんですよ。どうして部屋を追加したかですか？　別れた女房と娘が、もしかしたら出発をもう一日遅らせるかもしれないと思ったからです。ノードストロムは窓辺に行き、二人と一緒に下を見おろした。なんてことだ。かわいそうに。自殺ですか。刑事は答えた。かもしれませんな。だがホテルの客じゃないし、模範的市民でもない。じつをいえば凶悪犯でして、やつがこの一帯でなにをしてるのか探ってたとこなんです。暑い朝だったので、ノードストロムは二人にビールを勧めたが、二人は丁重に遠慮した。ほかにも調べなくちゃいけない階がたくさんありますから。ご協力、感謝します。

刑事たちが部屋から出たか出ないかのうちに、サラから電話がきた。昨晩寝る前にスラッツにかけた電話の返事だった。ノードストロムは重々しい声でいった。イタ公は洗いざらいぶちまけたぞ。それで思いあまって窓から飛びだしたんだ。あいにくやっこさん、エレベーターに乗りながら階数を数え忘れたらしい。いまとなっちゃ、ほんとうのところはわからないがね。

ウォルドーフ・ホテルに日本料理店があるんだが、そこで昼食をどうだ。スラッツも一緒に。話をつけようじゃないか。ノードストロムは、つづいてセファルディ系ユダヤ人に電話をかけ、夕食の約束をした。彼なら料理学校に関する有力な情報を持っているかもしれないと思ったからだ。

ほんとうのところ、ノードストロムは自分のしたことに対して複雑な心境だったが、ほかに選択肢はなさそうだった。放っておけば、悪人どもはノードストロムの家族をも脅迫しかねなかったからだ。たとえ自分が殺られるはめになっていたとしても、覚悟はできていた。しかし、たとえ悪人といえども、一個の人間存在を永遠の彼方に放りだすのはちっともいい気持ちがしなかった。死ぬためにこの世に生まれてくるほど悪どい人間など、そうそういるものではない。ノードストロムは服を着て、付近の書店をまわってE・M・シオランの本を探し、ホイットニーの近くに新しくオープンしたばかりのブックス・アンド・カンパニーでとうとう何冊か見つけた。

ウォルドーフ・ホテルに着くと、サラとスラッツはすでにテーブルについていた。マリファナを巻くために早めにやってきたことはまちがいなかった。ノードストロムが明るい色使いで描かれた芸者の絵の脇に座ったとたん、懐かしい石油会社当時の血色のいい同僚が、テーブルに近づいてきた。ノードストロムは同席の二人を紹介したが、自分は料理学校に通うこと以外考えてないとすんなり認めると、元同僚との会話は陰鬱にしぼんでしまった。スラッツはブルーのコールテンのハスペル・サマー・スーツというあでやかな身なりをしていた。元同僚が立ずいて同意した。

「あんたも殺し屋の仲間入りってわけかい」スラッツがわけ知り顔でそういうと、サラもうなずいて同意した。

「いかにもそのとおり」ノードストロムは奇妙な音楽的抑揚をつけて答えた。狙いは二人を落ちつかなくさせることだった。「わたしはいまこのテーブルクロスの下に・四四口径を握りしめ、きみのタマに狙いをつけている。正当防衛という大義名分できみを吹き飛ばそうと考えてるんだ」スラッツの目が、不安と不信で見開かれた。ノードストロムは狂ったようなウィンクをサラに送ると、「バーン！」と叫んだ。店内の客という客が警戒して振り返り、スラッツは思わず飲み物をこぼしてしまった。芸者が一人駆けつけてきた。「すみません。オチが〝バーン〟っていうジョークでして」ノードストロムは周囲の客に説明した。「刺身三人前と大きなイカのてんぷらを頼むよ。それからこの人に飲み物のお代わりを」芸者はおじぎをした。

「こいつ、とんでもなく狂った野郎だぜ」スラッツは吐きだすようにいった。

「そのとおり。きみたちにしっかり話を聞いてもらいたくてね」

「いいかい、あんたとんでもねえことになってるんだぜ」スラッツはうなずいた。

「そうよ。あんた……」サラが話に割りこもうとしたが、ノードストロムのまがまがしい視線にあって、ふと黙りこんだ。ノードストロムは、頭を奇妙に傾げたまま二人をじっとにらみつけた。

「まだそんなでたらめを押し通す気なら、どっちかの心臓をひきずりだしてやるぞ。こっちの我慢にも限度ってものがある。スラッツ、きみはあの間抜けをわたしの部屋に送りこんだ。そしてわたしはやつがちっとも空を飛べないことを証明してやった。こっちには、やつの告白だってある……」

「あいつが口を割るはずがねえ」スラッツがさえぎった。このテーブルでなにが起こっているのか、ようやくはっきりわかったのだ。

「きみはなんにも知らないんだ。とんだ大ばか者だよ」ノードストロムは自分のよどみない演技を楽しんだ。こんな気分はいまだかつて感じたことがなかった。「わたしは六七年にダナンで特殊部隊にいたときに、もっぱら尋問を担当していたんだ。敵を攻撃ヘリから放りだしてやったこともだってあるし、絞め殺したこともある。連中の首はこんなに細くてね」ノードストロムは両手で首を絞めるまねをしてみせた。「きみの友だちはなかなかしぶとかったよ。まず棍棒でぶちのめしてやった。目を覚ましたらおとなしくしてないだろうから、濡れたタオルに結び目を作って、嚙みつかれないように口のなかに結び目を押しこんで猿ぐつわをかませたのさ。それから指を四本あいつの口に入れてぐいっと引きあげ、前歯をへし折ってやった。しゃべった内容は金歯と一緒にチェイス・マンハッタン銀行の貸金庫のなかにある」イタリア人に金歯があるのは、レストランの事件のときに見かけて覚えていたのだ。「それからあのくそ野郎を窓の外に放り投げ、きみに電話して、寝たってわけだ」

刺身がやってきて、ノードストロムは二人に、ワサビは控えめにしといたほうがいいと忠告してやった。スラッツはまんまとしてやられた気分になり、ノードストロムをまじまじと見つめた。スラッツにとっては予想外の展開で、せっかくの悪だくみも消えつつあった。「これ、生の魚だろ?」ノードストロムはうなずいた。スラッツは最初ためらったが、一口食べて気に入ったらしく、やがてぱくぱく食べはじめた。

「こいつは引き分けだな。くそ、ベルトーの野郎、おれの千ドルを持ってやがったんだ。いまごろどっかの刑事がおれの金をネコババしてるだろうな。あんた、ヤクはいらないか?」

スラッツはウェイトレスに合図を送り、自分の皿を指し示して「おかわりだ」といった。

「けっこうだよ。いや、友人のために少し買っておくかな」てんぷらが到着し、ノードストロムがとり分けた。

「おれはこんなもん食ってるが、おやじは硫黄島で日本兵に殺されちまったんだ」スラッツは笑った。「あんたには四オンス五百ドルでいい。ちくしょう。刑事がおれの金でてめえの女房にロブスターを食わせてやってるのが目に浮かぶぜ」

「じつは殴ったりして悪かったと思ってるんだ。いつもはあんな早とちりなんかしないんだが、あのときはトイレでコカインをやったもんで、きみらが夫婦だってことをすっかり忘れてたんだよ」

サラが、あれはただのお金を稼ぐための方便で、仕かけ針みたいなものよ、ほんとは結婚なんかしてないの、と説明した。金持ちの男たちは彼女の不遇に同情し、スラッツの悪の手から逃がしてやるために金を貢ぐというわけだ。ノードストロムに対しては、二人はもっと作戦をエスカレートさせることにした。いかにもちょろそうな相手に見えたからだった。スラッツは、ノードストロム本人も忘れていた長期旅行の予定をあれこれ知りたがった。おかげでノードストロムは、〈ナショナル・ジオグラフィック〉に載っていた、どこか遠い国の威勢のいい男たちが羊の毛を刈る写真をふと思いだした。三人でもう三十分ほどおしゃべりし、サラが、旅行から帰ったらウェイバリー・プレイス通りにある料理学校に通うといいわ、と推薦してくれた。スラッツは、食事代を払うといってきかなかった。ノードストロムは膝に置いてあったソニアのBMW用のお金から百ドル札十五枚を抜き取った。テーブルの下で、サラがコカインの小さな包みを彼の手にすべりこませた。

「ベルトーのせいでなくした分を追加しておいたよ。すっきりした形にしたいんでね。さあ、これで手打ちとしようじゃないか。もっともベルトーにはかわいそうなことをしたが」

三人はレストランをあとにし、ウォルドーフのロビーのはずれにあるホールへ出た。スラッツがノードストロムの肩をぽんと叩いていった。

「気にするなって。どうせけちなチンピラだったんだ」

真夜中に、ノードストロムはホテルの真っ暗な部屋に一人座り、月をながめながら睡蓮（すいれん）の葉を思いだしていた。ソニアから現代美術館へ行ってモネの巨大な睡蓮の油彩を観ることを強く勧められていたので、スラッツたちとの昼食をすませたあと美術館に足を運び、一時間ばかりぼうっとながめていた。いま月明かりのなかで、ウィスコンシン北部の湖のすべての睡蓮が、彼の目の前でくるくると舞っていた。なかには小さな黄色い花や大きな白い花をつけているものもあった。二十五年たってホテルの部屋にいるいまも、あの異様な花のにおいがよみがえってくる。朝になったら旅に出るのか、それともウィスコンシンに行って数週間過ごすのか、ノードストロム自身にもわからなかった。睡蓮の葉の下にはバスがひそんでいて、潜って睡蓮の葉を下から見あげると、さながら光の屈折した空中に浮かぶ緑の島のように見えた。コカインは、夕食をともにしたセファルディ系ユダヤ人にやった。彼はほっと胸をなで下ろしたが、ノードストロムが「スラッツとサラはいいやつだよ」というと、さすがに当惑を隠さなかった。セファルディ系ユダヤ人は、尻がみごとな神経症的イギリス女を連れていた。彼女はノードストロムのために女友だちを呼びたいといったが、ノードストロムは遠慮した。ほんとうに疲れきっていたのだ。ベッドに座って月明かりの下で息をする、それだけでいまは十分だった。息を吸いこみ、つぎに吐きだす。心の平安を保とうとするなら、これが一番手っ取り早かった。

エピローグ

父の死から一年がたち、十月の下旬に、ノードストロムは車を南へ走らせていた。車は七百ドル払って手に入れた六七年型プリマスだ。とくに急いでいるわけではなく、案内役もランド・マクナリー社の地図以外になかった。サバンナという町に立ち寄って二本の新品タイヤを買い求めながら、この町はきれいすぎて自分の趣味にあわないと思った。自意識過剰な土地は避けたかった。トランクのなかには、スーツケースがひとつ、本の詰まった箱、そしてもうひとつの箱には、身軽な旅を肝に銘じたにもかかわらず離れがたかった料理道具が入っていた。ノードストロムは、楽しいわけでも楽しくないわけでもなかった。つぎからつぎへと土地を拒み、なにもかもくまなく見るだけなのだから。そしてとうとう十一月の下旬のある日、フロリダのイスラモラダにある、評判はいいが給料はひどく安いという小さなシーフード・レストランに職を得た。ノードストロムの指は、海老の殻むきや蟹肉をほじくりだす作業ですぐにひりひり痛くなった。ストーンクラブでてのひらをぶすりとやってかなり痛い思いをしてからは、慎重になった。やがて一カ月もたたないうちに、その日の特別メニューを任されるようになった。

住まいはワンルームの観光客用キャビンで、粉々にした貝がちりばめられた道の突き当たりにあった。道端には湿気を好むマングローブが立ち並び、その向こうには船にとっては航行不能な礁湖が広がっていた。キャビンには、小さなガスレンジ、ダブルベッド、フォーマイカのテーブル、リノリウムの床、黒豹のランプ、いまにも壊れそうなエアコン、三つの籐椅子があった。蚊もたくさんいたが、べつに気にはならなかった。ウィスコンシンでさんざん慣れていたからだ。銀行に行くのが面倒なので、お金は冷蔵庫のフリーザーのなかの、凍ったオレンジジュースの缶をひっくり返したなかにしまっておいた。パルメット椰子の虫が集まってきても、殺しはしなかった。この虫が食べる量はたかがしれているし、人を刺したりしないからだ。ある日薄汚れた椰子の藪の奥に、大きなガラガラヘビを見かけてうれしくなった。手漕ぎボートを買ったはいいが、あやうく死にかけた。オール受けが壊れてボートが強い潮に持っていかれ、あっというまに沖あいに流されてしまい、荒れた海の上でまる一日過ごすはめになったのだ。帽子で水を掻きだし、片方のオールでなんとか漕いだ。漁師に救助され、病院に二日入院して日焼けの治療をしてもらった。まったくばかみたいな気分だった。気をつけていないととんでもない目にあうことを思い知り、新しい生活をはじめてから漫然と暮らしていたことを後悔した。凍ったお金をずいぶん解凍し、ボストン・ホエイラーとエヴィンルードの六十馬力エンジンを買った。現在入手できるボートのなかでもっとも安定したものだと判断したからだ。干満の境には、船べりに紐でとめた棹で礁湖のなかを滑らすことができるし、キャビンの脇に係留しておくこともできた。ノードストロムはリールひとつとルアーの一種であるジグをいくつか買い、フィンとマスクと海洋生物図鑑も買った。潮の引いたリーフをざぶざぶと歩いて底をながめたり、潮の通り道で釣りをし、釣った魚を図鑑で確かめては逃がしてやったりした。週に六日働いたが、朝と月曜日は探索のために休みを取った。この目新しい海に対する居心地の良さが増してくると、今度は海図とボート・トレーラーを買い、月曜日にはビッグ・パインまで足を伸ばした。この地域には、マングローブの小島がふんだんにあり、潮の通り道もたくさんあった。ある暑い日、深い潮の流れのなかから大物のターポンを釣りあげたが、ボートの近くの海面を勢いよく飛びだしてきて巨大な銀鱗をくねらせたまではよかったものの、えらが船縁にぶつかっているうちに針がはずれてしまったときは、ショックだった。その日は海が千色あまりのターコイズ・ブルーを見せてくれたような気がした。ノードストロムは、コックであるかたわら、海と風と雲の観察者となった。夜遅い時間には、トランジスターラジオにあわせて踊った。ノードストロムは、人なつこい地元の人々にとって格好の気晴らしのねたとなった。やがて同い年のキューバ人ウェイトレスと寝るようになった。彼女はポータブルステレオを持っていて、ラテン・ダンスを教えてくれた。彼がある晩二人のがっしりした体格の酔っぱらいをレストランからつまみだすと、地元の人々の好意はますます深まった。そのとき一人を殴って気絶させたのだが、ベルトーのことを思いだしていやになり、家に帰ってしばらく泣いた。フィレンツェにいる娘に手紙を書き、おしゃべりと同じ調子の返事を何通かもらい、フィリップとは、偉大なる思想家E・M・シオランに関していくつか洞察をやりとりした。キューバ人ウェイトレスがイスラモラダを棄ててマイアミに行ってしまうと、ノードストロムは、ちょっと陰気であまりセックスが好きそうでない女子大生と、三日間やりたい放題やった。母親から手紙が届き、ホノルルでほんとにジャック・ロードに会ってきたわよ、と書いてあった。そして、四月にヘンリーと一緒に二週間ほどこちらに遊びにくる旅を計画している、四月のほうが観光客も少ないし、ノードストロムも時間がとれるだろうから、とつけ加えてあった。二人はバスでこなければならないだろう。ヘンリーが、飛行機は、自分の生命に対しても空の生命に対しても侮辱だと思っているからだ。ある日ボートを運転しながら、ノードストロムはウツボと鮫を見かけ、骨の髄までぞくぞくした。

ある晩、休憩時間にレストランの裏手でタバコを喫っていると、二人のウェイトレスが近づいてきた。見ていると、二人はふと立ちどまり、たがいになにごとか囁きはじめた。海から引きあげられた巨大な珊瑚のかけら、海の小さな無脊椎動物がひしめきあってできた何百ポンドもの塊に腰を下ろし、夕方の休憩時間を過ごすのが彼の日課だった。丈の高いグラスで冷えたピニャ・コラーダを飲み、タバコを一本喫って、海をじっとながめる、ただそれだけのことだった。料理長という地位にあるいまは、ほかのコックたちも彼の座る場所に座ろうとはしなかった。二人のウェイトレスは、意を決して彼のもとにやってきた。二人ともぽっちゃりした顔で、くすくす笑っているが、一人はみごとなオリーブのような顔だちだ。二人からマリファナを勧められ、ノードストロムは長い曖昧な一服を喫った。二人はちょっと困っていた。今夜国道一号線沿いのバーでダンス・パーティがあるというのに、連れていってくれる人がだれもいないし、自分たちだけではバーに入りたくない、ということだった。人前で踊ったことのないノードストロムはためらった。しかし、内心思った。なに、かまうもんか。バーではその二人の女の子と踊り、ほかに踊りたいという子がいれば、一緒に踊ってやった。朝の四時になると、バンドの演奏は終了した。ノードストロムは、そのあともジュークボックスの音楽にあわせ、バーが閉まる四時半まで、ひたすら一人で踊りつづけた。

レジェンド・オブ・フォール

Legends of the Fall

1

一九一四年十月下旬のある日、第一次世界大戦の兵役に志願するため、三人の兄弟が馬に乗って、モンタナ州ショトーからカナダのアルバータ州カルガリーへ向かっていた(アメリカ合衆国は一九一七年まで参戦しなかったからである)。年老いたシャイアン族の〝一突き(ワン・スタブ)〟も、三兄弟の馬を引いて帰るため、彼らに同行していた。父親が、息子たちをおいぼれ馬で戦争に送りだすのは不謹慎だと思い、血統馬で行かせたからだ。ワン・スタブはロッキー山脈北部を知りつくしていたので、普通の道や集落からはるかに離れた荒野を抜ける近道をおもに選んで進んだ。一行が牧場を出発したのは夜明け前だった。まだ暗い馬小屋のなかでは、バッファロー皮のローブに身を包んだ父親が石油ランプを掲げ持ち、だれもが無言だった。別れぎわに息子たちを抱きしめたときの父親の吐息は、白い小さな雲となって天井の梁に登っていった。

朝一番の光が差しこんでくるころには風が出てきて、黄色く色づいたポプラの葉が吹き飛ばされ、丈の高い草の上を滑るように飛んで涸れ谷に落ちていった。最初の川を渡るときは、風に引きちぎられたハコヤナギの木の葉が流れの渦に捉えられ、岩に貼りついていた。彼らはふと馬をとめ、初雪で山を降りることを余儀なくされたハゲワシが、草むらのマガモの群れを追ってあえなく失敗する一部始終をじっと見守った。この谷間でさえ、高木の生育限界を超えた高所にそびえる、荒涼とした岩肌に風が吹きつけるときの、甲高く澄んだうなりが届いてきた。

一行は正午までには分水嶺に到達し、しばらく見納めとなる牧場を眼下に振り返った。寒風が大気の塵をきれいに吹き飛ばし、すでに二十マイルは離れているにもかかわらず、牧場は信じられないほど間近に見え、美しかった。思わず息を呑むその眺めに、三兄弟はじっと見とれた。けれども、感傷を恐れるワン・スタブはそうではなかった。北太平洋鉄道の線路を横断するときも、ワン・スタブは軽蔑したように顔をあげてじっと宙を見すえていた。さらに少し先へ行くと、真っ昼間にオオカミの悲しげな遠吠えが聞こえてきたが、だれもが聞こえないふりをした。白昼のオオカミの遠吠えは、もっとも不吉な前兆だからだ。一行は、その忌まわしい声から一刻も早く逃れようとするかのように、馬に乗ったまま昼食をとった。その声がふたたび降りかかってきそうな林間の空き地の隅には座りたくなかったからだ。長男のアルフレッドは祈りの言葉をつぶやき、次男のトリスタンは罵りながら馬に拍車をあて、アルフレッドとワン・スタブを追い越した。三男のサミュエルは、動植物相に鋭く視線を投げながらゆっくりと進んでいた。十八歳のサミュエルは一家の宝だった。すでにハーバード大学で一年を過ごし、優れた動物学者だったアガシの伝統を受け継ぐべくピーボディ博物館で学問にいそしんでいた。遅れたサミュエルを待って、ワン・スタブが広い草地の端で馬を止めていたそのとき、ワン・

スタブの心臓は一瞬凍りついた。糟毛が森から出てきたかと思うと、馬上の男の顔半分にすっかり白くなったバッファローの頭蓋骨がかぶさっていたからだ。サミュエルだった。老インディアンの驚きをよそに、サミュエルの笑い声が草地を渡って聞こえてきた。

牧場を出て三日目になると、風がやんで空気もぬるみ、太陽は秋の靄を通してぼんやりと鈍い光を放ちはじめた。トリスタンが鹿を撃ったことにサミュエルは辟易し、肉には儀礼的にしか口をつけなかった。アルフレッドはべつになにもいわなかったが、内心は、ワン・スタブとトリスタンがどうしてそんなにたくさん肉を食べられるのか不思議でならなかった。それにアルフレッドは、牛肉のほうがよかった。トリスタンとワン・スタブがはじめに肝臓を食べると、サミュエルは笑いながらいった。ぼくはいまでこそ雑食性だけど、そのうち草食性になるよ。でもトリスタンは正真正銘の肉食性だね。エネルギーを蓄えて、何日もぶっつづけで馬に乗っては寝て、酒を飲んで女とやりまくることができるんだ。トリスタンは、鹿肉の残りを田舎の農家にやった。この農家の主は一夜の宿として見るからにみすぼらしい納屋を提供してくれたが、子どもがたくさんいて濃いアンモニア臭がたちこめる小さな母屋に比べれば、一行にとってははるかにましだった。この農家の主も、ヨーロッパで戦争が勃発したことなど知らなかったし、ヨーロッパがどこにあるのかすらおぼつかなかったが、これはべつにめずらしいことではなかった。逆にめずらしかったのは、サミュエルが食事どきに一番上の娘に好意を持ち、ドイツ語でハインリッヒ・ハイネの詩を引用したことだった。ドイツ語は娘の母国語だった。父親は笑い出し、母親と娘は恥ずかしがって席を立った。夜が明けて一行が出発するとき、娘はサミュエルに、一晩かかって編んだスカーフをくれた。サミュエルは、娘の手にキスして手紙を書くことを約束し、金の懐中時計を取りだして、預かってほしいと彼女に手渡した。ワン・スタブは、囲い地のなかで馬に鞍をくくりつけながらこの光景を見ていた。ワン・スタブは、さながら〝滅びの運命〟を手にするかのように、サミュエルの鞍を取った。ちなみに〝滅びの運命〟は、その暗い魔の手のおよぶ範囲の広さにおいて並ぶもののない女性名詞である。パンドラ、メドゥーサ、酒神バッカスの巫女、エリニュスたちにしても、性的概念を越えた小さな神々ではあるが、みな女性である。地球の重さや美の神髄を計りえないように、死を理論的に捉えることなどだれにできよう。

カルガリーまでの残りの旅は、短いインディアン・サマーの真っ盛りだった。埃っぽい喉をビールで潤そうと、馬をつないで街道沿いの居酒屋に立ち寄ったところ、いやなことが起こった。店主がワン・スタブを拒否したのだ。サミュエルとアルフレッドは店主をなんとか説き伏せようとしたが、馬に水をやってから入ってきたトリスタンは、ただちに状況を把握すると、牛なみに太った店主を殴り倒して気絶させた。そしてこわごわ銃をかまえているポーターに向かって金貨を放り投げると、ウィスキー一瓶とペイルに入ったビールを抱えて店の外へ出て、一行は木の下でピクニックとなった。アルフレッドとサミュエルは、トリスタンの粗暴な振るまいには慣れていたので、肩をすくめるだけだった。ワン・スタブはビールとウィスキーの味を気に入ったが、口をゆすぐだけにとどめ、地面に吐きだした。もともとシャイアン族だったが、ここ三十年はクリー族とブラックフット族の土地で暮らしており、死ぬ前にレイム・ディアに戻ることができたら、そのときはじめて酔いしれるのだ、と決めていた。ワン・スタブが酒を吐きだすと、このシャイアンに無関心だったサミュエルとアルフレッドは笑ったが、三つのころからずっとワン・スタブのそばにいたトリスタンには、その気持ちがよくわかった。

カルガリーに到着すると、一行は志願兵としては異例の歓迎を受けた。地元騎兵隊の少佐が、彼らの父親と同じイギリスのコーンウォール出身だったのだ。少佐は帆船に乗ってこの年にファルマスから来航していたが、到着先はアメリカのボルチモアではなくカナダのハリファクスだった。少佐はアメリカ合衆国が参戦を拒否したことに困惑を示し、この戦争は大規模で長期的なものになるだろうという正確な認識を抱いていた。それに比べてカナダ人はきわめて楽観的であり、ヨーロッパ大陸にひとたび自分たちが上陸すれば、カイザー率いるドイツ兵など蜘蛛の子を散らすように逃げてゆくと思っているのだった。しかし、そういう単細胞なうぬぼれ屋こそまさに兵士としてはうってつけだった。しょせん国際政治経済の策謀のために散る鉄砲玉でしかなかったからである。三人は、列車でケベックにある軍隊輸送船に送られたが、それに先だつ一カ月の訓練期間中、アルフレッドは早くも士官に任ぜられ、サミュエルは学校で学んだドイツ語と地形図を読む能力のおかげで副官となった。一方トリスタンは、飲んで騒いでばかりいたせいで馬の世話係に降格されてしまったが、当人にしてみれば、そのほうがはるかにましだった。制服姿は恥ずかしかったし、訓練は涙が出るほど退屈だった。父親への忠誠心と、サミュエルの面倒をみなければという意識がなかったら、すぐにも兵舎を脱走して、盗んだ馬に乗り、ワン・スタブを追って南に下ったことだろう。

ショトーでは、ウィリアム・ラドロー（技師、元合衆国陸軍大佐）が眠れぬ夜をいくつも数えていた。息子たちが出発した朝に風邪を引いたまま一週間床に伏し、じっと北の窓をながめながら、ワン・スタブが知らせを持って戻ってくるのをいまかいまかと待っていた。どんなに小さな知らせだろうとかまわなかった。ラドローは妻に長い手紙を書いた。妻はボストンの北にあるプライズ・クロッシングで冬を過ごし、オペラやオーケストラの公演があるときの宿泊用にルイスバーグ・スクエアに面した家も持っていた。妻は五月から九月にかけてのモンタナを愛したが、冬には列車に乗ってボストンの文明に舞い戻るのも同じくらい愛していた。この季節ごとの往復は、当時の金持ち地主たちのあいだではべつにめずらしいことではなかった。ちなみに俗説とは異なり、カウボーイたちはけっして牧場を所有しなかった。彼らはただの馬の専門家であり、いわば当時のさまよえるヒッピー、人間より馬を熟知していることで有名なコサック人のようなものだった。実際、モンタナ中北部にある大規模な牧場のなかには、当人たちが住んでいるわけではなかったが、スコットランドかイングランドの貴族が所有しているものが少なくなかった。（粗暴なアイルランド人であり、貴い生まれかどうか怪しいサー・ジョージ・ゴアなどは、〝気晴らし〟と称して千頭あまりのエルクとほぼ同数のバッファローを殺し、インディアンの怒りを買った）。

しかし、手紙を書くラドローの心は深い悲しみに沈んでいた。妻はサミュエルを戦争に行かせてはいけないといっていたのだ。前の年、妻はボストンで毎週土曜の昼食をサミュエルとともに過ごし、ハーバード大学で経験したその週のおもしろい出来事を聞かされ、そのことをラドローにも話してくれた。妻が末っ子のサミュエルを産んだ当時、アルフレッドはすでに几帳面できまじめな性格の子どもであり、トリスタンは手に負えなかった。サラエボ事件から一カ月たった九月のある日、妻は夫と喧嘩し、三日をかけて荷造りしたあと、家を出ていった。いまラドローは、妻を喜ばすためだけでも、サミュエルを戦争になどやらないでハーバードに送り返すべきだったと後悔していた。妻は若いまたいとこのスザンナを東部から連れてきていた。アルフレッドの嫁にどうかと思ったのだが、実際にはスザンナはトリスタンと婚約してしまった。ラドローにはこれが愉快だった。婚約祝いの晩餐会のあと、トリスタンがワン・スタブと一緒に、二頭の牛を殺したグリズリーを探しに一週間も姿を消してしまったことには弁解の余地はなかったが、ラドローは、トリスタンの飄然とした振るまいが、内心気に入っていたのだ。

ラドローは布団をかけて横になりながら、人生の足跡である数冊のスクラップブックをながめているうちに、微熱とあいまって気分が高揚してきた。生来の情熱的な精神も、もはや皮肉にしかなりえない年齢に達していた。過去は濁った泥沼と化し、そこからはもはやなんの結論も引きだせなかった。しかしながら、六十四歳とはいえ、健康と元気のよさは衰えを知らず、両親も八十代なかばながらイギリスのコーンウォールで健在だったので、なんらかの事故にあいさえしなければ、自分が望む以上に長生きできそうだった。スクラップブックのなかに、メキシコのベラクルスにいたころに書いた、やけに情熱的な詩を見つけ、読んでいるうちに、その詩が『鱈の生殖能力』という新聞記事のとなりに貼ってあることに気づいておかしくなった。

鉱山技師としてラドローが赴いた土地は、メインからメキシコのベラクルス、アリゾナのトゥームストーン、カリフォルニアのマリポサ、そしてミシガンのアッパー半島の銅山地帯まで、じつに広範囲にわたった。三十五歳まで独身で、やがてまったく意外な相手——マサチューセッツのきわめて裕福な投資銀行家の娘——と結婚した。べつに富に目がくらんでこんな不釣りあいな結婚をしたわけではなかった。なにしろ彼には依然ベラクルスの銀山からの利益が月に五百ポンド、当時のドルに換算して四千ドルもあったのだ。しかしその収入はヘレナにある銀行に振りこまれるので、ラドローは年に何度かヘレナを訪れ、自分の投資物件の様子を見ては、牧畜業者クラブで羽目をはずしてくるのだった。結婚生活はすでに燃えつき、当初のキーッばりの燃えさかる情熱も、よそよそしさと気むずかしさの同居した慎しみへとしだいに変化していった。ハネムーンにヨーロッパまで足を伸ばしたことで二人は文明の洗礼を受け、それがひいては、妻が冬のあいだボストンに愛人を囲うことに対する夫の不干渉主義につながっていった。妻のボストンでの愛人は、たいてい彼女よりもはるかに歳下だった。ごく最近のスキャンダラスな情事の相手はハーバードの学生で、名をジョン・リードといった。この若者はやがて有名なボルシェビキとなり、モスクワで発疹チフスにかかって命を落とすことになるのだった。当時の裕福な男女同権論者たちの例に洩れず、彼女の好奇心は旺盛で、周囲を当惑させた。最初の子どもが生まれたときは当然のごとく祖父の名前をとって名づけたが、つづく第二子は、彼女の数少ない衝動の矛先をまともに受け、彼女がウェルズリー大学時代に学んだ中世の民間伝承からとって〝トリスタン〟と名づけられた。いかにも彼女らしいのが、女性としてはじめてアメリカでポロをはじめたことで、その腕前は、世界を自分の厩とみなす快楽主義的男性ポロ競技者たちにまじっても一歩も引けを取らなかった。しかも、五十代というのにその美しさは衰えず、かつて細身だった体に後年そなわった肉感とあいまって、途方もない魅力を放っていた。彼女は末っ子をなんとか芸術家にしようとしたが、サミュエル自身は父親の科学志向を受け継ぎ、自然便覧を片手に牧場のまわりを散策しながら、便覧にあるヴィクトリア朝時代の誤りを訂正することにひたすら没頭するのだった。

息子たちが出発して以来はじめて食事に降りてくると、ラドローは、ダイニングルームのテーブルの上座にぽつんとひとつ用意された食事を見て、落胆をあらたにした。赤々と燃える暖炉でさえ、その寒々とした光景を和らげることはなかった。台所では、牧童頭のロスコー・デッカーが座って妻とコーヒーを飲んでいた。デッカーの妻は、ペットという愛称を持つクリー族の名高い美人だった。ラドローの妻は、『アリ・バブ』として知られる古いフランスの料理本をもとに、ここ数年間ペットにうまい料理の作り方をたたきこんでいた。デッカーは（ロスコーと呼ぶものはいなかった。本人が自分の名前をきらったのである）年のころは四十ほど、牧童らしく細長い脚の持ち主だったが、胸板の厚さと腕の太さはまるで牡牛だった。若いころから杭の穴掘り作業ばかりやっていたからだ。

ラドローは、一人じゃ寂しいからみんなダイニングルームで一緒に食べないか、と声をかけた。ペットがコーヒーを注いで、首を振った。デッカーは目をそらした。ラドローは、十年間たがいに仲良くやってきたにもかかわらず、ここで二人に食事をともにすることを命じなければならないかと思うと、情けなさと怒りで顔が赤くなるのがわかった。ラドローとデッカーは、午後のコーヒーをぎこちなく飲んだ。せっかくペットがかまどで煮ているリンゴ酒入りのノルマンディ風鹿肉シチューのにおいもだいなしだった。デッカーは牛のことを話そうとしたが、ラドローは怒ったように遠くをじっと見ているばかりで、耳に入らないようだった。ラドローが見つめていたのは、デッカーの九歳になる娘、イザベルだった。その名はラドローの妻からとられたものだった。イザベルはなにかを抱えて納屋の前を歩いていた。イザベルがポンプ小屋を通って台所のドアを入ってくると、トリスタンが彼女にくれた生後数週間のアナグマであることがわかった。ペットが娘に、そんなけもの外へ出しなさい、と叱ったが、ラドローはふと興味をそそられ、それをさえぎった。どうやらアナグマは病気らしく、ラドローはイザベルに、ミルクをやるときはかならず温めるんだ、肉は挽いてペースト状にしたら食べるかもしれん、と教えてやった。ペットは肩をすくめ、ビスケット生地をこねはじめた。そのあいだラドローはミルクを温め、デッカーがアナグマの具合を調べた。みんなは食料貯蔵室に古い哺乳壜と乳首がしまってあるのを見つけ、イザベルがあやしながらミルクを飲ませてやると、アナグマはごくごくと飲んだ。ラドローはうれしくなり、コーヒーのほかにグラスを用意してアルマニャックの瓶を取りだし、自分とデッカーに注いだ。するとイザベルが、合いの子呼ばわりされたからもう学校になんか行きたくない、といいだした。そこでラドローは、それじゃわたしがおまえの勉強を見てやろう、さっそくあしたの朝八時からはじめるぞ、といった。場の雰囲気が一気に明るくなったので、ラドローは、食事にあいそうな上等なクラレットの瓶を取りに地下室に降りていった。何年ものあいだラドローは、上等なワインに対する妻の嗜好に無関心だったが、しだいに考えを変えるようになり、ワイン関係の本を読み、ときには地下室のワインが底をつくほど飲み騒いだこともあった。そのときはたまたま、鉄道官吏からひそかに買ったワインを載せたサンフランシスコ行きの北太平洋鉄道が脱線してしまったことも原因だった。地下室のなかで、ラドローは問題を解決した。そうだ、台所でみんな一緒に食べればいいではないか。ワン・スタブが戻ってきたら、ワン・スタブも一緒にだ。それなら息子たちがいないやりきれなさも少しは和らぐにちがいない。それに冬の燃料も節約できる。ダイニングルームは閉めてしまえばいい。デッカーの家族を客室に引っ越させて、かわりに三人の牧童をデッカーの小屋に住まわせてやろう。ワン・スタブが自分の小屋を出ようとしないのは、だれもが知っていた。そしてワン・スタブは、自分の小屋にはだれ一人入れようとしなかった。唯一の例外がイザベルだったが、それも彼女が三歳のときに病気をして、ワン・スタブが儀式をしようと申し出たときだけだった。けれどもラドローは、ワン・スタブが自分の手柄をしまっておく袋には頭蓋骨がぎっしり詰まっていて、しかも白人のものが少なくないことを知っていた。知っていながらなにもいわなかった。

夕食のあと、みんなでトランプのピノクルを一晩じゅうやったが、ラドローとデッカーはワインとブランデーをしこたま飲んだせいで、勝ちはペットとイザベルにいった。ラドローはデッカーに、あしたは仕事を休んでくれ、セッターを連れてわたしと雷鳥狩りに行こう、といった。デッカーは、ワン・スタブはあと二、三日もすれば戻ってきますよ、といった。ペットが果樹園の完熟プラムで作ったプディングを出してくれた。イザベルは椅子でうたた寝し、毛布にくるまれたアナグマが膝の上でじっと彼女を見あげていた。真夜中の十二時になって、ラドローはすっかり落ちついた温かい気分でベッドにもぐりこみ、こう思った。世のなかやっぱり捨てたものではない。戦争もまもなく終わるはずだ。あすはデッカーと狩りに出かけて獲物をどっさりしとめよう。ラドローは、いつもの就寝前の祈りを捧げるときに、ふと気分を変えてワン・スタブをつけ加えた。もっとも異教徒のワン・スタブには、キリスト教のお祈りは効(き)かなかったにちがいないが。

午前三時をわずかに過ぎたころ、ラドローはおびただしい寝汗をかいて、ひどく生々(なまなま)しい夢から目覚めた。あまりに鮮明な夢で、半時間すぎたあとも震えが止まらないほどだった。ラドローは、息子たちが戦争で死ぬ夢を見たのだ。夢のなかの自分は、ぽつんと突き出た丘の上で無力に立ちつくしていた。下を見ると、自分がエルクの革でできた脚半(レギンス)をつけているのに気づいた。自分はワン・スタブだったのだ。ラドローは、パイプに火をつけ、灯油ランプの影が壁にゆらめくさまをじっと見つめながら、いったい夢のなかで自分はどこにいたのだろう、と思った。頭のなかには一八七四年のことがあっただけに、その夢はいっそう現実味を帯びていた。あのときショート・パイン・ヒルズで野営していると、斥候(せっこう)役のワン・スタブが到着し、淡々(たんたん)とした口調で、スー族の指導者シティング・ブルが五千人の勇敢な戦士を引き連れてタング川から彼らのいる南に向かっている、と教えてくれたのだ。そこでラドローたちは罠から逃(のが)れるため、三日のあいだ昼夜を問わず夢中で馬を走らせた。疲労で倒れる者が続出し、鞍に紐でくくりつけなければならなかったほどだった。

ラドローはローブの前をしっかりあわせ、廊下へ出て、まずアルフレッドの部屋をのぞいてみた。なかには感傷的ながらくたや鉄アレイ、精神修養の本などがあった。つぎにサミュエルの部屋に入った。顕微鏡、うなるクズリをはじめとする動物の剥製、植物標本、子どものころ川から拾ってきた鷹そっくりの流木などが散らかっていた。トリスタンの部屋にはここしばらく入ったことがなかったが、じつにがらんとしたものだった。床にはミュールジカの皮、ベッドの枕カバーにアナグマの皮、そして部屋の隅には小さなトランクがあった。ラドローは、枕カバーになったアナグマが、トリスタンが十歳のときにペットにしてかわいがっていたものだとわかり、思わず顔をしかめた。このアナグマは妻の小型犬を咬み殺してしまい、妻がヒステリーを起こしたため、やむなくラドローが撃ち殺したのだ。アナグマはもともと攻撃的なものだが、トリスタンのペットとなったアナグマは、トリスタンと一緒によく馬の背に乗り、鞍の前橋にちょこんと丸くなっていたものだった。だれかが近づこうものなら喉からしゃーっという威嚇音を発したが、ワン・スタブだけは例外だった。ラドローはランタンをトランクの上に掲げ、かがみこんだ。いい年をしたのぞき屋のような気がしないでもなかったが、好奇心を抑えることはできなかった。トランクのなかで、スペイン製の拍車についたスターリング銀の刺輪がランプの明かりを受けてきらきら輝いた。トリスタンが十二歳の誕生日を迎えた日に、ラドローが贈ったものだった。ほかにはシャープスのバッファロー用ライフルの銃弾数個、素性が判然としないほど錆びた拳銃、瓶に入った石の鏃などがあった。熊の爪のネックレスもあったが、これは明らかにワン・スタブからの贈り物だった。ラドローは、トリスタンの父親は自分よりむしろワン・スタブではないかとよく思ったものだった。トランクの底のほうに、なにかがレイヨウの皮に包んでしまってあり、驚いたことにそれはラドロー自身の書いた本だった。政府印刷局によって一八七五年に発行されたもので、裏表紙には、〝わたしの父がこの本を書きました〟と子どもっぽい字で書いてあった。

ラドローが急に立ちあがると、手に持ったランタンが危なげに揺れた。ラドロー自身は、三十年あまりこの本を開いたことがなかった。その本で書いたスー族に関する自分の提案が、受け入れられるどころか侮辱され、それがきっかけで任を辞してベラクルスに発つことになったという経緯があり、やりきれない思いが胸に残っていたからだった。トリスタンがところどころ下線を引いて書きこみをしてあるのに気づき、あれほど無学で頑迷な若者が、専門書としか思えない本をいったいどう考えるのだろうと興味を持った。ラドローはその本を自分の部屋に持ち帰り、眠れないときのためにベッドの下に置いてあるデミジョン瓶入りのカナダウィスキーをグラスに注いだ。

書名自体は、その歴史的皮肉に気づかなければ退屈なものだった。『ダコタのブラック・ヒルズに関する調査報告――一八七四年夏　作成者ウィリアム・ラドロー　工兵隊長　合衆国陸軍名誉中佐　ダコタ技師局長』。少なくとも当時ラドローは科学者として通っていたので、第七騎兵隊に配属されたときも、位の同じジョージ・アームストロング・カスター中佐の指揮下にあった。コーンウォール出身らしく無駄口を叩かないラドローは、このカスターを毛嫌いし、科学者仲間の輪からほとんど出なかった。科学者たちのなかには、エール大学のジョージ・バード・グリネルなどのかけがえのない仲間もいた。カスターは、とりわけ不安になったり怒ったりしたときはよくラドローのイギリス訛をまねたものだが、これは許しがたいほど浅薄な言動だった。三年後の一八七七年に、カスターがリトル・ビッグホーンで殉死したと聞いたときは、ラドローはひそかに祝杯をあげた。ラドローが作成した報告書の結論部分で提案したことは、簡潔で直接的なものだった。隣接する大草原の炎天の灼熱と極寒の嵐が避けられるといったことも含めてブラック・ヒルズの明らかな利点を並べたあと、ラドローはこう提案したのだ。

> しかしながら、これには対インディアン問題の最終的な解決が事前に必要不可欠である。この地域はインディアンの土地所有者たちから、狩りの場として、また聖域として、大切にされている。先見の明のあるインディアンたちは、未開の部族たちの主な生活の糧であるバッファローが、もはや生活の糧としては不十分な時代がやってくることを予測し、ブラック・ヒルズ近辺を未来の定住地と定め、移住を楽しみにしてきた。ところがそこで待ちうけるのは、ゆるやかに絶滅へと向かう自分たちの運命となってしまうわけである……インディアンが移住できるような土地は、これより西にはない。

ラドローはウィスキーをぐいっとあおりながら、自分をなかば世捨て人にしてしまった政府の恐ろしさや詭弁以上に、トリスタンの走り書きに惹かれた。ラドローは、トリスタンが興味を持ったイナゴの異常発生をよく覚えていた。

ある朝数えてみたら、一平方フィートくらいの面積に二十五匹いた。ざっと見積もっても、一エーカーで百万匹……きわめて貪欲であることを考えると、植物に対するその破壊力のすさまじさは想像にかたくない。長距離にわたる飛行能力もまた驚異的だ……まる一日、羽を拡げたまま風に乗って絶えず動かしつづけることができるらしい。その群れはかなりの高さまで空を埋めつくす……光を受けた無数の羽は、まるで風まかせに漂う綿毛のかたまりだ……陽射しが斜めに差す時間帯に降下してくるときは、まるで大きな雪の結晶が降るみたいだ。

ラドローは、カスターがブロンドの長髪にしがみつくイナゴを振り払うためにときどき言葉を区切りながら、部隊の兵士たちに常軌を逸した演説をしたときのことをふと思いだした。それから、トリスタンが下線を引いた部分だけを拾って読み進んだ。黄土色の景観を真っ赤に染める血のように赤い月のことを述べた部分にも下線があり、それにはこう書き加えてあった。〝この現象を一度だけ見たことがある。スタブと一緒に焚き火をしていたときだったが、スタブはじっと無言だった〟しかし、もっともラドローの心に焼きついた段落は、バッファローの頭蓋骨に関するくだりだった。ラドローが思うに、これはワン・スタブのゴースト・ダンス信仰とトリスタンの子どもっぽい情熱を予見するものだった。〝バッファローを撃っておきながら、その肉を残さず食べたり、その皮でテントやベッドを作ったりしないものは、自分が撃たれるべきだ。いったん撃ち殺したら骨髄まできれいに食べなければいけない。スタブの話によれば、骨髄は人間の健康維持に必要なあらゆるものを含んでいるのだ〟ラドローはバッファローの頭蓋骨や、伝書鳩を追いかけて馬の下をくぐったハヤブサの羽にあたった光を思いだした。

〝ほんの数年前までは、ぼくらが通り過ぎてきた田舎はバッファローの好む餌場（えさば）であり、彼らの白い頭蓋骨が大平原のいたるところに点在していた。インディアンたちはときどきこの頭蓋骨を集め、地面に配置することによって奇妙な模様を描いた。これらの配置のひとつに、頭蓋骨が赤と青で円を描くようにして縞模様に塗られ、十二個ずつ平行に五列並べられて、すべての頭蓋骨が東を向いているものがあった〟

ラドローは酒を飲みおえ、うとうとしはじめた。ランプをつけたままにしておいたのは、息子たちが死ぬ夢、毒々しい色彩で芝居がかった滅びの運命がふたたびあらわれるのを恐れたからだ。ラドローは過ぎさった人生を頭のなかに整理しようとするほど愚かではなかったが、息子たちを通した二度目の人生は誤って送ってしまったという苦々しい思いがあった。それでもアルフレッドとサミュエルは落ちつくところに落ちついたが、トリスタンはそうはいかなかった。ラドローは、たとえ一時的にしろ、毛色の変わった科学的概念ならなんでもおもしろがり、性格は隔世（かくせい）遺伝する場合が多いという当時流行した説に惹かれていた。ラドローの父親は帆船の船長であり、八十四になったいまも現役だった。子どものころのラドローには、父親は豪放（ごうほう）磊落（らいらく）で魅力的な船乗りに映った。ラドローの軽い放浪癖は、父親の話に触発されて形成されたものだった。父親は、ペルー沖のフンボルト海流で月明かりを浴びて身を躍らせる巨大イカを見たことや、ホーン岬を時速七十ノットの強風に乗ってまわると男は生まれ変わるといったことをラドローに話して聞かせてくれた。ある年ラドローは、クリスマス・プレゼントにジャワ島原住民の縮んだ頭部をもらい、翌年はシャムの小さな黄金の仏像をもらった。世界じゅうの鉱物の標本などは、それこそひっきりなしにもらっていた。どうやらトリスタンは、遺伝学的にラドローを飛び越え、祖父の血を受け継いだらしかった。そして旧約聖書のカインのように、人の指図には耳を貸さず、みずからの運命はみずからの手で定めていくため、一見感謝の気持ちが足りないように見える彼の精神になにが起こっているのか、家族のだれ一人として知りようがなかった。十四のときにトリスタンは学校をやめ、なんでも買えるほどの数のオオヤマネコを捕らえたが、その皮でコートを作らせてボストンに送り、母親を唖然とさせた。かと思うと、ラドローのパーディのショットガンを借りてふらりといなくなり、三カ月たって牧場に戻ってきたときには金の入った袋を持っていた。狩猟クラブで行なわれたトラップ射撃とスキート射撃のコンテストで優勝したのだ。その金は、ワン・スタブに新しい鞍とライフル、サミュエルに顕微鏡、アルフレッドにサンフランシスコへの旅を贈ることで消えていった。家族には金がおそらくあり余っていたが、トリスタンには自分で金を稼ぎだす才能があった。あるときヘレナの保安官から手紙が来て、売春婦たちのなかに十五になるトリスタンの姿があったとあるのを母親が読んでかんかんに怒ったので、ラドローはしかたなく説教したが、その説教も、女たちはきれいだったかというようなラドロー自身の好奇心を満たす方向に逸れていった。ラドロー自身、一月おきにヘレナに行くときは、十年来関係がつづいている女教師とかならず幾晩か過ごした。牧畜業者クラブの古い仲間たちに対しては、テディ・ルーズベルトの「命の酒にはブランデーをちょっと足したくなるものだよ」という言葉を好んで引用したが、政治家などしょせん悪党ばかりだと思うと、あとになってばかなことをいったと後悔した。しかし、もはやトリスタンは自分の手のとどかないところに行ってしまったし、向こうから便りがくる可能性はほとんどなかった。ラドローの父親も、便りなど寄こしたことがなかったからだ。数年前、父親がオークニー諸島に船を走らせていたとき、ラドローは新しい船を買い与えてやったが、それに対する礼の手紙さえきわめて短いものだった。〝息子へ。家族は元気でやっていることと思う。孫たちを遊びに来させろ。かわいい子には旅をさせるんだ。しかしおまえの金の世話になるとはな。一セント残らず返すぞ〟それ以後わずかな額が定期的にヘレナの銀行に振りこまれた。送る場所はキプロスからダカールまでいろいろだった。眠気で目がかすみながらも、ラドローは、戦地からの知らせが届いたかどうかたしかめるために、トリスタンの婚約者であるスザンナに手紙を書かなければならないだろうと思った。スザンナは、並はずれた知性を持つ華奢な美人だった。

ラドローは夜半になってから眠りにつき、目覚めたときは、デッカーがすでに狩りに出かける準備を整えて何時間も待っているのを知って恥じいった。窓の外に目をやると、眠っているセッターたちが見えた。レモン色のまだら模様を持つその犬たちが芝生の上で寝そべる姿は、一瞬、シラカバ林の木漏れ日を見るような錯覚を引き起こした。このみごとな犬たちは、一年おきに狩りに訪れるラドローの友人によって、デボンシャーから直送されてきたものだった。

正午までには二人で七つがいの雷鳥を撃ち、セッターも人間も、十月下旬にしてはめずらしい暑さのせいでくたくただった。しかし北の地平線は暗く、モンタナの気まぐれな天候からすると夜には雪になるかもしれなかった。二羽の雷鳥を焼きながら、デッカーは提案した。戦争で牛肉の値が釣りあがるでしょうから、つぎの春には仔牛を千頭買っておいたほうがいいですよ。それと、トリスタンがいなくなったんで、代わりの牧童が二人必要です。ちょうどフォート・ベントンの近くにペットのいとこが二人いて、一人は黒人との混血なんですが、よければ雇ってやってください。二人とも腕はたしかですよ。ラドローは、犬たちに雷鳥の心臓と肝臓をやりながら、デッカーの提案を全面的に受け入れた。そしてぼんやり考えた。黒人とクリー族の混血というのはいったいどんな顔をしているのだろう。さぞかし醜いにちがいない。そうこうするうち、ラドローは、炭火に焼ける雷鳥の皮のにおいを嗅ぎながら、日溜まりのなかでうとうとしはじめた。そのときデッカーの目に、切り立った峡谷の上にいるワン・スタブの姿が見えた。しかし雷鳥は二羽しか焼いていないため、ワン・スタブが礼儀として二人の昼食が終わるまで降りてこないのはわかっていた。デッカーを荒くれどもの町ゾートマンから連れ戻してくれたのはワン・スタブだった。そしてラドローは、デッカーがなんらかの罪で逃走中であることを知りながら、雇い入れてくれたのだった。ラドローはデッカーにつつかれて目を覚まし、むしゃむしゃと雷鳥を食べた。ラドローはこの深い峡谷が好きだった。峡谷の壁のひとつから小さな泉が湧きだしているところがあり、死んだらその湧き水の近くに埋めてもらうつもりでいた。彼はすでにその一帯二万エーカーの土地を——といってもこの近辺の牧場としてはさほど広いものではなかったが——手に入れていた。その一帯が鉱山的にはなんの価値もないことが明らかになったとき、鉱山関係者である知人から二束三文で買ったのだ。水だけは豊富で、いまの牧場の三倍の数の牛を養えるほどだった。しかし、ラドローには牛の数を増やす気はなかった。べつに欲はなかったし、牧童が多ければ多いほどいろいろ問題も起こってくるからだ。それに牛たちが山を踏み荒らしたりすれば、狩りをする鳥がいなくなってしまう。犬たちが、降りてくるワン・スタブのにおいを嗅ぎとり、狂ったように尻尾を振った。老いたワン・スタブがデッカーのフラスクから酒を口に含んでぷっと焚き火に吐きだすと、炎がぼうっとあがった。ワン・スタブのあやつる英語がラドローのイギリス訛の影響を強く受けているのを聞くたびに、デッカーはおかしくてたまらなかった。

夜更けに冬がやって来た。翌日には妻から怒りに満ちた懇願の手紙が来た。ラドローの力でサミュエルを軍隊から連れ戻せないかという内容だった。アルフレッドがカルガリーから手紙を寄こして万事順調だといってたけど、心配でとても眠れないわ。あの子たちはイギリスなんて国を見たこともないのに、どうして守りにいかなくちゃいけないの。あなたの誤った冒険的人生観があの子たちを戦争に押しやったんだわ。わたしの気持ちなんてちっとも考えずに。こういう内容の手紙が秋の終わりごろから一月までつづき、閉経期特有のヒステリックな調子が激しくなる一方なので、自身もぼんやりと不吉な予感に苛まれていたラドローは、もはや妻からの手紙を開封しなくなった。クリスマス前のヘレナへの旅も取りやめにし、女を抱きたい衝動もいっさい感じないまま、毎朝数時間小さなイザベルに読み書きを教える以外には、本を読んだり、あれこれ考えごとをしたりして毎日を過ごした。ある日、生活必需品とクリスマス・プレゼントを買うためにデッカーをヘレナにやると、デッカーが発ったその翌日に連邦保安官がやってきて、ジョン・スロンバーグという男の所在を知らないか、とたずねられた。数年前にミネソタのセント・クラウドで銀行強盗をやったお尋ね者で、このあたりにひそんでいるという噂がある、ということだった。デッカーの若いころの写真を見せられてもラドローは驚きの表情をあらわさず、この男なら三年前にここを通り過ぎたな、なんでもオーストラリア行きの船に乗るとかでサンフランシスコへ行く途中だったが、と答えた。連邦保安官は疲れたようにうなずくと、食事をたっぷり食べたあと、ショトーに向かって、迫りつつある闇のなかに消えていった。

ラドローは、連邦保安官が万一どこかで待ちぶせしていてはまずいと思い、一時間待ってからワン・スタブをヘレナにやり、デッカーにすぐ戻るよう、そして帰り道では町や街道はいっさい通らないよう警告させた。いろんなことが悪いほうに向かっているように思えてならなかった。ぼんやり考えごとをしていると、ペットが湯あがりの体を拭いているところにうっかり足を踏みこんでしまった。そういうことの積み重ねでラドローはすっかり気弱になり、重く息苦しい気分だった。息子を一人でも取りもどせるものなら、牧場さえ喜んで手放したにちがいない。

ボストンにいるラドローの妻イザベルは、バス歌手のなかでも最低音域を得意とするバッソ・プロフンドのイタリア人歌手に夢中になっていた。男は英語がまったく話せなかったので、もっぱら情事はイタリア語で行なわれ、彼女は観光客向けの簡単なイタリア語を操った。暖炉の前で東洋趣味のもったいぶった椅子に深々ともたれ、男の頭を胸にのせたまま、二人でオペラのこと、フィレンツェのこと、サンフランシスコとロサンゼルスへの演奏旅行で男が見たいと思っている本物のインディアンのことなどを話した。じつのところイザベルは、この男に退屈していた。男の短く激しい愛し方が物足りなかったのだ。愛人たちが思うほど、彼女は精神的な愛を求める女ではなかった。イザベルは息子トリスタンの夢を見てしまい、自分の胸にのっている歌手の頭をながめながら、トリスタンが子どものころ肺炎にかかったときもこうして抱いて本を読んでやったことを思いだした。その睦まじい親子の仲も、トリスタンが十二の秋に彼女が冬のあいだボストンに戻るのを選んだことで、無惨にも引き裂かれてしまった。気性の激しいトリスタンは、イザベルの決断を責め、その冬のクリスマスまでに彼女が帰ってくることを毎日神様に祈っていると手紙に書き、いよいよ帰らないとなると神を呪いはじめ、以来頑固な無神論者となった。春になってイザベルが牧場に戻ってみると、トリスタンが冷たくすげない態度をとるので、彼女はラドローに不満を洩らした。しかしトリスタンは、母親のことになるとラドローにもいっさい話そうとしなかった。そこでイザベルは病気を装うことにし、息子たちがおやすみのキスをしにぞろぞろ部屋に入ってきたときに、トリスタンだけを引きとめ、蓄積した手練手管を駆使しながら感傷と涙に訴え、一時的に頑固なトリスタンの気を惹くことができた。そのときトリスタンはこういった。生涯母さんを愛するだろうけど、神様を信じることはできない。だってぼくは、神様を呪ってしまったんだもの。

ラドローとイザベルのもとにそれぞれ最初の軽い衝撃が走ったのは、一月下旬のことだった。乗馬術の苦手なアルフレッドがベルギー北西部のイープル付近で落馬し、膝と腰を骨折したという知らせが届いたのだ。しかし野戦病院での治療の経過は順調で、五月には両親のもとに帰れるだろうということだった。カルガリーの少佐はラドローに異例の悔やみ状を送ってきた。アルフレッドは聡明な若い士官であり、軍にとってはきわめて大きい損失であります。残念ながらトリスタンのなにごとも意に介さない態度がアルフレッドの勇敢さに水を差すことになってはおりますが、ひとたび戦さとなれば、トリスタンもさぞ立派に戦うことでありましょう。サミュエルの有能ぶりは目を見張るものがあり、どの将校の目にも留まるほどの人気者であるため、いずれどこかの大将に引き抜かれてしまうのではないかと心中穏やかならざるものがあります、云々。文面をみながら、ラドローはトリスタンがどれほど軍の規律を乱しているかわかった。罪悪感に駆られ、一瞬、春に戻ってくるのがアルフレッドではなく、サミュエルかトリスタンのどちらかであればよかったのにとさえ思ったほどだ。カナダ人部隊は、フランスではヌーブシャペルとサントメールのあいだに野営した。彼らは戦争がはじまったばかりでいまだに楽観的な見方をしていたが、同じ英語圏の他国人兵士たちは、そんな彼らをでたらめでがさつな素人集団とみなしていた。とくにその傾向が強かったのが英国陸軍士官学校出身の無骨で血気盛んな将校たちで、彼らは戦争を自分たちの輝かしい戦歴の一部と見なしていた。ゲルマン民族特有の愚かさは、なにもドイツ兵だけのものではなかったのだ。しかし、ひとたび戦いになったときの攻撃性に関しては、カナダ人を謗るものは一人としていなかった。彼らの勇猛さは、むしろあり余りすぎるほどだったのだ。

トリスタンは、中隊の荒くれどものなかでも最悪の部類の兵士たちとテントをともにしていた。アルフレッドは、野戦病院にトリスタンが見舞ってくれたときは恥ずかしい思いをした。傍若無人の振るまい、だらしない身なり、おまけに軍靴には馬糞がこびりついているありさまだったのだ。トリスタンはワインの瓶をこっそり差し入れてくれたが、アルフレッドはそれを断った。アルフレッドの仲間の将校が見舞いに駆けつけると、トリスタンは挨拶もせずに座ったままワインを飲み、ひとことワン・スタブへのことづけをアルフレッドに頼んで、さよならもいわずに帰っていった。ことづけの内容は、もしも自分が戻らなかったら一番お気に入りの馬をワン・スタブにやる、というものだった。トリスタンが野戦病院のテントを出ると、そこにはトリスタンの仲間であり、ブリティッシュ・コロンビア出身の大柄なフランス系カナダ人で、わな猟師のノエルが、雨に濡れながらじっとうつむいて待っていた。そしてこう告げた。たったいま知らせが野営地に届いたんだ。サミュエルと少佐が死んじまったよ。サミュエルたちは斥候の一団を引き連れてカレー方面へ偵察に行ったんだが、マスタードガスにやられちまって、麻痺して栗林にある空き地に逃げこんだところを、マシンガンで一斉射撃されたらしい。一人だけ生き残った斥候が、戻ってきて教えてくれたんだ。そいつはいま上官に詳しい状況報告をしてる。トリスタンは友人に抱きしめられ、雨と泥にまみれながら、悲しみのあまり茫然とその場に立ちつくした。同じテントをともにしていたその斥候が二人に近づいてくると、その後ろから上官が追いかけてきた。三人は放牧場に向かって脱兎のごとく駆けだし、大急ぎで三頭の馬に鞍をくくりつけた。上官は止まれと命じたが、三人は馬を全速で走らせながら上官を蹴り倒して北のカレー方面に向かい、真夜中の十二時にはその森に着いた。そのまま火をたかずにじっと座って夜を明かし、夜明けと同時にきめ細かな粉雪が降りしきるなかを四つん這いになり、十人ほどの死人の顔から雪を拭って懸命に探した。やがてトリスタンがサミュエルを発見し、キスをして、その氷のように冷たくなった顔を自分の涙でぬらした。サミュエルの顔自体は灰色に変わっただけで損傷はなかったが、腹部は内臓が肋骨からはみだしているありさまだった。トリスタンは、サミュエルの心臓を皮はぎ用ナイフでえぐり取り、野営地に戻ると、モンタナに埋葬できるよう、ノエルが溶かしてくれたパラフィン蠟で小さな弾薬箱に封じこめた。途中上官が一人入ってきたが、作業の邪魔をすれば絞め殺されると予感してか、なにもいわずに出ていった。作業を終えると、トリスタンとノエルは農家から盗んできた一リットルのブランデーを飲み干した。それからトリスタンは、テントの外に出て、神なんか呪われろ、とわめきちらし、ノエルになだめられてようやく眠りについた。

　朝になって目覚めると、兄弟でともに悲しみを分かちあおうとアルフレッドが病院テントから伝令を寄こしたとき、トリスタンは冷たく断った。そして短い手紙を書き、それを弾薬箱にテープで貼りつけた。手紙の内容はこうだった。〝父さんへ。みんなに愛されたサミュエルの亡骸は、これしか家に送ることができません。わたしの心はまっぷたつに裂けてしまいました。おそらく父さんもそうでしょう。アルフレッドがこれを持ち帰ります。父さんならサミュエルをどこに埋葬したらいいかわかるでしょう。峡谷のなかの湧き水の近く、完全な渦巻き型をした牡羊の角を見つけた場所です。あなたの息子　トリスタンより〟

　それからトリスタンは、常軌を逸した行動に走った。カナダの年老いた退役軍人のなかには、ごく数人だがいまだにその復讐のすさまじさを記憶しているものがいる。というのもトリスタンはほとんど発狂寸前で、しまいには身柄を拘束されるほどだったからだ。トリスタンとノエルは、まず兵士としての情熱に目覚めた風を装い、夜間の偵察斥候役を志願した。三夜が過ぎてみると、彼らのテントの支柱には乾燥の度合いが異なる七つのブロンドの頭皮がぶら下がっていた。四日目の夜になってノエルが致命傷を負い、トリスタンはノエルを鞍の前橋に乗せて、朝も遅くなったころ野営地に戻ってきた。群がる兵士たちをトリスタンは尻目に自分のテントに入り、ノエルの体を簡易ベッドに寝かせると、すでに生気が絶えたその喉にブランデーを流しこんだ。ワン・スタブから教わったシャイアンの癒しの歌を歌うあいだ、兵士の一団がテントをぐるりと取り囲んだ。トリスタンを説き伏せるため、部隊長によってアルフレッドが担架で運ばれてきた。テントのはね幕を開くと、トリスタンが乾燥した頭皮のネックレスを首にかけ、皮はぎ用ナイフとライフルがノエルの胸にのっているのが見えた。兵士たちはトリスタンに拘束衣を着せ、パリの病院に送った。

　パリでトリスタンの治療にあたった医者は、なにかのまちがいでその精神科病棟にまわされたハミルトン出身の若いカナダ人だった。ソルボンヌ大学で大学院課程を学んでいる最中に行動科学という新しい分野をかじったことはあったが、日々担(かつ)ぎこまれる戦争神経症(シェルショック)にかかった不運な犠牲者に対する準備はできていなかった。若かったこととパリジャン的皮肉を身につけていたことで、ここに運ばれる男たちはただの臆病者にすぎないとはじめは決めつけていたのだが、患者の奇妙な行動を見て、ただちにこの考えを棄(す)てた。患者たちは深い精神的外傷(トラウマ)を受けたあまり、夜になると仔犬のように母親を求めて泣き叫ぶか、永遠に慰められることのない沈黙に引きこもってしまうかのどちらかだったのだ。やがてこの若い医者は、患者の魂を癒す自分の能力に疑いを持つようになり、患者に退屈すら感じはじめ、できるだけ本国へ送り返してやるようにしていた。そんなわけで、救急車の運転手が、正真正銘の〝狂人〟のおでましです、といったときは、その到着をよろこんだほどだった。そして付き添い係を迎えにやり、部隊長からの報告書に目を通した。自分でも奇妙なことに、頭皮作りの話にはたいして驚かず、むしろ部隊長の恐怖感のほうが意外だった。なぜマスタードガスがふつうの戦争行為と思われ、兄弟を失った反動としての頭皮作りがそうは思われないのだろう？　医者はみなマスタードガスが引き起こす数々の合併症(がっぺいしょう)について叩きこまれていたが、このガスこそほんとうの意味での現代兵器のはじまりを告げるものだった。彼はオックスフォード大学で古典文学も学んでいたので、復讐という行為に関してまんざら知らないわけではなかった。彼はトリスタンを自分のオフィスに呼び、付き添い係を退出させると、トリスタンを拘束衣から解放した。それに対してトリスタンは、じつに丁寧に「ありがとうございます」と礼をいい、「一杯いただけますか？」と訊いてきた。医者はトリスタンに白衣を貸し、連れだって歩きながらブローニュの森を抜け、小さなカフェに入り、無言のまま食事と酒をともにした。そしてとうとう切りだした。ぼくはなにが起こったかよくわかっているつもりだから、そのことできみから話を聞く必要はなにもない。残念ながらきみを除隊させて本国に送還するには何カ月もかかるだろうが、きみが入院しているあいだは全力を尽くして、できるだけ快適に暮らせるようにしよう。

知らせがモンタナに届くのに、数週間かかった。二月のある夕方のことだった。その日は寒かったが、嵐がやんだこともあって空はくっきりと晴れわたった。手紙を受け取ったのは、新しい牧童に車で送ってもらってショトーまで食料品の買いだしに出かけたペットだった。ラドローは台所の窓から霜を拭(ふ)きとり、納屋に積もった雪の青っぽい影の上にのぞいている夕日の一部をじっと見つめた。デッカーとワン・スタブはテーブルについてコーヒーを飲みながら、目の前に拡げた地図のなかの高度について議論していた。ワン・スタブは地図を修正しているところだった。というのも彼は、ブラウニングからミズーラまでのその地域をクリー族の友人と一緒に踏破(とうは)したことがあるからだ。その友人は、〝鳥のように見る者(ワン・フー・シーズ・アズ・ア・バード)〟と呼ばれてみんなから尊敬され、地形図なみの超人的な土地感覚を持っていた。ワン・スタブが気に入らなかったのは、山につけられた高度をあらわす数字だった。たしかにトリスタンは七つの海のことを教えてくれたが、海から比べてどれだけ高いかだと？ 近くに海がないのに、そんな数字にどれほどの意味があるのだ？ それに大きな山にはなんの特徴もないものだってある。かえって小さい山々のほうが、立派な湧き水のある気高く聖なる場所だったりするではないか。

やがてワン・スタブは、デッカーに『ナイカ族に囚われて』という本を読んでくれるよう頼み、議論をやめにした。この本の著者であるイギリス人大佐のJ・H・パタースンには、『ツァボ族の人食い人種』という著作もあり、二作とも東アフリカで狩りと探検をしたときの冒険を綴ったものだった。デッカーには二冊とも退屈だったが、トリスタンに何年も前から読んでもらっていたワン・スタブは、目を閉じて、自分のお気に入りの箇所になると満足げに耳を傾けるのだった。たとえば、屋根も側壁もない貨車に飛び乗って鉄道労働者を捕えて食べてしまうライオンの話とか、アラジンという名の馬を片方しかない牙で突き刺して殺した象の話、なかでもとりわけ、自分たちの縄張りに開通した鉄道の列車に突撃して死んだ、膨大な数のサイの話が大好きだった。このサイの話を聞くたびに、ワン・スタブは、何千頭ものバッファローが北太平洋鉄道に突撃して列車をひっくり返す場面を空想するのだった。何年も前に終焉間近のゴースト・ダンス運動にワン・スタブが関わっていたとき、ワン・フー・シーズ・アズ・ア・バードがワン・スタブに、イエローストーンにある硫黄の噴気孔にバッファローの頭蓋骨を放りこむことによって一頭の新たなバッファローを創造した、と告げた。当時ラドローは、政府の仕事で大きな滝を計測してまわっていた。その旅はワン・スタブにとって愉快なものだった。ワン・スタブが落下する大量の水を見てでたらめな数字を叫ぶと、ラドローが落ちつきをなくして静かにしてくれないかと頼むのだった。トリスタンはワン・スタブに、いつかサイが列車と戦う場所に連れていってやろうと約束していた。

ペットが戸口に立ち、ブーツについた雪をとんとんと払い落とした。そしてラドローにトリスタンからの手紙を手渡すと、顔をそむけた。デッカーも目をそらした。ワン・スタブだけが、ラドローが手紙を開封する様子をじっと見ていた。考えうる最悪の事態が起こったとしても、ワン・スタブは恐れなかった。起こったことはすでに起こっていたことなのだというシャイアン独自の運命観を持っていたからだ。運命を変えることは不可能であり、変えようとすることは月に石を投げて落とそうとするのと同じだった。

まだ熟年の後半にいるにもかかわらず、ラドローはたった一夜ですっかり老けこんでしまった。怒りのなかに茫然とした悲しみがあらわれては消え、ひたすら酒に溺れて自責の念を募らせる日々がつづいた。酔いが深まると怒りは憤怒に変わったが、それを繰り返すうちに、まるで伸びきった腱のように張りつめていた生気の糸がぷつんと切れてしまった。ラドローは腰が曲がり、身なりにも頓着しなくなった。トリスタンの手紙は何度も読み返されてぼろぼろになり、染みだらけになった。正式な悔やみ状が届いてもラドローはそれを開封せず、妻から毎日のように届く悲しみに打ちひしがれた手紙にも手をつけようとしなかった。気がふれたというより、生気をなくして自分の殻のなかに閉じこもっていた。そして、ヨーロッパ大陸にいるドイツ兵すべての頭皮を剥ぎおわるまでトリスタンを拘束しなければよかったのに、と怨んだ。人の目をつぶして肺を焼き、無力にかけずりまわらせ、馬にまで悲鳴をあげさせるこのマスタードガスとはいったいなんなのだ。世界はもはや戦さにふさわしくなくなってしまった。ラドローはそう思い、ひそかに世界に見切りをつけた。ペットは喪に服し、小さなイザベルはみんなから距離をおいて、ワン・スタブにお伽話(とぎばなし)を読み聞かせてやった。ある晩ワン・スタブは、友人でありなおかつ庇護者(ひごしゃ)でもあるラドローと酒をともにし、このときは気が変わって吐きださなかった。しかしデッカーは、一時間もしないうちにワン・スタブを制止しなければならず、そのうち眠らせるためにもっと飲ませ、しまいには彼の小屋まで担(かつ)いでいかなければならなかった。しかしワン・スタブは、前後不覚になる前にシャイアンの言葉でサミュエルの人生やサミュエルの森の散策、肉眼で見えない世界を見せてくれた顕微鏡のことを歌にして歌ってくれた。やがてその歌がシャイアンの弔(とむら)いの歌へと移っていったとき、ラドローは激しく取り乱した。その歌を聴いたのは、〈悪い土地(バッドランズ)〉で一人の斥候が死んだとき以来四十年ぶりのことだったからだ。

パリではトリスタンが、精神科病棟での最初の夜から脱走を計画しはじめていた。病棟の騒音は、聞くにたえない異様な音楽だった。ラドローはおおむね感傷的な性格の金持ちであり、近年はもっぱらその富も現実の文明から身を守るために使われたが、そんなラドローとはちがって、トリスタンの罪の意識は具体的であり、頭のなかにはパラフィン漬けの心臓になり果てた弟のことしかなかった。この罪の意識から免(まぬが)れていたのは、戦(いく)さにおける合意の上の現実と割り切ったアルフレッドだけだった。トリスタンは三日目に、自分はもう精神病院には耐えられない、どうにかしてコーンウォールの祖父のもとに行きたい、と医者に話した。医者はとりあえず、それは無理だと答え、ラドローの名声を耳にしていた上官にこの問題を相談してみた。

当時の軍隊にはどこかしら社交界のようなところがあったのだ。大佐は、脱走させてやったらどうだ、どうせ使いものになりゃしないんだから、さっさと本国に送り返してやるがいいさ、とだけいった。

ブローニュの森に入ってロンシャン競馬場のほとんど空っぽの厩舎へ抜ける毎日の散歩道で、トリスタンは馬を馴らす訓練をながめた。ある日トリスタンは、上等な牝馬を買った。列車には軍の通行許可証がなければ乗れなかったからだ。医者に自分の計画を打ち明けると、医者は短い手紙を書いてくれた。夜明けとともにわずかな携行品を詰め、眠っている付き添い係のわきをすり抜け、トリスタンは病院をあとにした。海岸に出るまでに五日かかった。途中降りつづけた雨はやがてみぞれに変わり、断続的な雪になった。検問所では威勢よく挨拶し、全速力で一気に通過した。リジューで馬の蹄鉄がひとつ吹っ飛んでしまったが、鍛冶屋にたんまり金をはずんですぐになおさせた。シェルブールに出ると、わりあい楽に貨物船に乗ることができた。船がイギリスのボーンマスに到着すると、町の外であらためて馬を買い、西に向かってコーンウォールの海岸にあるファルマスまで行った。大西洋が防波堤の外で哮り狂うある寒い真夜中、トリスタンは祖父の家の扉の前に立っていた。真夜中のノックの音に、寝間着姿の祖父はニューオーリンズで買ったビーズリーの銃で武装して出迎えた。トリスタンは挨拶した。「ウィリアムの息子のトリスタンです」祖父はランタンを高く掲げ、写真で見た孫だとわかると、「なるほど、たしかにそうだわい」といった。祖父は妻を起こして食事を用意させ、自分の一番大事にしているバルバドス・ラムの瓶を引っぱりだしてきて、二十年間も噂を聞かされていたこの変わり者の孫を歓迎した。

トリスタンはほとんど口をきかずにコーンウォールで一カ月を過ごしたが、脱走して無事でいるという知らせは、ラドローのもとに届いていた。最初の朝、老船長はトリスタンに、帆船で一番単純な仕事をやらせてみた。トリスタンは船のことはなにひとつわからなかったが、大索や結節や帆の扱いはたちまち覚えた。老船長は、改造発電機の積み荷を載せて三月にはカナダのノバスコシアに向けて出発し、帰りにノーフォークに寄って塩漬け肉を積んでくる予定になっていた。そこでそのときトリスタンをボストンで降ろし、悲しみに打ちひしがれた母親イザベルのもとに預けて、そこから帰途につかせることにした。一行は三月に出航した。乗組員は老いぼれ船乗り四人だけで、つらい当直制をしいていた。腕のいい船乗りたちはイギリスの戦力として駆りだされていたのだ。トリスタンが船の手すりに凍りついた海水を叩き落とす作業を一週間つづけると、気温はわずかに上昇しただけだったが、天候は快晴となった。三週間の船旅のあと、とくに別れの儀式もないまま、トリスタンはボストンで降ろされた。そこから南駅に向かい、デッドハムまでの車中ちびちびと瓶のラムを飲んだ。デッドハムでスザンナの実家の玄関口に立つと、出迎えたスザンナは気を失った。スザンナは、トリスタンが三カ月後にハバナで老船長と再会を約束していることなど、知るよしもなかった。

トリスタン、アルフレッド、イザベル、そしてスザンナは、ルイスバーグ・スクエアにあるイザベルの家のほの暗い客間に座っていた。二人の息子、母親、そして三人の悲しみに不当に足を踏み入れているのではと不安な婚約者。トリスタンは頑なでそっけなく、アルフレッドは陰気でどこかしらすさんだ様子であり、イザベルは悲嘆に暮れる自分を持てあましていた。四人は、ハーバード大学のサミュエルの友人たちが企画してくれた追悼式に参列した。そして追悼式のあと、トリスタンは数日後にスザンナと式を挙げることを宣言した。イザベルは、まだ葬儀も終わってないのに結婚なんてもってのほかだわ、と反対した。トリスタンは鬼気迫る声で、式に出たくなけりゃ好きにするがいいさ、といい放った。

トリスタンとスザンナは、デッドハム郊外にあるスザンナの実家の別荘で式を挙げた。場合が場合だけに、救いようのないほどいかめしい式だった。スザンナの結婚を理解してくれたのは二人の姉妹だけで、スザンナの両親は、イザベルとは長年の友人だったものの、トリスタンを毛嫌いしていた。

四月のある朝遅く、ラドローは列車を迎えにいった。着ていたのは泥だらけの服で、それが日増しに強くなる奇矯癖をはからずも露呈していた。ついさっきまで、牧場の母屋をぐるりと囲むコーンウォール石でできたフェンスの、霜でやられた部分を補修していたばかりだった。有刺鉄線にしないのは、感情的に好きになれないというより見た目が気に入らなかったからだ。翌日の葬儀ミサは長老派教会の牧師に頼むようイザベルからいわれていたが、ラドローはとうとう連絡を取らなかった。その牧師がサミュエルとなんの関係があるのか、理解できなかったのだ。

トリスタンとスザンナは、列車に乗っているあいだ、ほとんど自分たちの客室にこもりきりだった。イザベルはこれをはしたないと思い、アルフレッドはひそかに嫉妬の炎を燃やした。トリスタンの胸のなかには、息子を作ることが弟亡きあとの隙間を埋めあわせることになる、これはそのための結婚なのだ、という思いがあった。それが本質的に残酷な衝動であるのはわかっていたが、自分を抑えることはできなかった。終着駅に降り立って父親と抱擁を交わしたとき、トリスタンはかすかに身を震わせたが、泣いたのはワン・スタブと抱擁を交わしたときだった。

芽吹きかけたポプラや新しく生えた草の新鮮な緑がまぶしい春となった翌日の早朝、みんなでサミュエルの心臓を峡谷の湧き水に近いところに埋めてやった。イザベルは、みんなの人生が月日とともにそれぞれの方向へ歩んでいくのを見て、もはや自分が愛する者は一人もいないことを悟った。デッカーが穴を埋める様子を、ワン・スタブは山の上のほうからじっと見守っていた。みんなが帰ってしまうと、ワン・スタブは山から下りてきて墓石をじっと見つめたが、彼にはそこに刻まれたつぎの言葉が読めなかった。

サミュエル・ダント・ラドロー　一八九七－一九一五
もはや彼に会うことはないだろう
しかし　やがては彼とともにあるだろう

2

トリスタンの真夏の夜の夢は、海に満ちていた。一面緑の冷たい大西洋のうねりが、眠りのなかに押し寄せてくるのだ。夜半に目覚めると、トリスタンはスザンナの下腹に手を伸ばし、期待をこめて撫でた。結婚して二カ月のあいだ、トリスタンは狂ったようにスザンナの体をむさぼった。けれどもそれは、生物学的理由というより頭に刻まれたサミュエルに関する精神的外傷からだった。なにげなく祈りの言葉を思い浮かべてはみたものの、神はきっとおれにネズミの赤ちゃんを授けたいにちがいないと思うと、ふっと笑いが洩れた。一週間後に祖父と待ちあわせたハバナに出発することは、まだだれにも話していなかった。スザンナに対する非道きわまりない仕打ちであるのはわかっていたが、トリスタンにはどうしようもなかった。百年前ならば山も川も果てしなく思えただろうから、トリスタンも陸地を旅するだけで満足していたにちがいない。しかし二十一歳の若者には、一九一五年に手つかずのまま残された大地はすでに皆無に等しく、七つの海の向こうにあるもの、そしてさらにその先にあるものを見たいという衝動を抑えるのは至難の業だった。自分がいまいる場所がいやだというわけではなかった。むしろ安住の地は、モンタナ北部をのぞけばせいぜいカナダくらいのものだった。それに変わり者なりに精一杯妻を愛していた。溺愛し、独り占めにした。そしてほとんど絵空事の（トリスタンにとって）未来設計を、二人で何時間も話しあった。牧場を作ろう、そこで子どもたちを育てて、馬を繁殖させるんだ、もちろん投機的な牛も飼おう。スザンナは白い肌を守るために日傘をさして囲い地の近くに座り、トリスタンとデッカーが馬を馴らす様子を飽きもせずながめた。二人には半分黒人の血が流れる奇妙なクリー族の牧童がいて、この男はセッターの毛にからみついて離れないいがのように厄介な馬を扱っていた。

ラドローは、スザンナの父親のアーサーをもてなすので忙しかった。アーサーは、H・L・レナードのフライ竿を詰めこんだ大型トランクを携え、西へ気晴らしの旅に来ていたのだ。アーサーがトリスタンよりアルフレッドのほうを誰はばかることなく依怙贔屓するところが、ラドローには気にかかった。アルフレッドの腰は完治していたが、歩くにはまだ杖が必要だった。しかしながら、資産家であるアーサーは、数週間の釣りで存分に楽しんだものだから、機嫌がいいと無性になにか買いたくなる金持ちの常として、いろいろ物色しはじめた。そして娘と義理の息子へのプレゼントと称し、隣接する牧場を買いとることに落ちついた。もっともこれには、彼が〝慎ましやかな商売〟と呼ぶものを確保するため、利益の半分は彼がもらうという条件がついていた。

ラドローは、ふたたび妻にやさしくなった。二人の悲しみは、一人ずつの胸のうちではおさまりきらないほど大きかったのだ。一番つらかったのは、ある日曜日の暑い午後のことだった。みんなが芝生でピクニックをしていると、安物のサマードレスを着た若い娘が、裸馬に乗って門までやってきたのだ。トリスタンがすぐに迎えに出た。そして馬から降ろしてやったときに娘がだれだか思いだしたが、ほかのみんなは、当惑と無関心の入り交じった表情で様子をうかがうだけだった。それはカット・バンク近くの農家の、サミュエルが金の懐中時計を預けた娘だった。娘は肩掛け鞄をしっかりと胸に抱きしめ、テーブルに近づいてきた。トリスタンは娘をみんなに紹介し、料理とレモネードのグラスを持ってきてやった。そして娘のとなりに腰を下ろし、娘が鞄からサミュエルの懐中時計を取りだすのを、沈んだ面もちで見つめていた。娘はいった。ヘレナの新聞を見て彼が亡くなったことがわかったので、三日間馬に乗りつづけて時計を返しにきました。それと、サミュエルからの手紙も持ってきたので、よろしければどうぞごらんください。手紙は全部で百通ほどあり、従軍していたあいだ、サミュエル独特の端正な文字で毎日欠かさず書いていたことがわかった。イザベルは、読みはじめるとじきに胸がいっぱいになった。ラドローは芝生をおろおろ歩きながら罵り言葉を繰り返し、アルフレッドはじっと地面に視線を落としていた。スザンナは娘を案内し、風呂に入って休むよう勧めた。午後もなかばを過ぎたころ、娘はいった。そろそろおいとましなければなりません。手紙は読みおえたら送ってください。娘は衣類も金もその懐中時計も受け取ろうとはしなかった。ただ、サミュエルの写真をほしがった。というのも、うっかりしていたのかそれとも恥ずかしかったのか、サミュエルは一枚も写真を送っていなかったからだ。トリスタンは、馬にまたがって無言のまま数マイルほど娘を送りながら、心の底から思った。娘が身ごもっていてくれたら、サミュエルはふたたびこの世に生まれてくることができるだろうに。しかしそれは叶わぬ願いだった。サミュエルは女を知らずに清い体のままあの世に旅だったのだ。そして娘がいま、たった一枚の写真を慰めとして去っていこうとしているのを見て、トリスタンは世界を絞め殺してやりたい気持ちに駆られた。

トリスタンは、あまりにすさんだ気分で見送りから帰ってきたため、いままで失敗してばかりいた若い牡馬馴らしをはじめた。なかなか頑丈そうな、牛に似た顔つきの馬で、何年後かにはクォーターホースと呼ばれることになる馬だった。トリスタンは、その馬をラドローのサラブレッド三頭とかけあわせるつもりだった。ラドローにはいい考えに思えたが、競走馬の熱烈な愛好者であるスザンナの父親は、それをとんでもない暴挙としか思わなかった。トリスタンはその日の午後遅くまで馬を乗り馴らすことに没頭し、薄明かりのなかで見守っていた人々は、囲いのなかのふたつの獣のうちの一方、つまり馬かトリスタンのどちらかが、あげくの果てに命を落とすのではないかと思ったほどだった。スザンナの父親が、あの馬じゃ犬の餌（ドッグ・ミート）がお似あいだな、と皮肉ると、トリスタンはじろりとにらみつけ、それじゃこの馬は、あんたに敬意を表してアーサー・ドッグ・ミートと名づけよう、といった。それを聞いたアーサーは、憤慨して立ち去り、夕食もみんなと一緒にとろうとしなかった。そして謝罪を要求してきたが、トリスタンはとりあわなかった。

その夜遅く、ふたたびトリスタンの夢のなかに海があらわれた。トリスタンはあざだらけの体で寝返りを打ちながら、当直をしているあいだの暗雲たちこめる夜空と巨大な波のうねり、氷のようにがちがちになった前檣下帆（フォースル）のはためき、そして、やけに大きな星がちりばめられた夜空を夢に見た。目覚めると、スザンナの体がおおいかぶさっていて、カーテンが帆のようにはためいていた。トリスタンは窓辺に行き、囲い地のなかの牡馬を見おろした。月明かりを浴びて馬の太い首の輪郭が浮かびあがっていた。トリスタンはスザンナに、数カ月出かけてくる、あるいは一年かもしれない、祖父とハバナで待ちあわせしてるんだ、と告げた。スザンナは答えた。どうしても行かなければならないのでしょうね。わたしは永遠にあなたを待ちつづけます。朝になると、トリスタンは父親と母親に別れのキスをし、ワン・スタブを引き連れて馬で牧場をあとにし、列車に乗るためグレート・フォールズに向かった。ワン・スタブから皮はぎナイフをもらうと、自分のナイフがイープルでノエルと一緒に埋められたことを思いだした。トリスタンは老インディアンと抱擁を交わし、かならず戻ってくる、と約束した。ワン・スタブは、トリスタンの馬に引き綱をくりつけながら、「わかってる」とだけ答えた。

この旅は、実際には終わることはなかった。もっとも、人生の旅はだれにとっても終わりがあるものである。トリスタンの人生の旅は、一九七七年の十二月下旬、アルバータ州の雪降る山の斜面で終わりを告げた。八十四歳だった。(彼がはらわたを取りだしていた鹿の死体のわきで倒れているところを、孫が発見した。凍りついた手には、ワン・スタブがあのグレート・フォールズで別れたときにくれた皮はぎナイフが握りしめられていた——孫は鹿をカラマツの林のなかに吊るし、老いたトリスタンの体をかついで家に帰った。孫のスノーシューズは、雪のなかに少ししかめりこまなかった)。

トリスタンは列車に乗って東のシカゴに向かい、ふと気が向いて、五大湖のドックに停泊中の船をながめながら数日を費やした。さらに南に下ってニューオーリンズ、モービルへと足を伸ばした。モービルでは、カナダのニューファンドランドからフロリダ海峡のキーウェストへ向かうあるウェールズ人の帆船に乗せてもらった。数日後にキーウェストに到着し、緑色の亀がケイマン島のけばけばしい帆船から小屋に荷降ろしされるのをながめたあと、フェリーの夜間就航便に乗りついで、ハバナに向かった。

南国を見るのははじめてだった。ハバナに向かう船中では、トリスタンは寝つかれず、甲板を歩きまわりながら考えごとにふけった。甲板はメキシコ湾流のおだやかな風では吹き払うことのできない濃密な蒸し暑さに包まれていた。煙突からでる煤煙(ばいえん)のにおいから逃れようと舳先(へさき)に行って下を見おろすと、波が燐光(りんこう)を発しているのが見えた。夜明けの光のなかに遠くハバナが見えはじめると、トリスタンはフラスクからラムをすすりながら、はじめて見るイルカの群れが舳先の前を横切り、腹を見せてから船の航跡に飛びこんでいくさまを目で追った。ふと目を前に戻すと、メキシコ湾流の奇妙な紫が空の色とだぶって見えた。徹夜したせいでトリスタンの目は充血し、旅の疲れも出ていたが、半年ぶりにくつろいだ気分を味わっていた。海面下の潮の流れがどんなに激しくとも、夜明けの潮風が水面をならしてくれるのに似ていた。そうやって海をながめながら、いかに祖父の帆船が比較的新しいとはいえ、ハバナ沖に錨(いかり)を降ろす巨大な蒸気船のなかでは豆粒みたいにちっぽけなものでしかないことを思うと、思わず笑みがこぼれた。しかし、稼ぐ金はわずかでも、自分が行きたいところへ行けるということのほうが重要だった。大手船舶輸送会社には不向きな港、喫水(きっすい)の深い船舶や積載トン数の大きい船舶には浅すぎる湾、そういうところへ行くのだ。それに年老いた祖父もこういった。海で煤煙のにおいを嗅ぐのはごめんだし、エンジンの音なんざ聞きたくもない。年をとりすぎちまったせいで、ばかげたものにはとんと興味がなくなっちまったよ。

人は結局、さまざまな問題に対してあまり関心を持たないものだ。とくに、この世には報酬と罰の公正な仕組みが明らかに欠けているというような慢性的な問題ではそれが顕著である。この問題は、たしかに論じるだけ無駄だったりばかを見たりするだけかもしれないが、苦痛や腹だたしさをもたらすことにかわりはない。さらにわれわれは、それより大きな問題にさえまったく関心を示さない。たとえばネズパース族の子どもたちの問題をあげよう。子どもたちは、テントのなかでぐっすり眠っているときに騎兵隊の一斉射撃を浴びた。世のなかに、子どもが銃弾を浴びることほど残酷でばかげたことはない。しかも人々の理解にどれほどの開きがあることか。たとえば当時の新聞は、われらの勝利と力説してやまなかったのである。われわれは、星の瞬く世界全体がそのような非道な行為によって大きく歪んでしまうと思いたがる。オリオン座はねじれ、南十字星の翼は垂れ下がるだろう、と。しかし、そんなことは起こりえない。変わらないものは変わらないのである。そしてみんなそれぞれ、長いこと各人の頭を悩ませている明白な問題に対して挫折感に苛まれるのだ。神々さえも例外ではない。イエス・キリストがためらいがちに永遠へと踏みこんでいったときの絶望の叫びを見ればわかる。問題の大小も関係ない。なぜならあらゆる問題が等しい大きさだからだ。ただ、肌の色が十人十色であるように、たがいの問題が想像できないだけなのだ。

そのようにしてトリスタンも、自分がスザンナにもたらした苦悩をほとんど理解していなかった。トリスタンが出発した朝、スザンナは長い散歩に出て道に迷った。宵闇（よいやみ）が迫るころになってようやくワン・スタブが彼女を探しだしたが、これ以後ラドローはワン・スタブに、スザンナが庭に出たら彼女から目を離さないでくれ、と頼んだ。スザンナの散歩の習慣は数週間つづいた。彼女の父親は結婚を解消させようとしたが、スザンナが拒（こば）んだことにすっかり腹をたて、休暇をさっさと切りあげて帰郷してしまった。しかし、スザンナの性格は二十世紀初期というより十九世紀初期といった古風な色あいが強く、棄（す）てられた花嫁として他人の同情を誘うようなまねはしたくなかった。この決心は堅く、彼女は自分の時間を、サミュエルの生物便覧や動物便覧を手に散策したり、自分の部屋に一人座って、トリスタンと一緒になる前にラドクリフ大学で学んだ二年間に親しんだワーズワース、キーツ、シェリーなどの詩を読んで過ごした。スザンナは、話がトリスタンのことにおよばないかぎり、自分と同程度の教養の持ち主である義母とおしゃべりするのが楽しかった。しかし、一番の楽しみはやはり夏の長い散歩であり、夢中になって歩いていたため、ワン・スタブがいつもあとを尾（つ）けていることなど気づかなかった。ときには小さなイザベルを誘うこともあった。スザンナは、少女の機転の早さと、書物からではなく、母親から教わったり自分で観察したりして得た自然界の知識の深さに驚嘆した。あるとりわけ暑い午後、サミュエルの墓の近くの湧き水によってできた池で水浴びをしていると、小さなイザベルが、森の奥にいるワン・スタブに気づいて手を振った。スザンナは小さく叫んで裸身を手でおおいかくし、それから少女のきょとんとした顔を見て恥ずかしくなった。やがてイザベルが笑いだしてこういった。わたし、大きくなったらワン・スタブと結婚するの。ワン・スタブがあんまり年をとりすぎてなかったらね。だってスザンナがトリスタンと結婚しちゃったでしょ。ほかにだあれもいないんだもの。スザンナはこの池にいつかトリスタンと入った日のことをふと思いだし、首まで水に浸かった。あの日トリスタンは、カワウソが小さなトラウトを追いかけたりクレソンを食べたりするまねをして、スザンナにじゃれてきたのだった。スザンナが思い出にひたっているあいだ、イザベルは話をつづけていた。ワン・スタブがあとをつけてくるのはね、スザンナが道に迷ったり、母熊と小熊のあいだにうっかり足を踏み入れたりしないようにするためなのよ。

その日の朝ハバナで、トリスタンは朝食をすませると正午まで街をぶらついた。祖父が海員監督官事務所を訪れる正午が、待ちあわせの時間だったのだ。再会ははじめ気さくなものだったが、ひとたび事務所をあとにして酷暑の日ざかりに出ると、祖父は陰鬱な顔になり、さながら暴風雨のときのように前傾姿勢で足早に歩きだした。そして、乗組員はみな故郷に送り返されてな、わしゃ赤痢で伏せっとったんだ、といった。祖父の口からはじめて聞く愚痴だった。しかしそれは、避けられない運命の前触れでもあった。ファルマスへの帰り旅で、わしの船は戦争に協力させられるはめになっちまってな。船をなんとしても敵国から守るため、わしらは力をあわせなけりゃならん。イギリス領事館の衛兵の前を通るとき、老人は話をやめてトリスタンを青く澄んだ瞳で見つめ、他言はならんぞ、といった。トリスタンは了解した。それから老人はフラスクに入ったラムをぐいっとあおり、トリスタンにも差しだしながらいった。こんなばかげたことにつきあわされるからには、ちょっくら頭を麻痺させとかんとな。

その日の午後遅く、二人は新しい一等航海士であるサンフランシスコ出身のアスガードというデンマーク人や三人のベテランのキューバ人水夫とともに、帆船に生活必需品を積みこんだ。表向きには船長はトリスタン、祖父はファルマスに行く乗客となった。暗くなったあと、一行は係留地から出航し、合衆国国旗を主帆の前に掲げ、新しい航海日誌に目的地を記録した。一行は強い北東風のなかで翌朝アントニオ岬をまわり、それから南西に下ってユカタン海峡を抜け、バランキヤに向かった。そこで当たり障りのないマホガニーやローズウッドなどの積み荷を積み、ひそかにある重要なイギリスの品物を積んだ。それから一行は東へ進路を定め、ケイマン諸島の南を通過、ウインドワード海峡を通ってカイコス水道を抜け、北に進路を向けてメキシコ湾流を捕らえた。その潮に乗れば、イギリスへの船旅は楽なものになるのだった。

老人は甲板のアスガードにときどき命令を叫んでは、キャビンでトリスタンを容赦なく訓練しつづけた。一行はジャマイカコーヒーで眠気を振り払いながら、一人二度ずつ当直に立った。一カ月のあいだ、祖父の六十年間の経験を消化すること以外はすべてトリスタンの頭から振り払われた。夜には、寒冷前線沿いに起こる突風、ぼろぼろにすり切れた係船索、折れたマスト、冬にときどき見られるマダガスカル沖の奇妙な大波、そういったものがつぎつぎと頭に浮かんできて、なかなか寝つけなかった。一行がイギリス南部の沿岸に接近したとき、ドイツによる海上封鎖の兆候はどこにも見られなかった。夜になってファルマスに到着、イギリス人諜報員の出迎えを受けた。それが祖父の最後の旅となり、その晩は、半世紀以上も夫の帰りを繰り返し待ちわびてきた妻とトリスタンの助けを借りて祖父はベッドに入り、うれしそうに妻の手を取って、これからはずっと家にいるからな、といい、結局そのまま寝たきりとなった。

翌日トリスタンは、以前イングランド中部で工場長をやっていたという将校に詳細な報告をした。将校は応対の丁寧な人で、トリスタンに酒を注ぐと、緊張した面もちでファイルをめくった。それからトリスタンに、人間の頭皮を剝ぐときはどうやるのか、差し支えなければ教えてくれないかね、といった。若いころはアメリカの西部ものもたくさん読んだんだが、どの著者もその方法を具体的に描写してくれなかったもので、ちょっと興味があってね。トリスタンは無言のまま、将校の額の生えぎわのすぐ下に手を当ててナイフで横に切り裂くまねをし、つぎに一気に引き剝がす動作をした。そのおかげでめったに駆使したことのないユーモア感覚が刺激され、トリスタンはこう説明してやった。相手が死んでからやるか、それともまだ息があるうちにやるかは、そいつをきらう程度によってちがうんだ。ちなみに首を切ったら頭皮を剝ぐことはできない。一気に引き剝がすには、支点となる固定部分がなければ無理なのさ。イギリス人はありがとうというようにうなずくと、つぎの任務に話を移した。明朝きみの帆船に、牛肉缶詰と記された木箱入りのある新型兵器を積んでもらいたい。積み荷の送り先はケニヤ沿岸のマリンディ。タンガニーカのイコモ砦を根城にしているドイツ軍にわがイギリス軍が衝突することが予想されるので、それを支援するためのものだ。戦争もまだ初期段階なので、アメリカの国旗を掲げてさえいれば、ドイツ軍とはなんの問題も生じないだろう。しかし、状況はいつなんどき変化するかわからないから、もしきみたちが攻撃された場合には、帆船はただちに帰途につかせてくれ。もしそれがケニヤに接近しているときで、ちょっとした小競りあい程度だったら、ナイロビ宛てと記された箱に入っている狩猟用ライフルとショットガンにかぎり、自衛手段として使ってかまわない。そういう突発的事態に備えて乗員を訓練しておく必要があるだろう。

その日の午後、トリスタンは祖父のベッドの横に座り、真夜中の出発時間を待った。老人が眠っているあいだ、トリスタンはスザンナとラドローに、自分はいま政府の特殊任務についているという手紙を書いた。このときは、まさか自分の手紙がすべて検閲を受けることになろうとは思いも寄らなかったし、その日は一日じゅうどこへ行くにもコーンウォールの漁師に変装した秘密諜報員に尾行されていたことにも、まるで気づかなかった。そしてその手紙を書くことによって、不思議なことにトリスタンから感傷が一掃され、まるで一瞬、自分の運命がもはや自分のものでなくなり、自分の奥深くに埋葬されてしまったかのような気がした。トリスタンは、自分の父親とデッカーが馬の掛けあわせについて議論し、母親が客間でマスカーニの《カバレリーア・ルスティカーナ》を蓄音機で聴いているところを想像した。そして、スザンナがベッドに起きあがり、夜明けの最初の光を浴びて伸びをしている姿を目に浮かべた。ほっそりしたスザンナは、窓辺に行って山のあたりの天気をながめると、ベッドに戻ってきて、長いこと無言で彼を見つめたものだった。

人がとる奇抜な行動のなかには、その人のもっとも深い内的特徴をさらけだすものがある。ひそかな欲望は、それを実行に移すだけの強い意志に働きかけなければ、かすかな妄想のままだからだ。もちろんそんな〝意志〟を見たものなどいないし、意志などただの安っぽい抽象概念、数多くの修飾語句を必要とする雑駁な言葉にすぎないのかもしれない。その朝、祖母と一緒にランプの明かりのもとで黙々と食事をし、アフリカに向けて出航したとき——祖母はラムの毛で編んだ手作りセーターにくるんで一冊の聖書をくれた——トリスタンは多くの必然的運命を成就しつつあった。田舎の学校で小学校六年のときに受けた地理の授業以来、アフリカに行くことが夢だった。狩り目当てではないのは、自分のエゴを満たすよりはるかに名誉ある機能的な狩りをワン・スタブから教わっていたからだ。とにかく、アフリカという地をこの目で見たかった。においを嗅ぎ、感じ、知りたかった。かつて地図に夢中だった少年のころの夢とどれくらい一致しているか、たしかめたかったのだ。もうひとつとり憑かれていた夢は、父親から聞いた、父が少年だったころの祖父との短期旅行の話がもとだった。ある夏のスウェーデンのエーテボリへの旅、ボルドーへの旅、そして北海で水面に躍りでてきた鯨の話。いままでずっと馬ばかり乗りこなしてきたトリスタンは、あるとき夢のなかで、帆船が巨大な馬となり、波頭を跳び超えて大きなうねりに全速で突っこんでいく光景を見た。そしてトリスタンの心は、時がたち、距離をおけば、サミュエルが死んだ理由はやがて明らかになるだろうといういい知れぬ思いに自然と包まれていったのだった。

冷たい強風が吹きつづけ、一週間後には、一行はセント・ビンセント岬をまわるところまで来た。ここで南東に進路を変え、ジブラルタル海峡に向かった。アスガードは、一日平均百五十海里（かいり）というのは驚異的な速さだが、地中海に入ればいくらか速度は落ちつくだろう、といった。彼らは、ライフルの射撃練習をするため、二度ほど帆を下ろした。指定されていた箱を開けるとホランド・アンド・ホランドのライフル七挺（ちょう）があり、トリスタンはうれしくなった。象撃ち用も含めてさまざまな口径が揃えられ、さらにショットガンも四挺あった。しかし、あいにく波が高く、大きなうねりに翻弄されるため、船尾の向こうに放った瓶を狙ってタイミングよく撃つのは至難の業だった。首尾よく命中できたのは、トリスタンと、キューバ人だとばかり思っていた亡命メキシコ人の二人だけだった。平和的なデンマーク人であるアスガードは、引き金を引く瞬間にどうしても目を閉じてしまった。べつのキューバ人はなぜか笑いだしてしまうし、もう一人のキューバ人は断固として大真面目なのだが、いかんせん引き金を引くのはこれがはじめてだった。

　地中海に入って一日半がたち、アルボラン島を通過しているところで、ドイツの駆逐艦が縮帆して停船するよう合図してきた。しかし、折りからの突風（スコール）と迫りつつある夜陰に乗じて、一行はまんまと逃げおおせた。アスガードは、大事をとってアルジェリアとチュニジアの沿岸をまわっていくほうが無難だろう、そこさえ過ぎれば、少なくともインド洋に出るまでは安全なはずだ、と提案した。その判断の的確さは実証されたが、リビア沖で三日のあいだ海が凪（な）いで船がびくとも動かなかったときは、トリスタンは弱気になり、夜も眠れなかった。一行は命令に背（そむ）いてクレタ島のイエラペトラに新鮮な水を補給するあいだだけ立ち寄り、塩水をかぶった食料品を買いかえた。埠頭では、あきらかにドイツ人らしき店主が彼らを食い入るように見つめるので、メキシコ人はトリスタンに、あいつの喉をかっ切ってやりましょう、と申し出た。乗員には任務の内容を知らされていなかったが、積み荷が牛肉だなどと本気で信じているものはだれもいなかった。アスガードががっかりしたのは、トリスタンが船長と船員を区別する船乗りのしきたりをいっさい取り払ったことだった。トリスタンは、陸軍にいたときも形ばかりの慣例を忌み嫌い、茶化してばかりいた。だから食事も乗員と一緒にし、ときには料理の腕も振るい、みんなとトランプに興じたり、トリスタンのことを船長と呼ばず紳士と呼ぶとりわけ内気で寡黙なキューバ人から、ギターを教えてもらったりもした。酒も伝統的な一日二オンスの配給制などにはこだわらなかった。しかし、酒の貯蔵室に鍵がかけられたことは一度もなかったにもかかわらず、だれ一人それを逆手に取るものはいなかった。それでもアスガードはファルマスを出て二日間は楽しく過ごしたが、その喜びも、トリスタンが食事のときに、体を鍛えないやつは船から放りだすぞ、と宣言するまでだった。一方三人の乗組員はみなてきぱきと動き、腕もよく、士気も高かった。ひとつには、みんなが大好きな暖かい南の気候に向かっていたせいもあった。

一行の船は、ある夜明けにポートサイドに到着、無事スエズ運河に入った。紅海の猛暑に悩まされたのはトリスタンとアスガードだけだった。しかし、バベルマンデブ海峡に到達してアデン湾でインド洋の南風のなかに入ると、その暑さもかなり和らげられた。二週間後、彼らは目的地マリンディに到着したが、あいにく積み荷の受け渡し地点は、さらに二日分南下したところにあるモンバサに変更されたことがわかった。トリスタンは悲しみがぶり返し、ひそかにドイツの小砲艦と遭遇することを願ったが、モンバサでの積み荷の引き渡しは無事行なわれた。イギリス人将校は、諸君が旅の途中で危険な目にあったことに対して特別に報酬を払うが、それに対する諸君の義務はこれ以上なんら生じるものではない、ともってまわった口調でいった。さらに将校は、諸君に勲章を授与してもらうよう掛けあってみるつもりだ、とつけ加えたが、この時点でトリスタンはうんざりし、部屋を出ていった。一カ月以上海に出ていたあとでは、さしでがましいおしゃべり男は見ているだけでむかむかするのだった。アスガードはモンバサに以前来たことがあり、上陸休暇をフランス人の未亡人と過ごす予定でいた。そこでトリスタンは、二人のキューバ人と一人のメキシコ人を引き連れ、できたばかりの列車に乗ってナイロビまで足を伸ばし、三日のあいだ飲んだくれてくたくたになるまで商売女を抱きまくった。そして、象牙の積み荷をシンガポールに運ぶ仕事を請け負った。象牙といっても、ほんとうに象のものと、象牙によく似た、中国人に媚薬として珍重されるサイの角があった。それにこの地でトリスタンは、アヘンというものをはじめて経験し、なにもかも忘れて夢見心地にさせてくれるところが気に入った。港へ戻る途中、列車が燃料補給のために停まった場所で、トリスタンは死んだサイの頭を膝にのせたところを写真に撮ってもらった。そしてしょぼくれたアル中イギリス人カメラマンに二十ドル払い、〝アメリカ合衆国モンタナ州ショトー、ウィリアム・ラドロー方〟と住所を書いて渡し、その写真をワン・スタブに送ってもらった。メッセージはこうだった。〝このほとけのサイは、ほんの一瞬だが、列車をとめたよ〟

モンタナにはふたたび秋が訪れていた。息子たちが戦争に出てからまだ一年しかたっていなかった。スザンナは、冷たい雨が降りしきるなかを散歩に出て患(わずら)った肺炎が治り、イザベルと一緒にボストンに向けて発(た)っていった。その年は、本格的なインディアン・サマーがわずか三日しかつづかなかった。ある日の午後、ラドローはポーチで鉱石受信機をいじっていて、ワン・スタブと小さなイザベルが大真面目な顔でその様子を見つめていた。音楽の旋律がはじめてグレート・フォールズの周波数から飛びこんでくると、みんないっせいに驚いた。ポーチで眠っていた二頭の鳥猟犬は立ちあがって吠え、牡のほうは肩のあたりの毛を威嚇するように逆(さか)だてた。ラドローも、二日がかりで組みたてた鉱石受信機をあやうく落としそうになった。小さなイザベルはけらけら笑って手を叩き、くるくる跳ねまわった。ワン・スタブがじっと考えこみはじめたので、ラドローは、あらゆるものが固有の音を持っているのだと説明した。ワン・スタブは一時間近く考えたあと、鉱石受信機は蓄音機と同じくらい価値のないものだという結論に達した。

スザンナは、ボストンにあるイザベルのルイスバーグ・スクエアの住まいで冬を過ごした。結婚のことで両親と依然わだかまりのあったスザンナは、イザベルを一緒にいてすばらしい人だと思った。そして二人の関係は、表面的な義理の母娘から親しい友人同士へと発展していった。イザベルは、その年は男とつきあわないことに決め、かわりにその分のエネルギーを、いつもの交響曲やオペラではなくフランス語とイタリア語の習得、そして男女同権論や参政権の勉強に費やした。さらに、遠いいとこであり詩人でもあるエイミー・ロウェルのために、晩餐会を開いた。エイミーは、たとえば公衆の面前で女だてらに葉巻をふかすなど、なにかと物議をかもしていた。あいかわらず健康がすぐれなかったスザンナは、堂々として威勢のいいこの女流詩人に会えたのがうれしかった。エイミーは、食後にブランデーを所望したかと思うと、葉巻に火をつけ、外見とはかけ離れた、繊細で研ぎすまされた自作の詩世界を披露してくれた。

トリスタンがファルマスから出した手紙は、スザンナのもとには届いていなかった。かわりにイギリス政府からの短い手紙が来ただけだった。そこには、手紙の微妙な内容がわが軍の戦力を危険にさらさないような時期が来るまで、トリスタンの手紙は保管されます、とあった。スザンナは困惑し、悲しみに沈んだ。父親のアーサーに連絡をとってみようかと思ったほどだった。一方アーサーのほうには、義理の息子のことで祝杯に値するほどの知らせが届いていた。ボストンにあるイギリス領事館が、具体的な内容は明らかにはできませんが、きわめて危険な任務を成功裡に遂行したことにより、トリスタンはヴィクトリア十字勲章を授かることでしょう、と知らせてきたのだ。最初その知らせを聞いたとき、アーサーは「ふん、似非冒険家めが」とつぶやかずにいられなかったが、ハーバード・クラブの昼食会の席でその知らせが公表されるやいなや、きわめて名誉な息子を持ったことをみんなから祝福された。アーサーはJ・P・モーガンやジェイ・グールドに似たタイプの実業家だった。もちろんスケールこそおよばなかったが、ヨーロッパでの戦争に乗じて経済的な最盛期を迎えることになり、鉱山や手工業を中心にして牛や穀物へと一気に事業を拡大していった。そしてヘレナにアルフレッドの事務所を構えさせて政治の世界に誘い入れ、収集した裏情報を毎週報告書にして送らせた。それ以前にもアルフレッドは小麦取引でずば抜けた才覚をあらわしていたので、アーサーは、アルフレッドならさぞかし理想的な息子になっていただろうに、と悔しがった。さらにアーサーは、アナコンダからモンタナの銅山の利権を買いとって合弁銅山企業を作りあげたスタンダード・オイル社に莫大な投資をした。アルフレッドは資本を持つ人間が特権を行使する方法をはっきりと心得ていたが、老いぼれつつあるラドローは、鉱夫の賃金や生活条件のことを考えると感傷的にならずにはいられなかった。一方アーサーは、非組合員の自警団員たちがビュートで世界産業労働者組合の組合員一人を橋から吊るし首にしたとき、彼らに敬礼するのだった。

春にはアルフレッドは、自分の将来設計に対するアーサーの助言を求めに東部に出かけ、ついでに母親を訪ねることを口実に、ひそかに思いを寄せるスザンナに会った。トリスタンやサミュエルと比べると、アルフレッドはやや愚直なところがあったが、兄弟を誇りに思う気持ちは引けを取らず、愛と忠誠にみちあふれていた。ある晩ベッドに入っているときなど、もしトリスタンが戻ってこなければスザンナは自分を愛してくれるのに、と自分が胸の奥で願っていることに気づき、さめざめと泣いた。それほど正直すぎるところがあったにもかかわらず、その性格は政治の世界に入ってまたたくまに変貌を遂げることになるのだった。ボストンでは、アルフレッドの心は深く傷ついてしまった。家族の再会を祝う食事の席で、スザンナがテーブルの向かいの自分にほとんど注意を向けてくれなかったからだ。翌日からはスザンナも気さくに接してくれたが、四月のボストン・コモン公園を何度か一緒に散歩しているあいだも、けっして寄り添うように歩いてはくれず、アルフレッドの胸はいまにも張り裂けそうだった。ヘレナに戻るときに、スザンナがエイミー・ロウェルの詩集をくれた。それはアルフレッドの基本的に古風な性格からすると理解しがたい詩だったが、なかに書いてあった謹呈の辞が、彼の心を燃えたたせた。〝親愛なるアルフレッド優しく気高い人へ愛をこめて　スザンナ〟故郷に帰る列車の長旅の途中、アルフレッドは自分の客室でこっそり本の表紙を開き、スザンナの文字のにおいを嗅ぎ、スザンナのにおいがしたような気がして、思わず身を震わせるのだった。

象牙を積みこんだダル・エス・サラームの港が見えなくなってまもなく、トリスタンは悪性の赤痢にかかり、舵輪を握っている最中に気を失ってしまった。初期症状としては寝たきりのまま四十度を越える熱が一週間もつづいたが、ちょうど海も大時化だったため、船長の命運も船の命運も、ともに尽きてしまうのではないかとアスガードは恐れた。トリスタンと船の両方が超自然的耐久力を持っていなかったら、両者ともインド洋の海底に無惨な姿をさらしていたことだろう。一週間が経過していくらか熱も下がったが、今度は夢遊病者のように歩きまわりながら南洋の悪夢に満ちた幻覚を見ることになった。そして幻覚のなかで地獄門を目の当たりにすると、そこを通り抜けたい、とトリスタンは思った。ある真夜中のこと、いったいなにが彼を引き留めたかはわからないが、そのときトリスタンは、素っ裸のまま船首斜檣の上にちょこんとしゃがんでいた。その姿は、さながらゴシック建築の屋根にとまる怪物ガーゴイルだった。暖かな波しぶきがトリスタンの火照った体をわずかに冷やしてくれたが、やがてメキシコ人が索止め栓で彼をたたき落とし、ベッドに引きずり戻した。

トリスタンには甲板に死人たちがいるように思え、高熱にもかかわらずキャビンで酒を飲んでいると、彼らの足音が耳もとにひびいてきた。死んだはずのサミュエルが笑って植物学の話をしてくれたが、その髪には雪がかかり、セイロンのコロンボが近づくにつれて、白い髪が岸からの風になびいた。つづいて背中に青い羽根をつけたスザンナがあらわれたかと思うと、ワン・スタブが船尾の航跡の彼方から遠吠えのような叫びをあげていた。トリスタンには、チークやホワイトオークの板材を通して彼らの声が聞こえ、彼らの姿が見えさえした。混濁した意識のなかで眠りと覚醒の区別がつかず、幻覚を見ているときの夢とほんとうに眠っているときの夢の両方から追い詰められていた。ある夜明けに、アスガードが船倉にいるトリスタンを発見した。トリスタンは素っ裸のまま巨大な象牙を胸に抱き寄せ、どす黒く変色して悪臭漂う血塗れの牙の根もとをじっと見つめていた。そして突然甲板に駆けあがったかと思うと、その象牙を海に放り投げようとした。すんでのところでアスガードが制止したが、以後トリスタンはキャビンに閉じこめられ、メキシコ人の見張りをつけられることになった。

熱に浮かされているうちに、トリスタンは神秘家たちも羨むような状態に入っていたが、彼自身にしてみれば、うろたえることばかりだった。生きるものも死んだものもすべて彼とともにあり、まったく同等に存在していた。ベッドの端から突き出ているものが自分の裸足の足だということさえわからなかったし、真昼でも夜のように暗い水面下の海が、海には思えなかった。巨大な象牙の根もとについた血は帆船のものじゃないから、それを船から投げ捨てれば象の頭に返してやれるだろう、と思った。スザンナが薄紅のなまめかしい幽霊となってあらわれ、彼女の子宮がトリスタンをすっぽりと包みこんだ。子宮のなかは、まるで船首斜檣(バウスプリット)の波しぶきのように塩辛かったが、やがてトリスタンも幽霊となった。そして海洋となり、スザンナ自身となり、彼の下の荒くれ馬、彼の下の海馬(かいば)の森、さらに帆を裂く風、帆の上の月、帆と月のあいだにある闇の光となっていった。

一行がマラッカ海峡の入り口に差しかかり、おだやかな順風に乗ってシンガポールに向かうころになると、トリスタンはおおむね回復した。象牙の積み荷は海運同盟で無造作に降ろされた。華僑(かきょう)たちは殺し屋連中の視線にびくびくしていたが、報酬を減らすことはなかった。病(やま)いのせいで、トリスタンは切断寸前の錨鎖(びょうさ)なみにやせ細ってしまったが、気力のほうはすっかり回復していた。そして、純粋アヘンの入ったトランクを華僑の一人と一緒にサンフランシスコに運ぶという、莫大な報酬が約束された仕事を引き受けた。トリスタンはみんなと食事をしながら、いかにも釈然としないといった顔のアスガードを尻目に、象牙の儲けを均等に山分けした。帆船の持ち主である祖父の取り分はべつにしておいた。そしてアヘンの儲けも同じように均等に分けることを宣言した。アスガードは、それだけあれば簡単に手に入る、デンマーク沿岸の小さな農場を夢見た。二人のキューバ人は、家族がこの新たな富に目を丸くする姿を想像し、祝いあった。トリスタンとメキシコ人だけが素直に喜べなかった。二人が目の前の大金にほとんど関心を持てなかったのは、二人とも求めているものが金では買えないものだったからだ。おそらくメキシコ人は、生きて帰ることのないはるか彼方の愛する祖国を思っていたことだろう。そしてトリスタンは、死んだ者を生き返らせること以外になにを望んだだろうか。頭のなかは、いわば大虐殺のあとの遺物、燃えつきた街や森、冷たい瘢痕組織同然だった。

帆船は南シナ海を渡って北に向かい、途中マニラに寄港して新鮮な食料と水を補給した。アヘンの運び屋が悪名高き港に怯えるので、トリスタンはアスガードと二人のキューバ人を狩猟用ライフルで武装させ、甲板に立たせた。それからキャビンに降り、短いが決定的な別離の手紙をスザンナに書いた。(〝きみの夫は永遠に死んだ。どうかべつの男と結婚してくれ〟)そしてその手紙を、メキシコ人と一緒にマニラでばか騒ぎしたときに出会った、高速蒸気船の船長に託した。夜が明ける寸前に船に戻る途中、二人はドックの近くで四人の殺し屋に襲われた。襲ってきた連中の一人の武器をメキシコ人が奪い、トリスタンが一番図体のでかい男を絞めあげなければ、二人とも命を落としていたことだろう。メキシコ人が、奪った鉈刀で相手の首をすっぱりはねると、トリスタンが首を絞めていた男をのぞく二人はとたんに逃げだしたが、逃げる間ぎわにトリスタンの膝のわきを切りつけ、腱まで切断するという重傷を負わせていった。メキシコ人はとりあえずトリスタンの脚を止血帯で縛り、二人で歌を歌いながらボートに戻って、酔いの残ったいい気分で帆船の係留地点まで漕いでいった。アスガードが切れた腱を腸線で結びあわせ、傷口を消毒し、縫合してくれた。傷は一行がハワイに着くころには治ったが、以後トリスタンは、わずかに脚を引きずって歩くようになった。

世界各地を一緒に駆けめぐった船の乗組員以外は、これ以後六年間のトリスタンに関してはわずかな事実を知るのみであり、しかもその内容も不完全なだけに、もどかしさが残る。彼はサンフランシスコに到着したあと、新しくできた運河を通過してみようと南のパナマに向かったが、ゲイリャード・カットの地滑りがこの新しい海の通路を一時的に塞いでしまったので、ホーン岬をまわり、リオで帆船に小さな蒸気の補助機関をつけてもらうことにした。それから帆船は、比較的安定した三年間をカリブ海で過ごしながら、バーミューダ諸島からマルティニク島、そしてコロンビアのカルタヘーナにおよぶ島間交易に専念した。トリスタンはキューバ西部のピノス島に小さな牧場を購入し、第一次世界大戦が終結する年にもう一度イギリス政府のための冒険旅行をするため、ダカールに旅だった。喜望峰をまわってモンバサに戻ったとき、一週間ガラ族の女を乗せたが、女があまりに船の揺れを恐がるので、小さな金の袋を持たせてザンジバルで降ろしてやった。トリスタンは象牙とアヘンの運搬にふたたび手を染め、前回と同じように東をめざしてシンガポール、マニラ、ハワイ、サンフランシスコへと向かい、一九二一年も終わりに近づいたころ、開通していたパナマ運河を通過した。ハバナに戻る途中、メキシコ人以外の乗員は船を下りた。トリスタンが数カ月をピノス島の牧場で過ごしたあとハバナに戻ってみると、祖父が五年前に死んだこと、そして父親のラドローが脳卒中で倒れ、死ぬ前にトリスタンにひと目会いたいと願っていることを知った。トリスタンとメキシコ人はもう一人乗員を雇い入れ、ベラクルスに向かった。メキシコ人はすでにこの地で力強く人生を送るだけの金を持っていた。トリスタンは帆船をメキシコ人にあずけ、馬と列車を乗りついで一路北に向かった。肌は黒々と日に焼け、脚は依然引きずったままであり、その心はいまだに慰められることなく、世界に向けるまなざしはこの世でだれよりも冷たかったが、一九二二年四月、とうとう故郷の土をふたたび踏みしめたのである。

ある暖かい午後、ラドローがワン・スタブと一緒にポーチに座ってラジオで交響曲を聴いていると、トリスタンの乗った馬が解けかかった雪だまりをよけながらスピードをあげ、門を走り抜けてきた。そのときのラドローの言葉にできない喜びは、われわれにはとうてい理解できるものではない。トリスタンは馬から飛び降り、ポーチから転がるようにして出迎えた父を、両腕にしっかりと抱き留め、父さん、父さん、と何度も繰り返したが、老いた父親は脳卒中のせいで実際に言葉をしゃべることができなかった。ワン・スタブは視線を上に向け、やはりわれわれの理解を超えた険しい人生のなかで、はじめて涙が頬を伝うのがわかった。そしてワン・スタブは歌を歌いはじめた。囲い地からデッカーが飛びだしてきて、トリスタンとおたがい同時に抱えあげようとした。物音を聞きつけて台所からやってきたペットは、おじぎをするまもなくトリスタンに抱きしめられた。長い髪をおさげに結って男ものの服を着た十六歳の少女が、手綱を手に角を曲がってきた。風焼けしてはいるが、肌の色の濃さはインディアンほどではなかった。少女がじっと見つめる視線にトリスタンが気づくと、少女はどこかへ行ってしまった。デッカーが、娘のイザベルだよ、はにかみ屋でね、といった。

ペットが仔羊を一頭つぶして臓物を抜き、台所の裏に火をおこして焼きはじめた。みんなはポーチに座って酒を飲み交わしたが、たがいにほとんど無言だった。ラドローはチョークで石板に訊きたいことを書いた。その髪は真っ白だったが、背筋はあいかわらずしゃんと伸びていた。デッカーは遠くのほうに目を逸らしながら、トリスタンの母親がローマにいることを伝えたついでに、やや間をおいてから、いかにもふと思いついたふうを装って、アルフレッドとスザンナが去年結婚したよ、と切りだした。いまは延び延びになっていたヨーロッパへの長いハネムーン旅行に出かけていて、夏はアンティーブ岬で過ごすらしい。トリスタンがちっとも気にかけない様子だったので、デッカーはひとまずほっとして、酒をぐいっとあおった。トリスタンは、芝生の上で円を描くように歩きながら、ちょっと馬で出かけたいところがあるんだ、みんな夕食まで飲み過ぎないでくれよ、といった。

小川に沿って、切り立った崖に挟まれた深い峡谷にある湧き水へと、トリスタンは大急ぎで馬を走らせた。解け残った雪がサミュエルの墓地をおおっていた。到着して馬を下りると、一羽のカササギが墓石から飛びたった。目をあげ、カササギが峡谷の頂上に舞いあがりながら空中に描く繊細で美しい軌跡をじっと見つめた。トリスタンは、自分は墓作りが下手(へた)であることを思い知らされた。というのも、足の下の墓は、ただの雪と土と、風雪にさらされた石でしかなかったからだ。牧場に戻る途中、イザベルが陽射しのなかで三頭の仔馬の手入れをしているのを見つめた。デッカーは娘を、トリスタンの母親との混乱を避けるために、二世(トゥー)と呼んでいた。トリスタンがトゥーに、あのアナグマはどこだい、と訊くと、どこかへいっちゃった、でも子どもたちはまだ果樹園の裏に棲(す)んでるわ、と答えた。トゥーはトリスタンを納屋に連れていき、ラドローが彼女の誕生日に買ってくれたエアデールテリアの仔犬を見せてくれた。生後十週間にもかかわらず、はやくもうなり声をあげてトリスタンを威嚇するほどだった。トリスタンはそっと近づきながらしだいに手なずけ、やがて仔犬はトリスタンの耳をしゃぶるほどになった。それからトリスタンがトゥーを間近に見つめると、トゥーは顔をぽっと赤らめたきりうつむいた。

夕食のとき、ラドローは、仔羊をおごそかに切りわけたあと、〝話を聞かせてくれ〟と石板に書き、トリスタンに渡した。冒険などに興味がないにもかかわらずなにかに突き動かされて冒険を余儀なくされた男たちの例に洩れず、トリスタンは、ここ七年間でどの出来事がとりたてて特異な体験なのかわからなかった。しかし、食卓のみんなが聞きたがっていることはわかりすぎるくらいわかっていたので、話してやることにした。フィリピン人の殺し屋の首をはねたこと、マーシャル諸島のはずれで遭遇したタイフーン、酔ったいきおいでブラジルのレシフェで買ったアナコンダが、マストのまわりにがっちりとぐろを巻いてしまって、仔豚を一頭見せてやるまで離れなかったこと、帆船の乗員に管理してもらっている馬の何頭かはみごととしかいいようがないこと、そしてシンガポールには犬を食べる習慣があることなどを話した。最後の話にみんなはショックを受けたが、ワン・スタブだけは表情を変えず、トリスタンにアフリカのことをたずねた。食事を終えると、トリスタンは鞍嚢のなかからライオンの牙でできたネックレスなどのプレゼントを取りだした。ライオンの牙のネックレスは、ワン・スタブの首にかけてやった。数日後ワン・スタブは、フォート・ベントンへの三日間の旅に出かけ、ワン・フー・シーズ・ア・バードにそのネックレスを見せにいった。トリスタンは、母親にやるつもりだったルビーの指輪を、ふと思いついてトゥーにプレゼントすることにし、トゥーの左手の薬指にはめてやると、その額にキスした。食卓にふと沈黙が降り、ペットがとめに入ろうとしたが、デッカーがそれを制した。

その夜みんなが寝しずまったあと、トリスタンは月明かりに包まれた牧草地を散歩した。あちこちに残った雪は幽霊のように白く浮かびあがり、西のはるか彼方には、さらに白いロッキー山脈の頂（いただき）が見えた。歩きながら、獲物を探すコヨーテの鳴き声や、ときどき聞こえる短い遠吠えに耳を傾けた。すると囲い地の近くで仔犬の鳴き声が聞こえてきたので、納屋に入って抱いてやった。そのまま仔犬を抱いて家のなかに持ち帰り、自分の部屋にあがってミュールジカの皮の上にのせ、夜の寒さに備えて、鳥の巣のように周囲を布団で囲ってやった。それから眠りについたが、真夜中に仔犬が低くうなる声で目が覚め、ふと見ると、窓の月明かりを浴びて、ベッドの足もとにトゥーが立っていた。トリスタンは手を差しのべた。しばらくのち、たがいの腕のなかで、トゥーはトリスタンのあとを追うようにして夢を見ない深い眠りに落ちていった。孤独は地上からようやく消え去ったのだ。

トリスタンの人生は、七年ごとに大きく変化しているようだった。そしていままさに、七年にわたる幸福な人生を迎えようとしていた。それは彼の人生でも比類ない黄金時代であり、後年老いを迎えたときも、当時をよく懐かしんだものだった。それはまるで胸のなかにこと細かに綴（つづ）った一冊の本があり、一ページ一ページ丹念にめくりながらゆっくりとふたたび至福の時を生きるかのようだった。幸福というのは自分一人の力ではありえない。トリスタンの場合も、周囲の人々による部分が大きかった。けれども彼らを愛してはいたものの、以前彼らのもとを去ったときには、光と温（ぬく）もりを与えてくれるのが彼らだとは意識していなかった。しかし、朝になってトゥーがナイトガウンにふたたび袖を通し、キスをして部屋を出ていったあと、トリスタンには彼らの姿が窓からはっきりと見えたのだ。まず、大きな怪音が牧草地の遠くにひびいていた。フォードの小型自動車だった。車はがたがたと石を踏み越えながら、大きな円を描いて泥のなかを走った。運転しているのはワン・スタブで、となりにはバッファロー皮のローブをはおったラドローが背筋を伸ばして座っていた。デッカーは、アイリッシュ・ウールの帽子をかぶって納屋に寄りかかり、日溜まりで朝の一服を楽しみながら、ヘレフォード種の牡牛が納屋の小割り板の隙間から突きだした鼻先を掻いてやっていた。ペットは鶏やガチョウに穀類の餌を撒いてやりながら、鶏を追いかけまわす仔犬をしっしっと追い払っていた。トリスタンが朝食を食べに階下に降りると、薪の料理用ストーブは暖かく、峡谷の見える南の窓から朝日が差しこんでいた。トゥーがトリスタンにコーヒーを注いでくれた。トリスタンは、デッカーの大好物であるニシンの入った陶（とう）のボウルをのぞきこみ、一切れ取って酢漬けのタマネギを添えた。トゥーは、ワン・スタブが夜明けに釣ったトラウトをフライにして出してくれた。トリスタンは、朝食の皿を洗っているトゥーの後ろ姿、そして一本に編みあげたその黒いつややかな髪に見とれた。目を閉じると、足もとの床が、一瞬海のようにうねる感じがした。ニシンの香りのなかに、北方の干潮時に起こる激しい潮風のにおいがした。目を開けると、トリスタンはトゥーににっこり微笑（ほほえ）みかけ、すぐに結婚してくれないか、と訊いた。そうすれば毎晩大手を振ってわたしの部屋にこれるだろ。トゥーは両手を拭（ぬぐ）うと、トリスタンからもらったルビーの指輪を窓辺から取った。そしてまるでそれが聖杯でもあるかのように捧げ持ち、こう答えた。あなたの気持ちがたしかなら、答えはイエスよ。たしかでなくても、答えは同じ。十月初旬に盛大な結婚式が行なわれた。日取りがそこまで先送りされたのは、その時期ならイザベルがヨーロッパから戻ってこられるということと、トリスタンがいつまた気まぐれを起こして出ていくか知れたものではないと恐れたペットが、しばらく様子を見たいといったからだった。しかしトリスタンは、旅に出ることなどもはや考えてはいなかった。その夏はあの深い峡谷のなかに湧き水を見おろす新居のロッジを作ることに費やした。ノルウェー人の大工たち一行がビュートのイタリア人石工三人を引き連れて、スポーカンからやって来た。造りは単純で、台所のついた部屋が中央にひとつ、一方の端に暖炉、反対側に壁いっぱい自然石を積み上げて作った暖炉、そして両翼にそれぞれ三つずつ寝室があるだけだった。トゥーは新居の広さに戸惑い、ワン・スタブとラドローは毎日自動車に乗って大工たちに昼食を運んできてくれた。ラドローは長々と雄弁な手紙を書くことに夢中になり、トリスタンは夕食後に暖炉を囲みながらその手紙に答えるのだった。

モンタナでは、大恐慌が十年早くやってきた。東の平原では、戦争によって産出量を増やした穀物市場が、二年つづきの深刻な干ばつによって完全に崩壊した。銀行は倒産し、畜牛市場は兵士たちの空腹感がおさまるにつれてインフレ状態になった。デッカーは牧場の牛を登録ずみのヘレフォード種だけに制限したが、牧場の収入源は、いまだにみんながアーサー・ドッグ

・ミートと呼ぶあの種馬を、デッカーがかずかずのサラブレッドと掛けあわせて作る仔馬だけとなっていた。できた仔馬は、クォーターホースほどの頑健さこそ持たないものの群を抜いたカッティング・ホースであり、乗り心地は快適なことこのうえないし、顔だちもきれいで気性もおとなしかった。クォーター・マイル・レースでもみごとな走りっぷりで、トリスタンとデッカーは、モンタナ、アイダホ、ワシントン、オレゴンなど各地の品評会でこの馬を走らせた。賭レースで優勝したときには、トリスタンはラドローにパッカードのツーリング・カーを買ってやった。ワン・スタブは威厳をもって細心の注意を払い、運転手役を務めた。その首にはあいかわらずライオンの牙のネックレスがかかっていた。馬の買い手は、遠くテキサスのサンアントニオやキングスビルあたりからもやってきた。デッカーとラドローが臆するのを尻目に、トリスタンは強気の値段をつけたが、それでも馬は売れていった。

　秋の結婚式は、アルフレッドとスザンナ不在のまま、過去の思い出となっていった。じつは、トリスタンがスザンナと再会するのはそれから四年後の、かしこまったなかにもお祭り気分がただようクリスマス晩餐会のときだった。アルフレッドのほうは、合衆国上院議員になるための選挙キャンペーンで地元を訪れたときに折に触れて立ち寄っていて、ちなみに選挙では、義父の財源と影響力に少なからず助けられて、あっさりと勝利を収めた。そのクリスマスのとき、スザンナの悲しみを目の当たりにしたのは、トゥーとペットだけだった。スザンナはいまだに子どもができず、トリスタンの子どものサミュエル・デッカーとイザベル三世が客間でスザンナの黄色い髪をいじくりまわしたとき、スザンナはしくしく泣きだしたのだ。

経済情勢はますます先行きが不透明となり、アーサーの忠告に従ってラドローは少しずつヘレナ銀行から資産を引きだした。そしてほかに妙案もないまま、トリスタンの家の大きな炉床(ろしょう)の下に金(きん)を埋めた。トリスタンはいつものいやみのない尊大さで、共同所有なんかとっととやめて牧場を自分のものにすべきだ、と主張した。ラドローは、いまだにスザンナと彼女の父親に対し、共同所有している土地の使用料と支払通知書を送っていたのだ。

3

ふたたびトリスタンに呪わしい運命をもたらしたのは（というのも、幸福に関して述べることなどほとんどないからだ。幸福とは幸福そのものでしかなく、感情的には落ちついた休眠状態となって、気持ちは軽くなるが頭のなかは幸福ぼけしてしまうものである）トゥーや牧童たちと一緒に、秋の去勢牛の一団をグレート・フォールズの駅へ移送するときのことだった。牛追いはほとんど時代遅れといっていいほど古くさいものになっていたが、にもかかわらず楽しい旅だった。十月であり、株式市場が崩壊したばかりだった。しかしトリスタンは牛を売って小金(こがね)を得たので、みんなで——トゥー、トリスタン、デッカー、半分黒人の血が流れるクリー族、そして数年前のロッジ造りを請け負った大工のなかで一人居残(いのこ)ったノルウェー人がいた——夏の酷暑が終わったお祝いをしようと、町に泊まった。そして一番上等な料理を食べ、浴びるほど酒を飲んだ。しかしそんな彼らも、酒場に近い牧場の牧童たちが身なりも立派で羽振りもすこぶるいいことには、げんなりさせられた。その牧場は、ヴォルステッド法をものともせずにカナダから酒を密輸し、大金持ちになったのだった。

翌日は、秋の買い物をしたトゥーを、ワン・スタブがパッカードで迎えにくることになっていた。そこでトリスタンは密輸業者の首領に、自分たちが飲む分と近所に売る分とでウィスキーを十箱買いたい、と持ちかけた。牧童たちには利益は均等に分けようと話したので、みんなは早くもぼろ儲けを想像しながらほくほく顔で酒を飲み、荷馬のかごに入れて運ぶウィスキーをさらに追加注文した。

一行は自動車と馬の風変わりな隊列をなして狭い峡谷を下り、ショトー手前の谷に入った。パッカードのすぐ後ろを、十月の雨でぬかるむ道に足をとられながら、馬たちがゆっくりと進んだ。ところが、道が北のショトーに折れる峡谷の出口のところで、武装した連邦警察官二人とフォード・クーペが道を封鎖していた。二人の連邦警察官は、なにげなく空中に銃を向けて威嚇射撃した。連邦警察官として指示されていたとおりの行動だった。機嫌のいい隊列はようやく歩みを止めた。連邦警察官はいった。積み荷のことはわかってるんだ。そのウィスキーは諦めてもらおうか。そしてトリスタンの姿を認め、残念そうにつけ加えた。あんたは十一月にヘレナで起訴されることになるだろうな。だがその前に、酒のほうは処分させてもらう。その瞬間、ワン・スタブの絶叫がとどろきわたり、トリスタンは振り返った。パッカードに駆けつけ、ワン・スタブの顔を凝視し、その視線を必需品や贈り物と一緒に後部座席にいたトゥーに移した。トゥーはまるで石になったかのように、じっと座ったまま動かなかった。その額には、峡谷の岩壁に当たって跳ね返った銃弾に貫かれた、十セント玉ほどの真っ赤な孔があいていた。

トリスタンは半狂乱になって銃を探しまわり、ないとわかると、茫然とする連邦警察官二人に殴りかかり、うち一人に対して、何カ月も死線をさまようほどの怪我を負わせた。トリスタンは、トゥーの亡骸をパッカードから降ろし、両腕に抱きかかえて峡谷を駆け下りた。隊列は彼のあとにつづいた。トリスタンは亡骸を抱えたまま、冷たい雨が降りしきるなかを何マイルも歩きつづけた。ときおりなにかを叫んだが、それは言葉というより、遠吠えに近いものだった。

三日後、大佐がラドローの家を訪れ、連邦警察官の一人が頭蓋骨骨折の重傷を負ったため、トリスタンはヘレナの刑務所で三十日つとめなければならない旨を伝えた。刑期が軽いのは、モンタナ政界におけるご長男のお力があればこそですよ。するとその場にペットが入ってきて、スリーの姿が見えないの、といった。トリスタンは馬に飛び乗って十マイルほど走りまわり、やがて湧き水の近くの森のなかで、ワン・スタブと一緒にいるスリーを見つけた。ワン・スタブがシャイアンの弔いの歌を歌い、スリーも一緒に歌っていた。スリーの玲瓏と澄んだもの悲しい歌声を耳にすると、トリスタンに残っていた心はまっぷたつに裂けてしまった。トリスタンはスリーのかぼそい体を抱きあげて鞍に乗せ、家に連れ帰った。

いまだに近隣の老人たちによって議論されているのが、トリスタンが無法に走ったのは、酒におぼれたためか、牢獄に放りこまれたせいか、あるいは悲しみのあまりか、それともただ金に目がくらんだだけなのかという問題である。しかしこれは、年金生活者たちの酒の席でのゴシップ談義にすぎない。むしろおもしろいのは、四十年の歳月をへたいまも、トリスタンという人物がいまだに魅力を失わないことである。それはギャングというより、最後の無法者（アウトロー）とみなされているからだろう。

六歳のスリーがワン・スタブと一緒に湧き水の近くにいるのを見つけたあとの数カ月間、トリスタンは子ども以外とは口をきかなかった。獄中でも一言もしゃべらず、訪問はいっさい拒（こば）んだ。みずからの弔いの言葉とスザンナからの哀悼（あいとう）の手紙を携（たずさ）えて面会に来たアルフレッドさえ、その例外ではなかった。ヘレナの新聞は〈上院議員、妻を亡くした弟を獄中に見舞う〉という見出しを掲げ、この面会の顚末（てんまつ）を書きたてた。

じつのところアルフレッドは、なぐさめの言葉と仲裁役を求めてトリスタンのもとにやってきたのだった。トゥーの葬儀の翌日、大佐がトリスタンを刑務所に連行した数時間後に、アルフレッドは牧場に到着していた。しかしラドローは自分の部屋に引きこもり、アルフレッドに会おうとしなかったのだ。かわりにペットに石板を持たせて客間のアルフレッドに渡した。そこにはこう書いてあった。〝アルフレッドが合衆国政府とその基本行政を代表しているかぎり、口をきくことはできない〟。

ラドローは、トゥーを実の娘同然に心から可愛がっていた。何年か前も、彼はトゥーに読み書きを教えるのが日々の楽しみだった。ペットとデッカーにはいい顔をされなかったが、いつもなにかと贈り物を与えてはトゥーを甘えさせた。イザベルに、ボストンじゅうで一番きれいで一番値の張るウェディングドレスを買ってくるよう伝えたのも、ほかならぬラドローだった。ワン・スタブと一緒にフォードを駆って墓まで行くと、ラドローは実際の年齢である七十五歳よりずっと老けこんだ気分だった。十四年前の十月には息子たちを戦争に送った。そして七年前の美しい十月には、トリスタンとトゥーがハコヤナギの木立のなかで結婚式をあげ、枯れかけた草や黄色いポプラなどの秋色を背に、純白のウェディングドレスが陽射しを受けて照り映えたものだった。十四年間に愛する者を二人亡くすことは、そう珍しいことではない。だがそれを悲しむ者にしてみれば、よくあることだろうが珍しいことだろうが関係ない。奪い去られた命のことばかりを思い、もし彼らが生きていてくれたらと、くよくよ考えつづけるだけなのだ。

アルフレッドは動揺で眠れないまま長々と列車に揺られ、ワシントンに戻った。政治的問題として見ると、禁酒など無意味な愚挙であり、犯罪分子の関心をあおることに貢献しているとしかアルフレッドには思えなかった。ヴォルステッド法が形骸化しはじめてから、ますますそのことは明らかになっていた。アルフレッドにとって、父親はいつも英雄だった。そしてこの古き良き開拓者の言葉を上院の演説で好んで引用した。しかしラドロー自身は少しも英雄だなどとは思っていなかった。〝カウボーイ〟だの〝開拓者〟だの〝禁酒法〟といった基本的にばかげた通俗概念は、事実がひと段落して歴史が自己満足的局面に入り、人々のエネルギーが名称づけと社会秩序に向かったときにはじめてあらわれるものなのである。

しかしアルフレッドは、政治や父親との仲たがいよりもっと深刻な問題を抱えていた。じつは、スザンナの具合が思わしくなかったのだ。表面的には穏やかでなにごともないかのようだが、あきらかにスザンナは心の病いに犯されていた。そのうえワシントンという土地柄や上院議員の妻に対する社会的要求が、病いの進行にいっそう拍車をかけた。アルフレッドはメリーランドに別荘と厩舎を買い、義父の競走馬を何頭も置いていた。スザンナはほとんどの時間をそこで過ごし、二週間に一度、ジョンズ・ホプキンズ大学の法精神医学の教授に訪問してもらっていた。この教授は老いたフランス系ユダヤ人で、スザンナの病状を秘密にしておくことを誓ってくれたが、それは気のふれた妻の存在が政治的に足手まといになることが必至だったからだった。しかし一方でアルフレッドは、スザンナに対して盲目的な愛情を抱いていたため、病気の深刻さを認めたがらなかった。何年か前のある午後、ハネムーンから船で帰るために車でヴァロリスからニースに向かっていたとき、スザンナが突然運転手に車をとめるようにいい、木立の生い茂った山腹に二人で分け入って、愛を交わした。それまでの数週間、スザンナはとても幸せそうだったが、ときどき思いだしたように発作的に泣きだすことがあった。にもかかわらずアルフレッド自身は、これほど栄光に満ちた至福を味わったことはないと思いこんでいた。しかし、スザンナはじきに苦悶の殻に閉じこもっていった。そしてニューヨークへ戻る二週間の船旅のあいだも、ずっと特等室から出ようとしなかった。田舎にやってワシントンの心理的圧迫から解放してやることが、彼女の病気にはよさそうだった。

しかし、九年におよぶ結婚生活のあいだ、程度の差こそあれ、狂気と呼べるにちがいない時期が毎年何度か訪れた。精神科医もあまり力になってやることはできなかったが、彼にとってスザンナはここ数年でもっとも魅力的な患者だった。そこで医者は、スザンナに競走馬に親しむことを勧めた。動物に親しむことが病んだ精神を安らげる効果があるのは知られていたし、たとえ一時的であるにしても、馬たちがスザンナの精神に入った毒をうまく抜いてくれると思ったからだ。

アルフレッドがモンタナから戻ったあとの数週間は、まさに地獄だった。スザンナの狂気は頂点に達し、地上のすべてが鮮明すぎて、なにもかも透けて見えてしまうのだった。馬を見れば馬の肌を通して心臓や筋肉や骨が透けて見えるし、月は窓の一フィート先にぶらさがって見えた。花瓶に活けた花は生気が失せておぞましく、壁にかかったフランスの油彩画などは裏返しにされてしまった。いくら頭のなかで子どもを作ろうと思っても子どもができないと訴え、トリスタンが哀悼の手紙にちっとも返事を寄こさないのを、鬱状態に沈む梃子にした。

四月になるとアルフレッドは、表向きは自分の後援者を訪れるという名目でふたたび西部に戻った。スザンナがモンタナで夏を過ごしはじめたら具合もよくなるかもしれないと思い、ヘレナに大きな家を買った。イザベルも来てくれるだろうし、トリスタンとペットも、スリーとサミュエルの子育てをスザンナに手伝わせてくれるかもしれない。ショトーにほど近いぬかるんだ庭に車を乗りつけると、いつも楽観的なアルフレッドは、自分の計画と牧場の美しさに思わず心が高揚するのだった。

トリスタンとデッカーは小屋の外に出て荷鞍の枠を作り、ラドローとワン・スタブはパイプをくゆらせながらそれをながめていた。アルフレッドが車から降りると、ラドローは柵を抜けて牧草地のほうへ行き、ワン・スタブがそのあとにつづいた。トリスタンとデッカーとアルフレッドは、ラドローが解けかかった雪を迂回する様子をじっと見つめた。その後ろ姿は、まるで世界の果てに向かって歩いていくかのようだった。アルフレッドの頬を涙が伝い、トリスタンはその腕をそっと取った。アルフレッドはトリスタンに許しを乞うたが、トリスタンは淡々とした口調で、「許すもなにも、女房を撃ったわけじゃあるまいし」といっただけだった。デッカーは木挽台に座り、トリスタンとアルフレッドが小さくなっていくラドローとワン・スタブの姿を追って牧草地に入っていくのをじっと見送った。デッカーは三年たつまで待ち、より険しい北欧系の苛烈さを持っていた。（デッカーは三年たつまで待ち、ボーズマンでの牛の競市にでかけたときに、町の連邦警察官の一人が毎日リヴィングストンに通う道の途中を狙った。そして松林の小高い岩に腰を下ろし、・二七〇口径を膝にのせて待ち伏せていた。最初の一発はタイヤを撃ち抜いた。そして男が車から出てきたところでその体に鉛の玉を十発撃ちこんでやり、宿怨を晴らした。もう一人の連邦警察官は東部に配置転換されており、一人を殺すだけで満足しなければならなかった）。

牧草地のなかばまで行くと、アルフレッドは立ちどまり、堰を切ったように、スザンナに手紙を書いてくれ、とトリスタンに頼みはじめた。屈折した罪悪感からスザンナを解放してやってほしいんだ。トリスタンは、兄が気の毒になってうなずいた。ラドローたちのところに着くと、ラドローは疲れ切って丸石に寄りかかっていた。ワン・スタブは、みんなの話し声が届かないところまで歩いていった。トリスタンは父親の腕を取り、アルフレッドを許してやるように頼んだ。父さん、アルフレッドは父さんの息子であって、政府じゃないんだ。ラドローは、寒さに身を震わせながらじっとアルフレッドを見つめた。その目は険しかったが、涙にうるんでいた。そしてトリスタンに向かってうなずき、顔を背けた。石板がなかったので、アルフレッドとは抱擁を交わしただけで、家に戻っていった。

翌朝アルフレッドが発つときには外は雨だったが、アルフレッドの心は軽く、自信にあふれていた。父からようやく許されたし、昨晩はトリスタンの子どもたちを膝にのせ、東部の大都会の暮らしぶりを聞かせてやったりして、楽しい団らんのひとときを過ごしたからだ。主道に向かう途中、アルフレッドは車をとめ、荷馬とラバの大きな群れが、黒人の血のまざったクリー族と大柄なノルウェー人大工の二人の牧童によって追いたてられるのを待った。アルフレッドはぼんやり考えた。どうしてトリスタンはそんなにたくさんの雑種動物をほしがるのだろう、と。

たしかな春の訪れを感じさせ、短い突発的な山嵐がいつやってきてもおかしくない五月のはじめごろ、ワン・フー・シーズ・アズ・ア・バードがフォート・ベントンからやってきて、トリスタンとデッカーとノルウェー人とクリー族の男を、ショトーからバリア、カットバンクを通って、カナダのアルバータ州カーズトンまで案内してくれた。そこで一行は五十頭の荷馬にウィスキーを四ケースずつ積み、シェルビーとコンラッドを通ってグレート・フォールズに向かった。そこでウィスキーを売った金は六千ドルにもなった。大儲けした理由のひとつは、さばいたウィスキーがカナダの最高級ブレンドであり、欲深な密輸業者たちが扱う労働者階級向けの水っぽい安酒ではなかったからだ。もうひとつの要因は、モンタナ北部の道には人通りがほとんどなく、警察の目を盗むには比較的容易だったことだ。ワン・フー・シーズ・アズ・ア・バードがいてくれたことで旅の安全も確保されたが、ワン・スタブは寂しかった。トリスタンから、家にいてラドローと牧場の世話を頼む、といわれたからだ。

しかし、残念ながらこの旅は、トリスタンには満足のいくものではなかった。自分では意識していなかったものの、心の隅でなんらかの妨害にあうことを期待していたのだ。やがてデッカーはトリスタンに忠告した。子どものことも考えたほうがいい。モンタナには人が少ないから、やがては噂が広まって捕まるはめになる。トリスタンは同意したが、デッカー自身も娘を奪われた静かな怒りが大きかったため、孫たちのことが心配でならないペットに押し切られた形であえて懸念を口にするだけにとどまった。そしてトリスタンは、夏の盛りにふたたび密輸に手を染めた。終わって家に帰ってみると、ペットが子どもたちを連れて出ていった、とワン・スタブが教えてくれた。わしもあとを追いかけようとしたんだが、病気のラドローをおいてはいけなかった。デッカーとトリスタンは、ただちに後部座席に穴の開いたパッカードをフォート・ベントンに走らせ、ペットと子どもたちを連れ帰った。

トリスタンは、ベラクルスにいるメキシコ人に電報を打って、翌年の春までに帆船をサンフランシスコに運んでくるよう伝えると、しばらく密輸から手を引いた。しかし、金を作る必要はあった。その夏はイザベルがやってきて、上院議員にふさわしいヘレナの家にスザンナが落ちつくのを手伝った。さらにイザベルは、一カ月のあいだ孫たちとペットをあずかってくれた。

スザンナも、子どもたちの面倒を見ることで一時的に健康を取りもどし、スリーとサミュエルも、そのお返しにスザンナに甘えた。すっかり元気になったかに見えるスザンナだったが、その健康がもろくはかない誤解によってかろうじて支えられていることを誰も知らなかった。トリスタンがアルフレッドの説得に負けてスザンナの手紙に返事を書いたとき、トリスタンは、運命が二人を引き裂いてしまった、いろんなことが起こったが、二人はこの運命を甘んじて受け、気高く生きなければならない、という内容を長々と書きすぎてしまったのだ。手紙ははからずも残酷なものとなった。というのも、彼女に希望を与えてしまったからだ。スザンナはふたたび月経がはじまるようになり、誤ったものだとはいえ、彼女の世界は活気にあふれ、ひと皮剝けたように新鮮さを帯び、日々が充実した出来事の連続となった。アルフレッドがモンタナ政界や社交界の友人を集めて大晩餐会を開くことを計画していたので、スザンナはこの方面に詳しいイザベルの助けを借りて、憑かれたように準備にかかりはじめた。

トリスタンはヘレナに行き、カーズトンで会ったことのあるカナダ人蒸留酒製造会社の代表に再会した。男の話によると、シアトルを本拠地とするアイルランド系ギャング団がいろいろもめ事を起こしており、どうやらアメリカ北西部やカリフォルニアへの酒の供給を締めつけているらしかった。酒はどうしたとうるさい顧客がサンフランシスコにいるんだが、連中が喜ぶ最高級ウィスキーをまわしてやれなくて困ってるんだ。そこで二人は、トリスタンが帆船をバンクーバー島からサンフランシスコに走らせるということでとりあえず合意した。トリスタンは、この日晴れ渡ったヘレナで堂々と法を犯すつもりでいた。アルフレッドへの贈り物として、ヘイグ・アンド・ヘイグ五ケースを持ってパーティ会場に向かったのだ。しかし、パーティに参加するつもりはなかった。アルフレッドが狩りの季節になると牧場に連れてくる表向き重要な友人たちが、トリスタンにはいつも鼻持ちならなかった。連中は一晩じゅうトランプに興じて酒を飲み、ほとんど例外なく朝寝坊した。クリー族の牧童が、ヘラジカや鹿ばかりしとめたがる連中の欲求を満たしてやっていたが、ある金持ちの紳士用服飾品商が山腹で昼寝をしていたグリズリーを容赦なく撃ち殺してからは、トリスタンは協力を拒んでいた。

蒸留酒製造業者との再会を果たしたあと、トリスタンは車を走らせてアルフレッドの贅を尽くしたヴィクトリア朝風邸宅に到着し、裏口を見つけた。母親に挨拶してウィスキーを渡すだけで、スザンナには会わずに牧場に引き返すつもりでいた。ヘレナにいると、トリスタンの精神は不自然に萎えた。ヘレナには公僕と呼びならわされている胡散くさい犬どもが闊歩しているし、当然ながら、一カ月間くさい飯を食らった冷たい刑務所もあった。そのことが頭に浮かぶと、トリスタンの喉と胸にトゥーの思い出がこみあげてきて、息が詰まる思いがした。子どもを産んだあともトゥーはあぶみなしで馬の背に飛び乗ることができたし、糟毛の去勢馬に乗るときは、彼女の髪はまるで精悍な野生馬のたてがみのようになびいたものだった。しかし、トリスタンは復讐する気にはなれなかった。おそらく悲しみのあまり心がすさみきり、世界に恨みを晴らすことは不可能だと諦めたのだろう。それに、たとえ恨みを晴らしたところで、愛するトゥーは生き返ってはこない。雨に打たれ、トゥーの濡れた長い髪が揺れて彼の脚を叩いたあの日以前の幸せは、戻ってはこないのだ。

そんなトリスタンにとって、スザンナに出くわすというのは運命のいたずら以外のなにものでもなかった。アルフレッドの家の台所に入っていくと、スザンナは笑いながらサミュエルやスリーと話をしていた。トリスタンが挨拶して子どもたちを抱きしめると、子どもたちは、パーティ用の飾りつけを指示する祖母を手伝いにいった。スザンナとトリスタンは台所のテーブルについた。あまりの気まずさに、台所が爆発するかと思われた。スザンナはなかば嘘をついて、サミュエルとスリーの母親になった夢を見たわ、といった。しかし、トリスタンがよしてくれというように首を振ると、スザンナはまるで両肩を引き寄せるかのように両手を握りあわせ、席を立った。そして食料貯蔵室に消えた。トリスタンがテーブルについたまま八月なみの暑さに汗ばんでいると、スザンナがかすかな澄んだ声でトリスタンの名を呼んだ。トリスタンが両手を顔に押しあてて食料貯蔵室に行くと、目をらんらんと輝かせた素っ裸のスザンナがそこに立っていた。髪は両肩におろされ、服は彼女の足もとに落ちていた。トリスタンはあわてて貯蔵室のドアを閉め、なんとかスザンナをなだめようとしたが、抱いてくれないと叫ぶわよ、死ぬまで叫んでやるんだから、といわれ、ためらわずに従った。二人はたがいの腕のなかに体をあずけ、ひんやりしたタイルの床に肌を押しあてた。

トリスタンが帰ってすぐ、スザンナは裁ち鋏で髪をばっさり切り落とし、パーティが終わるまで自分の部屋に閉じこもって、医者と看護婦の手当を受けた。翌朝早くスザンナは、医者を同行してイザベルやペットや子どもたちと一緒に、北のショトーへ車で送られた。一行は二台の車に分乗した。アルフレッドはあくまでやさしかったが、内心は事情が呑みこめず、うろたえていた。一行が到着すると、トリスタンは子どもたちを連れて十数マイル離れた山中に建つ狩り用の山小屋に数日間引きこもった。

しかし、トリスタンが戻ってくるとスザンナはふたたび活気を取りもどし、元気になったので、みんなはほっとした。アルフレッドは政治家としての雑務があるため、数日後にヘレナに舞い戻っていった。そのわずか一週間後には、トリスタンはメキシコ人と帆船を迎えにサンフランシスコに出発することになっていた。今度は乗員を少なくし、信頼しているクリー族の男とノルウェー人を連れていくことにした。

九月初旬となり、つかの間の寒さが訪れたが、二日もしないうちに暖かさが戻った。山裾にわずかに積もった雪も、午前には解けてポプラの枝から落ちた。ラドローとワン・スタブが、イザベルと一緒に昼食を食べさせるために子どもたちを連れにきたあと、トリスタンはロッジに一人座っていた。暖炉のなかで黒く焦げてゆく丸太をじっと見つめながら、状況はどうあれ兄を裏切ってしまったことを思うと、寂寞とした気分にかられた。スザンナを責めるつもりはもうとうなかった。年端の行かない子ども以上に自制心のきかない状態が周期的に彼女を襲うことを知っていたからだ。自分がこの世にもたらした混乱と苦痛を思うと、トリスタンの胸は痛んだ。ウィスキーを流しこみ、早めにサンフランシスコ行きの準備をしはじめた。もしまたスザンナがおかしくなってしまったときには、遠く離れているに越したことはないからだ。

トリスタンは手早く荷造りを終え、万一自分が戻らなかったときのために、自分の金の隠し場所をデッカーに教えるつもりでいた。しかし居間に戻ると、スザンナが暖炉の前のカウチにぽつんと座っていた。トリスタンは彼女の名を呼んだが、返事はなかった。カウチまで近づいて暖炉を見つめ、雨に濡れた彼女の短い髪と服に目をやった。スザンナは、かすかな声ではっきりとつぶやいた。ばかなことをしたわ。許してちょうだい。あのときは自分を抑えられなかったの。あなたが恋しくてたまらなかったし、ほんのつかの間でも、あなたがわたしを愛してくれたことがあったから。だからこのままじゃどうにも気がすまなくて、この世でもう一度あなたと結ばれたいと思いつめたばかりに、あんなことになってしまったの。わたしの具合が悪いことでみんなにはとんでもない迷惑をかけてるから、アルフレッドと一緒に東部に戻ったら、わたしは命を断(た)つわ。べつに自分を憐(あわ)れんでるわけじゃないわ。おかしくなったこの頭と、あなたがいないことに耐えられないだけ。

彼女の話が終わると、トリスタンは激しく動揺する頭で、必死に時間を稼ごうとした。それから自分の言葉と考えを一気に伝えたが、心は陰鬱に沈み、現実からどんどん遠ざかっていくような気がした。命を断つなんていけない。人生はうんと厄介で複雑なものだから、いつか二人がまた一緒になれる日も来るさ。少なくとも一年後には戻るから、かならずまた会える。そのときには二人の心も頭もすっきり晴れわたって、落ちついて話ができるだろう。

そう告げてトリスタンは旅だっていった。スザンナはふたたび希望を持ち、彼の嘘を信じてかろうじて自殺を思いとどまった。スザンナの希望の大きさは、何年か前にトリスタンが去っていったとき以上だった。それというのも、トリスタンがあらためて自分と一緒になることを切実に願っていると思いこんだからだった。彼女の健康状態は俄然上向きになり、ワシントンに戻ってからも、アルフレッドと精神科医はスザンナのその後の十カ月の経過を見てすっかり喜び、希望を持った。しかしそれは、彼女の希望と同じくらい過大で、同じくらい誤謬（ごびゅう）にみちたものだった。

サンフランシスコに到着すると、トリスタン、クリー、ノルウェー人はすぐさまメキシコ人と合流し、帆船に乗りこんで、闇に紛（まぎ）れて出発した。蒸留酒製造会社の男の忠告に従い、メキシコ人は、マウイ行きの荷物を積んでハワイに向かう振りをして、ドックをあとにした。一行は冷たい雨のなかを海岸沿いに北上し、一週間の快調な帆走のあと、バンクーバー島のチャーチポイント付近の入り江に入った。暗闇のなかで荷積みをすませると、サンフランシスコのすぐ北にあるボリナス湾の取引場所に向けて引き返した。

一行の幸運はボリナス湾まで持続し、荷降ろしを無事に終え、金もちゃんと受け取った。トリスタンとメキシコ人はつぎの取引の手引きをしてくれる男の車に乗り、サンフランシスコに向かった。つぎの積み荷の代金は、レストラン店主のグループによって支払われることになっていた。ノース・ビーチにあるもぐり酒場の二階のアパートで取引をまとめたあと、男はゴールデン・ゲートまで車で送ってくれた。途中、指示に逆らって手短かに食事を取ろうと、埠頭のレストランに立ち寄った。メキシコ人は、その日の昼すぎに見た埃まみれのA型フォードをまた見かけたような気がして落ちつかなかった。駐車場から出たとたん、一行は四人の男に取り囲まれ、トリスタンとメキシコ人は棍棒でぶちのめされて気を失い、乗ってきた車に放りこまれた。もう一人の男は、喉笛を掻っ切られて絶命した。殴られる前に、襲ってきた四人のうちの一番品のいい男が、海伝いに酒の密売をやろうなんて考えないほうが身のためだぞ、と忠告してきた。真夜中すぎに車のなかで意識を取りもどしたとき、トリスタンはその男のグレーのスーツ、笑みをたたえた目、粗革でできたブローグというアイルランド特有の靴を覚えていた。メキシコ人を起こし、二人で喉を切られた男を車から引きずり降ろすと、車でもぐり酒場に戻り、取引はいまも有効かとたずねた。有効だった。

今度は一行は、カナダからカリフォルニアの、レイズ岬付近にあるトマレス湾に戻ってきた。夜明けとともに汽艇が彼らの係留地点に向かってきたとき、彼らはすでに迎え撃つ準備ができていた。汽艇の乗組員たちは、トリスタンがすでに数マイル北の沿岸で荷を降ろしていたことなど、知るよしもなかった。汽艇が帆船に近づいてきたとき、トリスタンとメキシコ人は濡れたカンバスの下に隠れてじっと様子をうかがっていた。ノルウェー人とクリーは、下のキャビンで攻撃の第二波が必要になった場合に備え、待機していた。汽艇は操舵室に向けてマシンガンの短い一斉射撃を浴びせてきた。間髪をいれず、トリスタンとメキシコ人が象撃ち銃と・三五七口径を握りしめてカンバスの下から飛びだした。トリスタンは自分たちをぶちのめした四人のうちの二人の姿を認め、まずその二人に、陸上で最大級の哺乳類を倒すのに使われる五百粒入りの散弾を浴びせた。二人は全身をばらばらに飛び散らせ、船上から姿を消した。メキシコ人は汽艇の喫水線に鉛玉を浴びせて沈め、上げ潮のなかで犬かきをしていた残る二人の頭を撃ち抜いた。

それから一行はエンセナダに向けて船を南に走らせたが、トリスタンは、小競りあいには勝っても戦争に勝つことはできないと思っていた。そしてその冬は死んだように過ごした。メキシコ人は、財布はいっぱいになったがゲームはもうおしまいだとわかり、ベラクルスに引き返した。一カ月後、トリスタンはクリーとノルウェー人に、子どもへの長い手紙とラドローとデッカー宛ての伝言を託して、牧場に帰した。伝言の内容は、競馬シーズンのサラトガにアルフレッドとスザンナを訪ねてから帰るというものだった。それから、帆船の管理と食事作りをしてもらうために老いたメキシコ人漁師とその妻を雇い入れた。酒を飲んではスザンナのことを思い浮かべ、六月に再会したらいったいなにを話そう、話すことなどなにもないのに、と思い悩んだ。やがて子どもたちが恋しくなりはじめ、漁師とその妻が、娘に棄てられた三人の孫を船に迎え入れたいというのを許してやった。毎日が酒と釣りに明け暮れた。釣りは帆で走る小さな平底船に乗って老人と一緒に竿なしでやった。五月初旬になると、トリスタンは自分がどれほど子どもたちに会いたいと思っているかを感覚的にではなく意識的に悟り、帆船を老夫婦の手にゆだねて一路北に向かった。スザンナを生きながらえさせる妙案は少しも浮かばなかったが、とにかくサラトガに行く前に家に帰りたい一心だった。

六月にモンタナの牧場に帰ると、トリスタンは数時間しか休む間がなかった。みんな厳しい冬を乗り切って元気そうだったが、ラドローがめっきり弱っているのはだれの目にもあきらかであり、イザベルもそれを案じて五月のなかごろには牧場にやってきていた。夕食のときにデッカーが、トリスタンの二人の友人がやって来た話をした。カリフォルニアのアイルランド人が昨日やってきたが、あいにくだがトリスタンはいまごろサラトガに向かってるだろうといったぞ。トリスタンは脊椎（せきつい）におぞましい寒気が這（は）いのぼるのを感じた。そして同時に、自分の愛する者たちはなぜこうもみな命の危険にさらされてしまうのかと怒りに震えた。

翌朝の夜明けごろには、トリスタンはデッカーとワン・スタブに車で送ってもらって、グレート・フォールズの列車駅に着いていた。デッカーは不安でたまらず、一緒に行きたがったが、トリスタンは、いいや、あんたは牧場の面倒を見てくれ、と制した。前の夜遅く牧場を出発する前に、クリーとノルウェー人には、牧場のポーチに見張りに立って、見知らぬ人間を見かけたら容赦なく撃ち殺せ、といいおいてきた。トリスタンは古いサミュエルのスーツ姿で（自分のスーツはなかったからである）列車に飛び乗った。肩掛け鞄に金をぎっしり詰めこみ、服の下にはビーズリーのピストルと、ワン・スタブがくれた皮はぎナイフを忍ばせて。

ニューヨークに着くと、トリスタンは急いで服と車を買い、最高速で北のサラトガ・スプリングスに向かった。競馬シーズンであるため、大恐慌にもかかわらず大賑（おおにぎ）わいで、泊まる場所を見つけられず、ようやくグレンズ・フォールズ近くの小さな旅行者用の宿に落ちついた。ひげを剃り、翌日には厩番から服を買い、グランドスタンドの下で観客のどよめきを聞きながら着がえた。レースの合間には水を入れたバケツと馬の毛梳き櫛を持ち、グランドスタンドの後ろのきれいに刈り揃えられた芝草の上で繰り広げられる、つぎの出走馬たちの堂々としたパレードをじっとながめていた。そして観客の近くまで行き、アルフレッドと義父と日傘を差したスザンナが、粋な格好をした馬主連中と並んで立っているのを見つけた。ホイットニー、バンダービルト、ゲスト、ワイドナーなどの財閥の姿もちらほら見えた。アイルランド人一味の一人にちがいない男が、彩り鮮やかに植えられた花壇のそばに立っているのもわかった。こざっぱりした服装をしてはいるものの、どこかしら目だつ格好だった。トリスタンは厩舎の近くのパドックに歩いていき、血色のいい大柄な男が騎手と話しているところを通りかかった。通り過ぎざま、ノース・ビーチで自分を叩きのめした男たちの三人目の声が耳に飛びこんできた。トリスタンは振り返らず、馬房をせっせと掃除するよういわれていた厩舎に入った。すると男も厩舎に入ってきて、おずおずとあたりを見まわした。そして用を足すため空いている馬房に入った。トリスタンも、馬糞掃除用のずっしりしたフォークを手にその馬房に入っていった。フォークの二本の歯は男の首を貫き、馬房の壁に突き刺さった。男を厩舎の隅の藁と馬糞の下に埋めると、グランドスタンドのトイレに戻り、服を着がえ、もう一人のアイルランド人を見つけだした。男は競馬場に人気が絶えるまで相棒を探しまわったが、あきらめて旅行者用の宿に帰りはじめたので、トリスタンはあとをつけた。機会をうかがって夜遅くまで尾行していると、やがて男は宿の近くの薄暗い横町で食事をして一杯ひっかけ、それから宿に向かった。トリスタンはそこで待ちかまえて男の首をへし折り、ゴミの樽を空にしてそのなかに死体を放りこみ、そっとふたを閉めた。

ウィスキーの助けを借りてぐっすり眠った翌朝、トリスタンはニューヨークで買った高価なスーツに身を包み、サラトガに車で戻った。ほんのわずかでいいからスザンナをみんなから引き離し、どうにかして彼女を生きながらえさせるだけの愛情を与えて安心させるつもりだった。昼食のあとにチャンスがめぐってきた。スザンナは一人ぽつんと立ち、本命視されている鹿毛の牡馬をじっとながめていた。トリスタンが彼女のとなりにすっと寄り添うと、じきにスザンナは彼のことに気づいたが、とくに驚いた表情は見せず、こういっただけだった。わかっていたわ。きっとあなたが来てくれるって。

二人はすぐさま競馬場を離れ、数ブロック離れたところにある、彼女の父親が競馬シーズンのために持っていた家に向かった。トリスタンは二の足を踏んだが、スザンナは、わたしがいなくなったことにみんなが気づくまで少なくとも一時間はかかるわ、と請け負った。しかし、残念ながらアルフレッドが、スザンナの心の病いを心配するあまり、補佐官の一人に絶えず目を光らせておいたのだった。補佐官は、スザンナが見知らぬ男と一緒に家のなかに消えていくのを見とどけると、競馬場にとって返し、さっそくアルフレッドの耳に入れた。

スザンナは、メイドがひょっこり入ってきたりしないように、トリスタンを主寝室に誘った。それははじめは冷静な命令口調で、十月中旬にパリで会うことにしましょう、といってきた。トリスタンは早すぎる、といってトリスタンは断った。スザンナがヒステリックになったので、トリスタンはつぎの春はどうだい、と妥協案を出したが、そちらは彼女の都合があわなかった。絶えがたい苦痛に満ちた沈黙がずるずると長引くうちに、トリスタンは彼女の狂気がぶりかえす兆候に気づいた。そこで機先を制してスザンナを抱き寄せ、五月ならぜったい大丈夫だから、と安心させた。すると、腕のなかで身を震わせるスザンナの肩越しに、アルフレッドが部屋に入ってくるのが見えた。スザンナは、背中にまわされたトリスタンの両手がこわばるのを感じ、つぎにドアが閉まる音を聞いて、なにが起こったかを察知した。そして、これでもう結婚生活はおしまいだから、晴れてトリスタンについていくことができる、そう思うと、心が一気に軽くなった。

二人はまだ庭の大理石のように身を硬くしたまま、自分たちの呼吸音と遠くの競馬場の歓声に耳を傾けていた。アルフレッドはトリスタンに、「おまえを殺してやりたい」といっただけだった。トリスタンはスザンナから体を離し、アルフレッドにピストルを手渡した。アルフレッドはピストルをじっと見つめ、トリスタンのこめかみに銃口を押しあてた。そうしてたがいにじっと見つめあっていると、スザンナが、まるで夢遊病者のように二人のところにやってきた。アルフレッドがピストルを自分の頭に向けたので、トリスタンは叩き落とした。アルフレッドは床にくずおれ、さめざめと泣いた。するとスザンナがアルフレッドのそばにかがみこんで、言葉を区切りながら冷静な声音で話しかけた。誤解しないで。わたしはあなたと一緒よ。いつまでも。アルフレッドはすっくと立ちあがり、トリスタンと言葉にできない理解を交わしあったが、その表情には少なからず憎悪がまじっていた。スザンナはトリスタンをホールまで送り、キスをして、笑いながらいった。たぶんわたしたちはいつか地獄で会うでしょうね。それとも天国かしら。いずれにしても、人間が死んでどこかへ行くとすれば、その場所で会えるわ。

帰途についたトリスタンは、酒を飲みながらぼんやり考えごとにふけった。途中シカゴで列車を乗りかえるとき、新聞売りの屋台に〝ヴォルステッド法ついに廃止〟の張り紙があるのを見て、思わず笑いだしてしまった。禁酒法にとうとう幕が下りたのだ。トリスタンは馬相手の仕事に打ちこみ、子どもたちと遊んでやり、ワン・スタブと一緒に狩りをした。ワン・スタブは年を取りすぎたことを認めたがらなかったが、かつての俊敏さはなく、もはや衰えは否めなかった。

九月も終わりが近いころ、トリスタンは、ノース・キャロライナのアッシュビルから電報を受け取った。アルフレッドからだった。〝おまえの勝ちだ。彼女を家に送ることにする……〟トリスタンはショトーに馬を走らせ、電話で発信先をたしかめると、住所が私立の精神病院になっていることをなんとか突きとめた。そしてとりあえずフォードのピックアップを借りてグレート・フォールズへ走らせ、列車を迎えにいった。多少の戸惑いはあったものの、トリスタンは心に決めはじめていた。波乱に満ちたこの人生の残りをスザンナの面倒を見ることで過ごそう、と。しかし同時に、やがてはスザンナも牧場で健康を取りもどすのではないか、とも思っていた。列車を出迎えながら、トリスタンは胃の腑にひんやりしたものが降りてくるのを感じたが、大急ぎでそれを打ち消した。アルフレッドの政治家の友人がトリスタンに近づいてきた。案内された貨車でトリスタンがまず受け取ったのは、埋葬手続きのリストだった。そしてポーターが貨車のなかから降ろしたのは、ぴかぴかに磨かれたローズウッドの棺だった。

物語はまだここでは終わらない。スザンナは、サミュエルとトゥーのとなりに埋葬された。ここでこの物語を読んでいる人は、素直に神を信じる人でも、もう彼をそっとしておいてやれだとか、あるいは軽はずみな言葉を口にしたりして神を威嚇するかもしれない。しかし、神への冒瀆と悲しい運命がどれほどの確率で結びつくかはだれにもわからないのだ。何年も前に、フランスでノエルと一緒にサミュエルの心臓をパラフィン蠟に詰めたときに、トリスタンは神を呪ったが、そのことが悲しい運命につながったと考えるのは、いまではむしろ頭の古い神学者たちだけかもしれない。現代的な精神ならば、そういう出来事は太平洋の底深い潮の流れと同じで、自分ではどうにもならないものと見るにちがいない。

スザンナの葬儀が終わって数週間たった十月なかばのある暖かい日曜の朝、サミュエルとスリーは、ポニーに鞍をのせて柵にくくりつけ、ポーチのブランコに乗って遊んでいた。イザベルは具合の思わしくない二階のラドローに朝食を運んでやり、ついでにラドローに、メルヴィルの『ピエール』を読んできかせているところだった。ラドローはメルヴィルが大好きだったが、イザベルには退屈な作家だった。

台所では、ピクニックに出かけるトリスタンと子どもたちのために、ペットがお昼のお弁当を作っているところだった。デッカーとトリスタンの話に、ペットはじっと耳を傾けていた。

二人は避けられない状況から抜け出る方法を懸命に模索していた。アイルランド人一味がただ復讐のためだけにこの地に舞い戻ってくる可能性が十分あったのだ。トリスタンは、伸びをするとペットのところにやってきて、意見を求めた。ペットは、みんな子どもたちのことを心配してるわ、わたしにとっても一番大事なのは、子どもたちの安全を守ることよ、と答えた。スリーがやってきて、トリスタンの腕をぐいっと引いた。トリスタンがキスし、あと十分だけ、というと、スリーは客間のほうに駆けていき、サミュエルに、あと十分だって、と叫んだ。

デッカーはキューバを提案した。トリスタンはそこに小さな牧場を持っていた。いまは帆船の元乗組員だった二人のキューバ人によって管理されており、前の年の春には、二頭の牝馬が繁殖用にはるばる運ばれてきた。子どもの学校のことが心配なんだ、とトリスタンがいうと、デッカーは、子どもには学校なんかより父親の命のほうがはるかに大事だぞ、とさとした。そのとき車の音がしたのをペットが最初に聞きつけて身をかたくしたが、警察だよ、とサミュエルがいうと、緊張を解いた。デッカーはトリスタンのあとからポーチを降り、孫たちと一緒に立ちどまった。トリスタンは、フォード・クーペのわきに立っている二人の州警察官に近づいていった。

トリスタンはなかばうんざりしながらのんきに警官たちに会釈したが、つぎの瞬間、心臓が肋骨にぶちあたるほど飛びあがった。警官の一人がサンフランシスコのあの粋なアイルランド人にうりふたつなのだ。もう一人は、いかにも制服がぎこちないといった感じの殺し屋だった。一瞬両者はにらみあった。

「おれは兄弟を二人やられたんだ。カタをつけようじゃないか」男はいい放った。

トリスタンはポーチのほうを振り返った。そこにはデッカーが、サミュエルやスリーやワン・スタブと並んで立っていた。トリスタンはいよいよ自分の人生の幕切れがやってきたことを悟り、ポーチの陽だまりに立っている子どもたちと別れるのがつらくてならなかった。

「あんたらと一緒にいっていいかい。子どもには見せたくないんでね」

アイルランド人は、いいだろうとうなずいたが、つぎの瞬間、驚きの表情を浮かべた。寝間着の上にバッファロー皮のローブをはおったラドローが、茶色に枯れた草の上を裸足(はだし)でよろめきながらやってきたのだ。トリスタンは丁寧(ていねい)に、おやじだよ、と紹介したが、ラドローは白髪(しらが)頭を横に振りながら石板を掲げた。石板にはこう書いてあった。〝こいつはいったいどういうことなんだ?〟

アイルランド人は謝罪の言葉とともに静かに切りだした。申しわけないが、トリスタンは社会に対する借りを返さなくちゃならないんだ。長いこと牢獄でね。ラドローは首を振った。そして一瞬その体が、まるで獲物に襲いかかる鷹のように敏捷に動いた。ラドローは、片脚を振りあげてローブのあわせ目からパーディの十二番径(ゲージ)のショットガンを持ちあげ、二人のアイルランド人を永遠の彼方に吹き飛ばしたのだった。

エピローグ

その十月の朝が、われわれの目的であるトリスタンの物語の終わりである。ラドローはショットガンをぶっぱなしたショックで失神したが、夕食までには意識を取りもどした。トリスタンは子どもたちを抱きしめた。のちほどペットが子どもたちに、悪い男たちが父さんを殺しにきたのよ、と説明してやった。イザベルはしずかなヒステリー状態にあった。デッカー、クリー、ノルウェー人が死体を埋め、その夜クリーがミズーリ川上流にある深い沼に車を沈めた。しかし、銃声のこだまも消えやらぬうちに半狂乱になったのは、ワン・スタブだった。ワン・スタブは死体のまわりで反ったり跳ねたりしながら、小さな声で歌い踊った。そしてかがみこみ、意識が遠ざかりつつあるラドローを両腕に抱きかかえた。トリスタンは、もし殺したのがラドローではなくワン・スタブ自身だったら、興奮のあまり死体から頭皮を剝いだにちがいないと思った。

それからトリスタンは子どもたちを帆船でキューバに連れていき、キューバ革命が勃発する二十五年後になって、スリーとその夫がアルバータ州マクラウド近くに所有する牧場へ向かった。もしあなたにショトーへ行く機会があって、ラムズホーン・ロードを走り、アルフレッドの二度目の結婚で生まれた息子の手に渡ったあの牧場のわきを通ったら、なかに入るのに許可はいらない。最新の効率的管理がなされているが、ひとたび峡谷の奥に入ると、そこには、この世に残された数少ない人々にとって深い意味を持つ墓がある。サミュエル、トゥー、スザンナ、そしてわずかにあいだを置いてラドローが、二人の真の友ワン・スタブとイザベルのあいだに埋められている。少し離れて埋められているのは、デッカーとペットだ。いつも孤独でみんなと離れ離れで、どういうわけかひとりぼっちのトリスタンは、いまはアルバータの土に眠っている。

訳者あとがき

本書は、アメリカ文学界においてジム・ハリスンの名前を確固たるものにした、傑作中篇集である。

作者のジム・ハリスンは、アメリカ本国ではすでに作家として二十五年のキャリアを持ち、海外での評価も高く、著作は十二カ国語に翻訳されているという。とくにフランスあたりでは、アメリカ本国をうわまわる人気らしい。しかし、残念ながらいままで邦訳はなく、日本ではほとんど知られていなかった。このような力のある作家がこのたび日本に紹介されることは、じつに喜ばしいことである。

本中篇集は、「ある復讐」「名前を棄(す)てた男」「レジェンド・オブ・フォール」の独立した三つの作品からなり、アメリカ本国では一九七九年に出版されたものだが、三作品のうち、「ある復讐」と「レジェンド・オブ・フォール」は、中篇集に収められる前に、トルーマン・カポーティをはじめ数々の実力派作家を世に送った雑誌〈エスクァイア〉に掲載されている。

作品の魅力をひとことでいうなら、読む者を圧倒してやまないその力強さである。その秘密はいくつかあるが、まず挙げられるのが、テーマ自体の力強さだろう。ありふれた現実のひとこまをさながらピンセットでつまんでいくかのようなミニマリスム的なものではなく、極限状況に追い込まれた人間たちが見せる、究極の愛、激しい恩讐、気高い誇りなどをテーマの中心に据え、それが物語の迫力ある醍醐味となっているのである。また、ストーリーの密度の濃さも挙げられるだろう。ふつうなら長篇小説に匹敵するほどの物語なのだろうが、それをぎゅっと圧縮、あるいはとことん贅肉をそぎ落とすことによって、饒舌（じょうぜつ）に流れず、しかもめくるめくような雄弁さを備えているのだ。そして、その雄弁さに圧倒的なリアリズムを与えているのが、丹念に研ぎすました皮はぎナイフのように野性的かつ鋭利な文体である。この文体で、ときに怒濤のように荒々しく、ときに幼子のように繊細で無垢な物語世界を、正確無比かつイメージ鮮やかに切り取って見せてくれるのだ。そういうものがあいまって、凄まじいばかりに心を揺さぶるものが生まれてくるのである。そのあたりを、ぜひじっくり味わっていただきたい。

では、簡単に各作品をまとめてみよう。

「ある復讐」

空軍を除隊し、テニスに打ち込みながらも退屈な日常生活にうんざりしている男、コクランが、美しく聡明な人妻ミレアとの運命的な出会いによって、本物の愛に目覚めてしまう。不運なことに、女の夫ティベイはコクランの友人であり、メキシコの裏の世界の実力者だった。コクランはミレアとの密会を続けるが、ティベイは二人の仲を知り、ついに血の制裁を下す。愛する女と引き離され、自身も半殺しの目にあわされたコクランは、女を取り戻して復讐を遂げることを誓う――

愛に憑かれた中年男女の運命を中心に描く、衝撃的な作品である。メキシコの風土を舞台にしたハードボイルド・ミステリ風の設定であるが、復讐を軸にして、一途な男女の愛、男同士の友情と憎しみなどが真っ向から描かれている。まかりまちがえば陳腐になりかねない単純で普遍的なテーマだが、これをハリスンは、荘厳なまでに気高く謳い上げることに成功している。

「名前を棄てた男」

会社の管理職としてそこそこに財をなした四十代後半のノードストロムは、いままで人生に対する凡庸な仮定に基づいて生きてきたことを反省し、家庭を省みない妻と別れ、みずから築いた財産も地位もなにもかも棄てて、ひたすら自分らしく日々を生きる決心をする。しかし、そんなノードストロムをあざ笑うかのように、ある予期せぬ事件が待ち受けていた――

「ある復讐」や「レジェンド・オブ・フォール」が物語性豊かにめまぐるしく場面展開していくのに比べて、こちらは真摯な姿勢で自分に直面する中年男ノードストロムの、内面の成長をじっくりと描く物語である。しかし、それだけでは終わらず、後半を過ぎたところで、主人公はある事件によって命にかかわる状況まで追いつめられてしまうことになる。自分に目覚めた男がこの皮肉な運命にどう対処していくかが、この作品の面白さだろう。加えていうなら、これは金儲けにあくせくする現代文明に対する痛烈な批判でもある。さらに、経済至上主義を離れて、食べる分だけ稼ぎ、料理に打ち込み、自然とともに生きることを選ぶ主人公には、料理とアウトドアライフをこよなく愛する作家ハリスン自身の姿を見ることもできるかもしれない。

「レジェンド・オブ・フォール」

一九一四年、モンタナのひっそりした山裾に暮らすラドロー家の三兄弟、アルフレッド、トリスタン、サミュエルが、第一次世界大戦に赴（おもむ）いた。だがしかし、一家の宝である末っ子のサミュエルは、戦争であえなく命を落としてしまう。弟を守れなかったことを激しく後悔したトリスタンは、やがて放浪の旅に出る。ようやく心の傷も癒えてモンタナに戻ると、トリスタンに想いを寄せる兄嫁のスザンナをよそに、インディアンとの混血娘と結婚する。幸せな日々を送るトリスタンだったが、さらに過酷な運命が待ち受けていることなど、知るよしもなかった――

これは、今世紀初頭に生きた奔放な野生児トリスタンが、激しい運命の荒波に翻弄される生涯を描いた年代記である。ここではハリスンは絶妙なストーリーテラーぶりを発揮して、悲劇の主人公トリスタンの数奇な運命をたどりながら、恋愛、家族愛、死、狂気、冒険、復讐、そういったものをぎっしり詰め込み、大きなスケールで、しかも詩情豊かに描いている。深い余韻を残す、味わいぶかい作品である。

ジム・ハリスンは、一九三七年生まれの五十七歳、作家としての二十五年のキャリアで小説が九冊というから、きわめて寡作の部類に入る。アウトドアライフを愛するだけあって、復讐、アウトドア、環境破壊（エコテロリズム）などをテーマとした彼の著作は、比較的中年以下の、とくにアウトドアを愛好する若い読者層に広く読まれているらしい。現在ミシガン州北部に暮らし、夫人と二人の娘がいる。原書の裏表紙にある写真を見たかぎりでは、ボディガードなみのがっしりした体軀、たっぷりたくわえた口髭、指で梳（す）いただけの髪、そして、あくまで人間をやさしく見つめようとするかのような穏やかさをたたえた、思索的な横顔の持ち主である。

顔といえば、ジム・ハリスンは、優れた小説家以外にもじつに多彩な顔を持っている。

ひとつには、優れた詩人であることだ。末尾の著作リストにも詩集のタイトルをあげておいたが、いかにも詩人らしい非凡なイメージの奔出は、本作品にも随所に見られるとおりである。小説家として寡作であるのも、言葉を徹底的に吟味する詩人としての揺るぎない姿勢が、小説にもあらわれているからにちがいない。

もうひとつは映画の脚本家としての顔で、『チキンハート・ブルース』をはじめ、これまで数多くの映画にかかわってきている。新しいところでは、昨年日本でも公開された『ウルフ』（マイク・ニコルズ監督、ジャック・ニコルソン主演）の原案と共同脚本を書いたりしている。ハリスン自身の処女長篇も*Wolf*というタイトルだが、おなじウルフでも、映画とこれとはまったく関係ない。

ウィリアム・フォークナーやダシール・ハメットの例を持ち出すまでもなく、力のある作家はハリウッドに脚本家として招かれることが多いが、作家の立場からすれば必ずしもプラスに働くことではなく、あくまでも生活難を乗り切るために引き受けるケースが多いのも事実である。ハリスンも、四十代のはじめごろから映画の仕事を引き受けるようになったが、直接の動機は、やはり作家としての生活を安定させるためだった。おかげで、詩の朗読や教師などの仕事をやめ、創作活動に打ち込むことができるようになり、渾身の力を込めて最初に書き上げたのが、この中篇集『レジェンド・オブ・フォール』である。いまでも映画関係の仕事を続けているのは前述の通りだが、やはり創作活動には相当な消耗を強いるらしく、昨年四月のニューヨーク・タイムズ日曜版に載ったインタビュー記事では、できれば映画の仕事はやらなくてすむようにしたい、と洩らしている。

ついでに映画の話をすると、自身の作品にも映画化されたものがいくつかある。「ある復讐」は、ご覧になった方もいるだろうが、九〇年に日本でも『リベンジ』という邦題で公開された映画の原作である。監督は『トップ・ガン』のトニー・スコット、コクラン役にケビン・コスナーを配し、ミレア役はマデリーン・ストウ、ティベイ役は『道』の名優アンソニー・クインがそれぞれ演じている。自身も脚本に加わったわりには、ハリスンは映画の出来をあまり気に入っていないらしい。ちなみに『パルプ・フィクション』の監督クエンティン・タランティーノは、この映画『リベンジ』を、八〇年代のベスト映画のひとつと絶賛している。

「ある復讐」と同じように、「レジェンド・オブ・フォール」も、このたび映画化された。日本での公開は、配給元によると本年五月になる予定である。試写を観せていただいたが、人物設定をはじめ原作とは異なる点がいくつかあるものの、原作の雰囲気はいささかも損なわれておらず、みごとにスクリーン上に結実していたと思う。監督のエドワード・ズウィックが、七〇年代に原作を読んで以来、映画化の夢を温めてきたというだけあって、惚れ抜いた感じがじつによく出たすばらしい映画である。トリスタン役には、九〇年代のジェームス・ディーンともいわれ、『リバー・ランズ・スルー・イット』で名フライフィッシャー役を演じたブラッド・ピット、父親のラドロー役にはアカデミー賞俳優アンソニー・ホプキンズ、そしてスザンナ役には新進気鋭の女優ジュリー・オーモンドがあたっており、そのほかにも数々の実力派の役者が揃っている。ちなみに、ハリスン自身は脚本には加わっていない。

ところで、ジム・ハリスンの顔はそれだけではない。「名前を棄てた男」に料理の話題が頻繁に登場するが、じつはかなり本格的な料理評論家でもあるのだ。実際、〈エスクァイア〉の「ザ・ロウ・アンド・ザ・クックト」という名物料理コラムを、二年ほど担当していたこともあるほどである。その延長上で、次は料理本を書くことになるだろうというようなことを先のニューヨーク・タイムズのインタビューで語っているが、はたして本気なのかジョークなのか、真偽のほどは定かでない。

では最後に、ジム・ハリスンの著作リストを挙げておく。

〈小説〉

Wolf

A Good Day to Die
Farmer
Legends of the Fall（本書）
Warlock
Sundog
Dalva
The Woman Lit by Fireflies
Julip
〈詩集〉
Plain Song
Locations
Outlyer
Letters to Yesenin
Returning to Earth
Selected & New Poems
The Theory And Practice of Rivers & Other Poems

一九九五年三月

映画化作品

レインマン
リアノー・フライシャー／山本やよい訳
天才的な記憶力を持ちつつ強度の自閉症で入院中の兄レイモンドと、利己的な弟チャーリー……二人の奇妙な旅を綴る愛と感動の作品

卒業
チャールズ・ウェッブ／佐和 誠訳
将来への不安にいらだちつつも、人妻との情事を重ねる若者ベンジャミン……。だれもが経験する青春の試練を謳いあげた感動の名作

アンタッチャブル
エリオット・ネス／井上一夫訳
禁酒法がしかれた一九二〇年代のシカゴ。酒の密造・密売で強大な組織を築き上げたアル・カポネに敢然と挑む十人の精鋭たちの活躍

堕ちる天使
W・ヒョーツバーグ／佐和 誠訳
戦前の名歌手の行方を追う探偵が踏み込んだ悪夢の世界。ハードボイルドとオカルトを融合した傑作。映画化名『エンゼル・ハート』

ゴッドファーザー〔上〕〔下〕
マリオ・プーヅォ／一ノ瀬直二訳
全米最大の犯罪組織に君臨するドン・コルレオーネとその家族の生きざまを通して、現代社会が見失った血の絆の意味を浮彫りにする

文芸作品

エデンの東⑴⑵⑶⑷
J・スタインベック／野崎・大橋訳
南北戦争から第一次大戦までを背景に、父と子、夫婦、兄弟の激しい愛憎の悲劇を旧約聖書の物語に託して描く永遠のベストセラー。

一九八四年
G・オーウェル／新庄哲夫訳
世界が三超大国に分割された近未来……個人の自由と人間性の尊厳が否定された全体主義社会の恐怖を描く、戦慄の反ユートピア小説

華麗なるギャツビー
F・S・フィッツジェラルド／橋本福夫訳
20年代のニューヨークを舞台に、華麗にして悲劇的な男ギャツビーの生涯を描き、失われた青春の夢を哀愁を込めて謳い上げる名作。

ミスター・グッドバーを探して
ジュディス・ロスナー／小泉喜美子訳
優しい独身の女教師から、一人バーをさまよい男を求める奔放な女へと、夜ごと変身するテレサ……実話をモデルにした衝撃の問題作

ハーツォグ〔上〕〔下〕
ソール・ベロウ／宇野利泰訳
結婚生活に破綻を来し錯乱状態に陥った元大学教授が、思索の末に見出したものは？ノーベル賞作家の自伝的大作。全米図書賞受賞

アリステア・マクリーン

女王陛下のユリシーズ号
村上博基訳

援ソ物資を積んだ連合軍輸送船団を護衛して厳寒の北極海をゆく英国巡洋艦ユリシーズ号の凄惨な死闘！　海洋冒険小説の不朽の名作

ナヴァロンの要塞
平井イサク訳

エーゲ海にそびえたつ難攻不落のナチスの要塞ナヴァロン。その巨砲を爆破すべく、マロリー大尉たち精鋭五人はひそかに潜入した！

最後の国境線
矢野　徹訳

ハンガリーに連れ去られた弾道学の世界的権威を救出せよ——指令を受けた英国特別工作員は大雪原を血に染めるスパイ戦の渦中へ！

恐怖の関門
伊藤　哲訳

法廷内で警官を射殺し、大富豪の娘を人質にして逃走したタルボ。だが、それは妻子の復讐のための周到な策略の序曲にすぎなかった

ナヴァロンの嵐
平井イサク訳

ドイツ軍に包囲されたユーゴスラヴィアのパルチザンを救うため、マロリー大尉らは敵中へと降下した。『ナヴァロンの要塞』の続篇

アリステア・マクリーン

麻薬運河
矢野　徹訳

巨大麻薬組織を追ってアムステルダムに飛んだ国際刑事警察のシャーマン警部を待っていたのは、重大な情報を握る部下の死だった！

北極戦線
森崎潤一郎訳

グリーンランドの地球観測基地付近に旅客機が不時着。生存者は11名。だが翌朝、一人が何者かに殺された！　極寒の大氷原での死闘

黄金のランデヴー
伊藤　哲訳

小型核兵器の盗難事件の直後、カリブ海を航行していた豪華客船の乗組員が相次いで惨殺された……乗取りを企む一味の目的は何か？

巡礼のキャラバン隊
高橋　豊訳

謎の行動を続ける聖地巡礼のジプシー達。それに疑念を抱いた英国人ボーマン。そして謎の公爵……大草原に展開する三巴の追跡戦。

シンガポール脱出
伊藤　哲訳

陥落前夜のシンガポールからの最後の脱出船の中に英国の命運を決する極秘書類を抱えた准将がいた。そして書類を狙う敵スパイも！

アリステア・マクリーン

歪んだサーキット
平井イサク訳

誰かがマシーンに手を加えている！　たび重なる事故で名声を失った天才F1レーサーはサーキットを覆う陰謀に敢然と立ち向かう。

北極基地／潜航作戦
高橋泰邦訳

英国の北極気象観測基地ゼブラで大火災が発生！　救助に急行する米最新鋭原潜ドルフィン。だがそれは巨大な謀略の序章であった。

黒い十字軍
平井イサク訳

航空力学、電子工学などの世界的権威がオーストラリアに向かう途中で次々と消息を絶った。そこに最新兵器をめぐる恐怖の陰謀が！

金門橋
乾　信一郎訳

米国大統領と産油国の国王らを乗せた専用バスが武装団に金門橋上で強奪された！　だがバスの中にはFBIのリブソンが潜んでいた

悪魔の兵器
平井イサク訳

微生物研究所から生物兵器を奪った犯人は研究所を閉鎖しなければロンドンに生物兵器をばらまくと通告。そして最初の犠牲者が……

ジャック・ヒギンズ

エグゾセを狙え
沢川　進訳

フォークランド紛争のさなか、高性能ミサイルの奪取を図るアルゼンチン空軍の英雄と、これを阻止せんとするSAS隊員との激闘！

非情の日
村社伸訳

IRAに強奪された五十万ポンドの金塊の行方を追って、元英国陸軍情報部員ヴォーン少佐は過激な武装テロ集団に単身で潜入した。

廃墟の東
白石佑光訳

不可解な謎を秘めたまま、グリーンランドの雪原に眠る墜落機。調査団を乗せて現場に飛んだパイロットのマーティンを死の罠が待つ

暗殺のソロ
井坂　清訳

世界的名ピアニストにして超一流の暗殺者ミカリ。逃走中の彼に娘を轢き殺されたSASのモーガン大佐は、復讐の追跡行を開始する

神の最後の土地
沢川　進訳

第二次大戦前のアマゾン。若きパイロットのマロリーは、元撃墜王との出会いからインディオ対白人の流血の戦闘に巻き込まれてゆく

ハヤカワ文庫NV

ジャック・ヒギンズ

ルチアノの幸運
菊池　光訳

連合軍のシチリア島上陸作戦前夜、極秘任務を帯びて降下した五人の男女のなかに服役中の伝説的ギャング、ルチアノの姿があった！

雨の襲撃者
伏見威蕃訳

仲間の手引きで脱獄したＩＲＡ兵士ロウガンは、その代償として組織の資金調達のために現金輸送車を襲撃した……哀愁の冒険ロマン

真夜中の復讐者
白石佑光訳

誘拐された大富豪の娘を救出するため、父祖の地シチリア島の山中へと降下した元傭兵ワイアット。だがそこには非情な裏切りが……

ヴァルハラ最終指令
ハリー・パタースン名義／井坂　清訳

陥落寸前のベルリンから脱出したドイツ国家指導官ボルマンが企む、ナチス最後の謀略とは？　ヒギンズが別名義で放つ傑作戦争小説

ウィンザー公掠奪
ハリー・パタースン名義／井坂　清訳

前英国国王ウィンザー公を誘拐せよ――英国に傀儡政権を樹立せんとするヒトラーの密命を受け、若きＳＳ少将はリスボンへ飛んだ！

ロビン・クック

コーマ—昏睡—　林　克己訳

有名病院の手術室で続発する麻酔事故。病院側の圧力を受けながらも、単身で調査を開始した女子医学生が発見した衝撃の真相とは？

マインドベンド—洗脳—　林　克己訳

職員がみな親切なことで有名なクリニック。だが医学生アダムは、クリニックと製薬会社との間に恐るべき秘密があることに気づいた

ブレイン—脳—　林　克己訳

大学医療センターを訪れた女性患者に奇怪な症状が続出……調査を始めた放射線科医の前に、合衆国政府をも巻き込む巨大な陰謀が！

アウトブレイク—感染—　林　克己訳

ロサンゼルスで突然発生した恐怖の伝染病。その感染源をたどろうと苦闘する女医マリッサは、感染者たちに奇妙な共通項を発見する

ハームフル・インテント—医療裁判—　林　克己訳

医療ミスで有罪を宣告された麻酔医ジェフリーは、無実を立証しようと奔走するうちに麻酔薬を汚染させる謎の殺人者の存在に気づく

マイケル・バー＝ゾウハー

過去からの狙撃者
村社　伸訳

ソ連外相が合衆国内で暗殺された。翌日、その運転手までも……事件の背後に潜む三十年前の悪夢とは？　異色スパイ・サスペンス。

二度死んだ男
田村義進訳

ハイチで焼死体になって発見された男は、一年前に英国で死亡したはずのソ連のスパイだった！　そこに隠されたKGBの意図とは？

エニグマ奇襲指令
田村義進訳

ナチスの極秘暗号機エニグマを秘密裡に奪取せよ――傑出した変装技術をもつ服役中の大泥棒ベルヴォアールは困難な任務を託された

パンドラ抹殺文書
広瀬順弘訳

クレムリンに潜むCIAスパイの正体を示唆した文書を、KGBの手から守れ――米ソ情報部の熾烈な頭脳戦を描く傑作スパイ小説。

ファントム謀略ルート
広瀬順弘訳

米国大統領候補ジェファーソンとナチスとの黒い関係とは？　彼の当選阻止を狙うOPEC議長の密謀とは？　迫真の大型サスペンス

ハヤカワ文庫NV

バー＝ゾウハー＆クレイグ・トーマス

復讐のダブル・クロス
M・バー＝ゾウハー／広瀬順弘訳

復讐に燃え、ユダヤ人に致命的な打撃を与える計画を開始したテロリストと、それを阻止せんとする老練なモサドの長官の苛烈な暗闘

真冬に来たスパイ
M・バー＝ゾウハー／広瀬順弘訳

十数年ぶりに訪れた英国で暗殺事件に巻き込まれたソ連の大物スパイ。背後に蠢く陰謀を追い、老スパイの意地を賭けた闘いが始まる

無名戦士の神話
M・バー＝ゾウハー／広瀬順弘訳

ヴェトナム戦争で死亡した身元不明の一兵士の調査を始めた米国国防省高官。奥深い謎に踏み込み、彼は戦時中の黒い事件を暴き出す

ファイアフォックス
クレイグ・トーマス／広瀬順弘訳

ソ連が開発した最新鋭戦闘機を奪うべく、米空軍のパイロット、ミッチェル・ガントは単身モスクワに潜入した！　冒険小説の雄篇。

ラット・トラップ
クレイグ・トーマス／広瀬順弘訳

旅客機を乗っ取り、乗客の命と引き換えに獄中の仲間の釈放を要求するアラブゲリラと、英国公安当局が繰りひろげる白熱の攻防戦。

訳者略歴　1958年生，上智大学文学部英文科卒，英米文学翻訳家　訳書『殺しの匂う街』サヴェージ，『三つの迷宮』タイボ二世（早川書房刊）他多数

HM=Hayakawa Mystery
SF=Science Fiction
JA=Japanese Author
NV=Novel
NF=Nonfiction
FT=Fantasy

レジェンド・オブ・フォール
──果てしなき想い──

〈NV769〉

一九九五年四月二十日　印刷
一九九五年四月三十日　発行
（定価はカバーに表示してあります）

著者　ジム・ハリスン
訳者　佐藤耕士
発行者　早川浩
発行所　株式会社　早川書房
郵便番号　一〇一
東京都千代田区神田多町二ノ二
電話　〇三-三二五二-三一一一（大代表）
振替　〇〇一六〇-三-四七七九九

乱丁・落丁本は小社制作部宛お送り下さい。
送料小社負担にてお取りかえいたします。

印刷・株式会社亨有堂印刷所　製本・株式会社川島製本所
Printed and bound in Japan
ISBN4-15-040769-X C0197

TOKYO
HAYAKAWA
BOOKS